新 潮 文 庫

なぜ「星図」が開いていたか

初期ミステリ傑作集

松本清張著

新 潮 社 版

11637

目次

なぜ「星図」が開いていたか

初期ミステリ傑作集

顔

わずらわしいから日記の日付は、すべて略してある。日付順を追っているが、一節と一節のあいだは、翌日であったり、四日後であったり、一週間後であったり、あるいは一カ月後であったりして、はなはだ不同である。内容から日時の経過を推察せられたい。

井野良吉の日記

——日。

今日、舞台稽古《げいこ》のあとで、幹部ばかりが残って何か相談をしていた。先に帰りかけると、Aと一緒になった。五反田の駅まで話しながら歩いた。

「何を相談しているか知っているか」

とAはぼくに言った。

「知らない」

「教えてやろう」

と彼は話しだした。

「今度、△△映画会社から、うちの劇団に映画出演の交渉があったんだ。例の巨匠族の石井監督の新しい作品で、達者な傍役《バイプレヤー》をうちの劇団から三四人欲しいというのだ。マネージャーのYさんがこの間から映画会社に行ったり来たりして、忙しそうにしていたよ」

「へえ、知らなかったな。それで、やるのかい？」

とぼくはきいた。

「やるよ、もちろん。劇団だって苦しいもの。ずっと赤字つづきだからな。Yさんの肚《はら》では、今度だけでなく、ずっと契約したいらしいよ。先方さえよかったらね」

彼は内部の事情をよく知っていた。

「じゃ、こっちから売りこんだのか？」

「いや、先方からの申しこみだけど、たいして出さないらしいよ。しかし、何でも出演料《ギヤラ》は四人くらいで百三十万円はくれるらしい。でも、ちょっと助かるからな」

「だれだれが出るのかい？」

ぼくは、それらしい人々を思い浮かべながらたずねた。Aはその名をあげた。自分の思っていたとおりの人たちであった。

「映画はいいよ。宣伝になるからな。うちの劇団ももっと名が知れるだろう」

駅前のおでん屋で一緒に飲んだ。

──日。

Yさんから意外な話があった。ぼくに、今度の△△映画に出ろ、というのである。四人の出演者の一人である。聞いてみると、あとの三人は幹部ばかりだった。

「どういう風の吹きまわしですか？」

「君のは石井監督の指名だ」

とYさんは説明した。

「石井さんは、うちの〝背徳〟の公演を観《み》ているのだ。それで君に注目して、ぜひ出て欲しいと言っているんだがね」

〝背徳〟は新聞評でも、ぼくをほめてくれていた。

「新人井野良吉の演技は虚無的な性格の役柄《やくがら》を生かして好演」などと書いてあった。劇団内部でも評判はよかったが、もとより端役《はやく》だった。そんなに注目されていたことは意外である。

「石井さんはね、評判の凝り屋だろう。今度撮る〝春雪〟の脚本には、自分とこの会社の俳優さんではだめだというのだ。数カットしか出ない傍役だがね。ぜひ君にもという話なのだ。それで、みんなと相談して承知しておいたよ。うちの劇団も金が欲しいのでね。いつも共立講堂あたりの賃借りでなしに、自前の公演場を持ちたいからね。それに、君のために何よりいいことだよ」

とYさんは言った。そのとおりである。ぼくがこの〝白楊座《はくようざ》〟にはいってからまだ八年に満たない。これは機会《チャンス》をつかんだといってよいのだ。

「よろしくお願いします」

とぼくは頭を下げた。うれしくないことはなかった。たしかに興奮もした。が、同時にある冷たい不安が胸を翳《かげ》った。

思わず心配そうな顔にぼくはなったのであろう、Yさんは肩をたたいて、

「大丈夫だよ。君。映画は芝居と違って、数カットずつ割ったコマギレの演技だからね。臆病《おくびょう》にならずに平気でやることだね」

と励ました。

違うのだ。ぼくの不安は、もっと別なものなのだ。もっと破滅的なことなのである。

――日。

〝春雪〟の撮影がはじまった。芝居だと平気でやってきたのに、映画だとこんなに気がかりになって落ちつかない。理由はわかっている。〝白楊座〟の公演は都内だけの小さな観客層が相手だった。映画は全国の無限の観客層が相手なのだ。誰が観るか

わからない。この撮影が上がって封切られる日が近づくと思うと、よからぬ黒い雲がひろがってくるような落ちつかなさを感じる。他人に話したら、それが芸の恐ろしさだ、と勘違いして言うかもしれない。

石井監督の演出は、さすがに神経が細かい。彼は自分に好意をもってくれているようだ。

——日。

ぼくの持ち場だけの撮影はすんだ。有名な監督の作品だけに前宣伝や評判がさかんである。

出演料の分け前をもらった。Yさんの説明によると、映画会社からもらったのは全体で百二十万円、ほとんど劇団の基金としてとり、ぼくには四万円をくれた。それでもありがたかった。日ごろ、欲しいと思っていたものを買い、A君をつれて渋谷の道玄坂裏あたりを飲んで歩いた。A君はぼくが羨《うらや》ましそうである。いちおう、羨望《せんぼう》されてよい立場であろう。

いつになく飲みすごした。愉快という理由だけではない。執拗《しつよう》な不安を忘れたい気持もあった。

——日。

〝春雪〟の予告編を観た。ぼくの出ている場面はなかった。〝近日上映〟とあった。いよいよ封切られるらしい。やはりぼくは恐れている。

――日。

〝春雪〟の試写を観た。他人の芝居は少しも見えず、自分の姿だけが眼についた。それでも五六カットの場面しか出ていない。大写しが二カ所あった。何秒かの短い間だった。少し安心した。

――日。

新聞に〝春雪〟の映画批評が出ていた。ほめてある。ぼくのことについては、「白楊座の井野良吉が印象的。どこかニヒルな感じのする風貌《ふうぼう》がよい」とある。どうも批評家の言うことは同じような型に決めようとしているものばかりである。好評はありがたいが。

――日。

Yさんが来て、いろいろな方面からの評判を聞かせてくれた。

「石井監督が君のことをほめていたよ」

と彼は鼻に皺《しわ》をよせて笑いながら言った。

「そうですか」

ぼくはやはりうれしかった。

「Yさん、渋谷に知った家があるんです。一緒に行っていただけませんか」

と誘った。飲んでいる時にYさんが、

「おまえはこれから運が向いてくるぜ。しっかりやんなよ」

と背中を叩《たた》いた。ぼくもそんな気がする。少し有頂天なのであろうか。早くも世に出られるような心持ちになった。お金もうんとはいるようになるかもしれない。今まであんまり貧乏すぎたから。いつか読んだ本だが、成功した外国の役者がこんなことを言っていた。

「お金がうんとはいって、何に使ったらよいか、ぼくにはわかりませんよ。豪華な大レストランの特別室にかくれて、シャンペンを飲み、ぼく専用に歌ってくれるジプシーの歌でも聞きましょうかね。歌を聞いて、そして泣くんです」

ぼくは空想が先走りする性質のようだ。

帰りを山手線に乗って、電車の窓越しに原宿あたりの暗い灯を見ていると、あの不安な動揺がまたしても心を襲ってきた。せっかく、快くふくれあがった気持が剃刀《かみそり》の刃で截《き》られたようになった。

——日。

あの映画が全国封切となって、もう二カ月近くなる。彼は観なかったのかもしれない。今だに何事もない。ないのが当然であろう。自分は一万分の一か、十万分の一かの偶然を考えているのだから。

——日。

△△映画会社から、今度はぼくにだけという出演の交渉があった。幸運がぼくの顔にまっすぐ指をさして告げている。お前の番《ユア・ターン》だ！

Yさんはこう言った。

「出演料は四十万円と踏んできた。それを五十万とねばったら、向こうさんは承知したよ。おまえがよっぽど気にいっているんだな。先方のプロデューサーが、今晩会いたいと言うのだ。行くか」

その会合は新橋の料亭の奥まった座敷であった。Yさんと一緒に行くと、向こうは製作者と監督と来ていた。Yさんの立ちあいで契約書を交わした。

「いま、脚本を書いているのです。撮影開始《クランク・イン》は二カ月くらい後になりましょうな」

背の高い眼鏡をかけたプロデューサーは言った。

あと二カ月。ぼくは漠然《ばくぜん》とこの時間を考えていた。

「今度の映画《しゃしん》で、ぜひあなたでなければならぬと言ったのはぼくですよ。脚本に、ひとりの虚無的な性格の人物が出てくるのです。うちの役者ではだめなんです。あなたの風貌《マスク》がぴったりですよ」

太った監督がにこにこしながら言った。

「井野君の役は相当活躍するのですか？」

Yさんがきいた。

「しますよ。井野さんの人気、これで、ぐっと出ますよ。特異な存在としてね」

製作者は眼鏡の奥の眼を光らせて答えた。

「日本にはこういう性格の俳優がおりませんからね。もうこれからは個性のない、キレイな顔だけの俳優さんというのも、主役としての生命は永つづきしないですね。一方、今まで傍役として活躍した演技のうまい人が、だんだん主役をやるような傾向になっていますからね」

二人の話を聞いているうちに、ぼくは実際にその人物になり得るという自信がしてきた。快い興奮が身体《からだ》を揺すり、足も地から浮くような気持になった。信じられない境遇が、確実なピッチでぼくを迎えにきているのだ。

——日。

ぼくは幸運と破滅に近づいていっているようだ。ぼくの場合は、たいへんな仕合わせが、絶望の上に揺れている。

この前の映画は、その危険が起こるのは一万分の一か十万分の一かの偶然であった。しかし、これからはぼくは重要な役として一本の映画のなかでも多くの場面《カット》に顔を頻《ひん》繁《ぱん》に出し、有名になればなったで、ますます多くの映画に出演することになろう。あの男にぼくの顔が見られる可能性は、うんと強くなって、十分の一くらいな確率になろう。そうなれば、もはや、偶然性ではなく、必然性である。

ぼくは、のしあがったとたんにつづく破滅を今から幻想している。

——日。

ぼくは仕合わせをつかみたい。正直にいって名声と地位を得たい。金が欲しい。大レストランでシャンペンを飲みながら、自分専用の歌を聞いて泣く身分になりたい。せっかくの幸運をこのまま埋もれるのは嫌《いや》だ。

——日。

このごろは、ほとんどそのことに考えを奪われている。ばかばかしいような気もする。しかしぼくの神経は、安易な気休めではどうにもならない。さらに悪党になることをしきりに考えるようになった。

——日。

今度の映画の〝赤い森林〟の撮影はあと三十日で始まるという知らせをうけた。六十日後には全国に封切られるということである。六十日後から、あの呪《のろ》わしい〝必然性〟が生じるのである。

六十日。この時間に、ぼくは恐ろしい穽《あな》に土を埋めようと決心した。ひとりで穽埋めの土を運ぶのだ。〝賭《か》け〟を決心した。

——日。

Yさんと飲む。

「なにしろ映画会社がおまえを買っているのは、その妙にニヒルな感じのする面《つら》つきだからな。こういうのが近ごろの知識人には好かれるのかな」

と彼は画家のように遠い眼つきをしてぼくを見た。

「そんなに違って見えますか？」

「うん、見える、見える。ちょっと特異な顔だ」

そういう言葉は、この間も映画会社の連中からたびたび聞いた。映画はぼくのこの〝顔〟を売ろうとしているのであろう。柔順な観客は、昨日までは有名でなかった井野良吉という新劇俳優の顔に特別に注意を払うようになるに違いない。すると、あの〝必然性〟はもっと倍率をひろげることになるのだ。

――日。

鍵《かぎ》のかかった引出しから、久しぶりに茶色の封筒を出した。八通とも裏に〃××興信××支部〃の活字が同じように印刷してある。これは一年に一回ずつとりよせたから、八年分だ。内容も、同じひとりの人物についての身元調査報告書である。じつは八年前から、ぼくは貧乏のくせに、高い料金を払って毎年これを取りよせていたのだ。最初の封筒の中身を取りだして見た。つまり、これは八年前、昭和二十三年×月にぼくがはじめて依頼した時の報告である。

「ご依頼の石岡貞三郎氏についての調査報告は、同氏の住所不明のためまずその探査に暇どり、意外に遅延いたしましたが、お話の〃鉄鋼関係の会社につとめている者〃というのを根拠に調べをつづけ、ようやく住所を知り得ましたので、それより調査進行し、左のとおりにご報告申しあげることができました。……」

そうだ。あの時は九州の八幡《やはた》市にいる石岡貞三郎という男について調査して欲しいと東京渋谷に在るあの興信社に行ったのだった。事務員が、この人の住所は？　ときくからわからぬと言った。勤め先は、とたずねるから、それも判然としないが、何でも鉄鋼関係の会社につとめていると聞いた、と言うと、事務員は、それだけではまことに頼りないが、九州には××支部があるから、とにかくやってみましょう、と言った。

さすがは商売である。こういう雲をつかむような依頼でもちゃんと調査をまとめてきたのだった。その要点は次のとおりである。「石岡貞三郎氏は北九州製鋼株式会社の事務員をつとめ、現住所は八幡市通町三丁目である。大正十一年生まれで満二十六歳、独身、両親は死亡し、兄弟は故郷にある。詳細は添付の戸籍謄本《とうほん》について参照されたい。石岡氏の月給は九千円。性格は快活なほうで勤め先でも評判がよい。酒は五合程度。煙草《たばこ》は喫《す》わない。趣味は麻雀《マージャン》と釣《つり》。婦人関係は目下のところ噂《うわさ》がない」

これが最初の報告、つづいて毎年、頼んで報告をもらったが、四年目までは変化がなかった。

五年目には「勤め先がY電機株式会社黒崎工場に変わり、住所も八幡市黒崎本町一丁目に移転した」という変化があった。

六年目には「三月二十日、某氏長女と結婚」がはいり、七年目には「長男が出生した」という小さな変化があった。

それから今年になってとった八回目の報告書は、内容に変更がない。

「石岡貞三郎氏の現住所は八幡市黒崎本町一丁目。勤め先Y電機株式会社黒崎工場、給料一万七千円。妻二十八歳。長男二歳――」

これで自分は石岡貞三郎なる一個の人物について現在まで八年間の生活を知っているわけだ。この調査費用は自分にとって決して廉《やす》くはなかったが、彼の現在をその度ごとに掌握しているという満足があった。

ぼくは八通の報告書類のはいった封筒を眼の前にならべ、ゆっくりと煙草を喫った。

石岡貞三郎。——

この名前と彼の顔を知ったのは、九年前であった。正確に言うと昭和二十二年の六月十八日の午前十一時二十分ごろから二十分間、山陰線京都行上りの汽車の中であった。島根県の海岸沿い、周布《すふ》という小駅から浜田駅に到着するまでの間であったと思う。

ぼくの横にかけていたミヤ子が、窓外の景色にも退屈しているとき、ふと彼を乗客のなかから見つけたのだ。

「あら、石岡さんじゃない？」

とミヤ子は叫んだ。その時汽車は満員で、始発の下関駅から乗ったわれわれは座席にすわりつづけていたが、途中から乗った人はみな立ちどおしであった。

「やあ」

と言ったのは、その人ごみの中に顔を出している青年で、二十七八ぐらいの、色の黒い、唇《くちびる》が厚くて眼のぎょろりとした男である。

「ミヤ子さんか。えらい思いがけないところで会ったな。こりゃ驚いた」

彼は実際にびっくりした顔をした。それから横に腰かけているぼくの方を、それとなくじろじろ見た。ぼくは窓の方を向いて知らぬ顔をして煙草をくわえていた。煙が滲《し》みて片眼を細めた。

「石岡さん。なに、やっぱり買い出しなの？」

とミヤ子は、勝手にはしゃいだ声を出した。

「いや、おれはひとり者だからそんなに買い出ししなくてもよいのだ。じつは、この辺の田舎が郷里でね。ちょっと栄養をとりに会社を休んで来ているのだ。明日あたり八幡に帰ろうと思っている。ミヤ子さんこそ、こんな汽車に乗ってどこに行くんだね？」

「あたし？　あたしは買い出しよ。島根県って北九州からみたらずいぶん物資が豊富なんですってね」

このミヤ子の言葉に、まわりの乗客が低く失笑した。それに気をさしてか、ミヤ子は、

「でも、本当はどっちでもいいのよ。温泉にでも浸って、帰りに何かあれば持って帰

りたいというくらいよ」

「温泉? そりゃ羨ましいな」

石岡という青年はそう言って、ふたたびぼくの方を見たようだった。彼はあきらかにぼくを彼女の連れと見てとった。ぼくは相変わらず窓の方を眺《なが》めつづけていた。

それからとりとめのない会話がミヤ子と青年の間にかわされた。やがて汽車は浜田駅の構内にはいったころで、青年は、

「じゃ、さよなら、八幡に帰ってからまた店に行くからな」

と言い、ミヤ子は、

「ええ、待ってるわ。さよなら」

と言った。青年は人混《ひとご》みを分けて列車の出口の方に行ったが、思いなしか、もう一度、ぼくの顔をじろりと見て行ったようだった。

ぼくはそれまで、ミヤ子と二人で八幡から電車に乗り、門司について下関にわたったのだが、その間、一緒にならんで腰をかけることはなく、たがいに離れてすわって人眼を避けた。それは大衆酒場の女給をしているミヤ子が、

「人に見られるのは厭《いや》だから」

と言いだしたからでもあるが、ぼくもそのほうが都合がよかったのだ。それで、こ

こにくるまで細心の注意をして知った人に出会わぬようにしたのに、こんなところでミヤ子が知人に声をかけたことが、ぼくには腹立たしかった。そのことを非難すると、彼女は、

「だって、うちのお客さんですもの。気のいい人よ。あんまり思いがけないところで顔を見たので、声をかけずにはいられなかったんですもの。大丈夫よ。わたしのことを悪く言う人ではないから」

と言った。その口吻《くちぶり》から察したので、ぼくは、

「じゃ、あの人は君が好きなのか？」

ときくと、ミヤ子は眼を細め、首を傾《かし》げて、気を持たせるような含み笑いをした。

ぼくは容易ならぬ事態が突然できたことを悟った。それはわずか十五分か二十分くらいの出来事だが、彼がぼくとミヤ子を見たという不覚であった。

「あの男、何という名前かい？」

ぼくは熱心になった。

「石岡貞三郎とかいってたわ。自分でそう言ってたわ」

石岡貞三郎。憶《おぼ》えておこう、とぼくは思った。はじめてこの時、彼の名がぼくの頭脳に刻まれたのであった。

「どこに勤めている？」

「よく知らないけど、鉄鋼関係の会社だとか言ったことがあるわ」

「どこに住んでいるのかい？」

「知らない。あんた、何を考えているの？　気をまわしているの？」

とミヤ子は口をすぼめて、下品に笑った。歯ぐきが出て不快な笑い顔だ。

この十五分か二十分、石岡貞三郎という男が、ぼくとミヤ子と山陰線の汽車の中で一緒にいるところに同席したことは、時間のたつにつれてしだいに心に重くなった。なぜ、あんな時に彼に会ったのだろう。なぜミヤ子が彼に口なんかきいたのだろう、という悔恨と腹立たしさは、小さな疵《きず》から化膿《かのう》して病菌が侵攻するようにぼくを苦しめた。

ぼくとミヤ子の間は、絶対に第三者が知っていなかった。ぼくは一度もミヤ子の勤めている酒場に顔を出したことはなかった。ミヤ子はその酒場に〝住込み〟であったから、ぼくはいいかげんな名前を使って電話をかけて呼びだし、いつも外で会っていた。逢《あ》いびきは、たいてい安宿だし、それもしじゅう変わっていた。ぼくとミヤ子の結びつきの最初から、その場所は知った人の誰もいない買い出し先の田舎だった。要するに、ぼくたちは誰にも感づかれずにすごしたのに、もっとも都合の悪い最後の場面を石岡貞三郎に見られたのだ。

あの男はぼくの顔をじろじろと見ていたが、必ず見忘れはしないであろう。特異だというこの顔を！

自分も、あの男の、眼のぎょろりとした唇《くちびる》の厚い顔を覚えてしまった。こうして石岡貞三郎という字面《じづら》を見ていると、あの顔をはっきりと感じることができる。

しかし、あの時から四カ月後までは、ぼくは石岡貞三郎に対しては、ただ気が重いという程度であった。ぼくは上京し、好きな新劇の仕事がしたくて、まもなく〝白楊座〟にはいった。

が、はっきり言うと、それまではぼくは彼の存在にあまりに神経を使い過ぎるのではないかと思っていた。彼に見られたことは、実際は何でもないのだ。彼は、ほんとうは何も知っていないのだ、心配することは何もないのだと強《し》いて自分の心に言いきかせたこともあった。

しかし、まもなく、それが気休めであり、自分の気持を甘くごまかしていたことを思い知らされた。……

——日。

（昨日書いた部分のつづき）あれは、その年の九月の末であった。ぼくはすでに七月から東京に出ていた。東京という都会は便利なところで、有楽町あたりの盛り場に行けば、全国の地方新聞が〝なつかしい郷土の新聞〟として毎日売られている。ぼくは北九州で発行している地方新聞と、島根県で発行されている地方新聞とを毎日買いに行った。その九月の末、目的の記事は島根県の新聞にまず出ていた。

「九月二十六日午前十時ごろ、邇摩《にま》郡大国村山林中に半ば白骨化した女の死体を村民が発見、届出により大森署より検屍《けんし》したところ絞殺された痕跡《こんせき》があり、着衣その他からみて二十一二歳ぐらいの女と断定、身元および犯人の捜査を開始した。被害者は付近の者ではないらしい」

この記事から一カ月遅れた十月の末に、北九州の地方紙には次の記事が出た。

「去る六月十八日朝より家出したまま消息の知れなかった八幡市中央区初花酒場の女給山田ミヤ子さん（二一）は、捜査手配中のところ島根県邇摩郡大国村の山中にそれらしい絞殺死体が発見されたという通知が大森署よりあったので、直ちに関係者が出向いたところミヤ子さんであることを確認した。同女はなぜ前記の場所に行ったかわからないが、犯人に連れだされて殺されたものと見られている。六月十八日午前十一時ごろにミヤ子さんが男と二人連れで山陰線上り列車に乗っていたのを見た人があり、八幡署では、その連れの男が犯人とみて人相などを聴取のうえ、捜査に乗りだした」

ミヤ子の死体が発見されたことは、ぼくはたいして驚かなかった。

しかし北九州の地方紙に、ミヤ子が男と二人づれで山陰線の汽車に乗っていたのを見た者がある、と書かれた記事を見たとき、ぼくは、

「ああ、やっぱりそうか」

と覚悟のうえながら、心臓の上を冷たい手でさわられたようにどきりとなった。その目撃者が石岡貞三郎であることは言うまでもないことだ。彼はやっぱり知っていたのだ。

これで、あるいは彼が気づかぬのではないかというぼくの万一の甘いのぞみも消え失《う》せてしまった。

彼は係官に〝ミヤ子と一緒に汽車に乗っていた男〟の人相を詳細に述べ立てたに違いない。

「その男の顔を見たら、すぐわかりますか？」

と係官はきいたであろう。

「わかります。よく覚えています。一目であの男の顔はわかります」

石岡貞三郎は、そう言いきったに違いない。実際、あの時の汽車のなかの二十分間で、自分の顔は眼、鼻、唇、顎《あご》のいちいちの特徴まで彼に記憶されてしまったのだ。

ぼくが、わざわざ八幡からミヤ子を遠く山陰の片田舎の山中に、〝温泉に連れて行く〟と称して、連れだして殺したのも、なるべく人の気づかない遠方の土地を選んだのだった。それなのにどたん場の浜田近くで同じ汽車に彼が乗りこんでこようとは、どうした不幸な運であったろう。

あとから考えれば、ぼくはあの時、計画を中止すべきであった。安全のうえから、知った人に会ったのだから他日に実行をのばすべきだった。

しかし、あの時のぼくの気持は、騎虎《きこ》の勢いというか、さし逼《せま》っていて、そんな余裕はなかった。延引はできなかった。ぼくはミヤ子から一日でも早く逃がれたかった。彼女は妊娠していた。ぼくがどのように言っても、決して堕《おろ》そうとはしなかった。

「あんたがどんなに頼んでもだめよ。これは初めての子ですものね、そんなかわいそうなことはできないわ。あんたはそうさせて、わたしから逃げるんでしょ。卑怯《ひきょう》者。そう都合よくはいかないわ。あんたの勝手ばかりになるもんですか。どこまでもあんたから離れないからね」

ぼくは、この無知で、醜いくせにうぬぼれている無教育な、がさがさした性格の女と関係をもったことに後悔し、それを断ち切ろうとしたが、女は執拗《しつよう》であった。妊娠してからは、女はいっそう強く迫ってきた。ぼくは、この女の生んだ子と一緒に暮らす生活のことを考えると、絶望で眩暈《めまい》がしそうだった。おれの一生がこんなつまらぬ女のために台なしになってたまるか、そんな不合理な、ばかばかしいことができるか、と心で怒った。自分からミヤ子が離れないとすると、ぼくは彼女を殺して、自由な身になるよりほかはなかった。一時の過失から少しも価値のない女と生涯《しょうがい》をともにするような不幸は耐えられなかった。どんな手段をとってでも、ぼくは彼女を突き放して浮かびあがりたかった。

それで、ぼくはミヤ子を殺害することを決心した。温泉に連れてゆくと誘ったら、よろこんでついてきた。

かねてからミヤ子とぼくとのことは誰にも知られていないから、たとえ彼女が失踪《しっそう》しても、変死体となって発見されても、ぼくを彼女に結びつけて考える者はいないから好都合だった。ぼくは全く誰にも知られない巷《ちまた》の群衆の一人であった。

あの汽車の中で石岡貞三郎に出会ったことを除けば、すべては都合よく運んだ。ミヤ子とは一晩、温泉津《ゆのつ》という土地で泊まり、その翌日、寂しい山林の中に二人ではいっていき、むせかえるような真夏の植物の匂《にお》いの中で愛撫《あいぶ》をいとなみ、そのまま彼女の首を絞めてしまった。——

ぼくは八幡に帰り、荷物をまとめて、かねて念願の上京のことを決した。群衆の一人がどのような行動をしようと、誰も注目はしない。

しかし、この世にただ一人、殺されたミヤ子という点と、自分という点とをつないで考えているのは目撃者の石岡だけである。いや、考えているばかりではない、警察当局に吹聴《ふいちょう》したのである。

「ミヤ子が殺された山陰地方で一緒だった男がいます。私は汽車の中でその男を見ました」

彼だけがぼくの顔を見ている！

――日。

（昨日のつづき）ぼくは新聞記事を見て以来、石岡貞三郎に対して極度に警戒をした。神経過敏なくらいだった。××興信社に依頼して彼のことを毎年報告させたのも、じつは彼の消息を知りたいからだった。彼が八幡市にずっと定着している様子を知ることによって、ぼくは安心できたのである。彼が九州八幡に定着するかぎりは、東京にいるぼくは安全なのだ。

しかし、思いもよらぬ事態が起こった。ぼくが映画に出演することだ。

ぼくの顔が映画に出る。それを観《み》たら、石岡貞三郎はとびあがるに違いない。彼が映画でぼくを観ないとはどうして保証できよう。

ぼくは〝春雪〟にはじめて出演したが、心は薄氷の上を歩く思いであった。彼が見るかもしれぬという恐れは極度にぼくの神経を乱した。しかし、何事もなかった。ぼくは胸を撫《な》でた。

が、今度の〝赤い森林〟は違う。これは〝春雪〟とは比較にならぬほど、ぼくが大きく出る。映画会社はぼくを売ろうとしている。石岡貞三郎が、この井野良吉の顔を映画で発見する可能性は、ほとんど絶対的になってくるのだ。

わが身の安全のためには、ぼくは映画出演などいっさい断わればよいのである。しかし、せっかくおとずれてきた幸運をどうして逃がすことができよう。浮かび上がりたいのだ。仕合わせを摑《つか》みたい。名声も金も欲しい。自分の野心を作り、それを苦労して遂げてみたいのだ。

――日。

脚本のプリントが送られてきた。一通り眼を通すと、ぼくの役はかなり重要で、画面に出る回数も多く、大写しも数カットある。

撮影がはじまるまで、あと一週間だそうである。

早く何とかせねばならない。

――日。

昨夜はほとんど眠れなかった。頭の中でいろいろな考えを組み立ててこわし、こわしては組み立てた。

あの男の存在は、ぼくにとってこの世でたった一つの不安である。この不安を除かぬかぎり、ぼくの心は萎縮《いしゅく》している。彼をどうするかは、すでに決心した。ぼくはとにかく己れの身を守らねばならない。びくびくと怯《おび》えないで、自分の野心のために手を振りまわしたい。

いま、考えているのは、彼をどうするかでなくて、その方法だ。

失敗したら、という考えが、臆病《おくびょう》にちらちらせぬでもない。が、その時は、井野良吉というひとりの未《いま》だ有名でない俳優が消えるまでの話である。とはいえ、これは生命をかけた危ない賭《か》けなのだ。

——日。

今日も、一日中、その考えにとりつかれて、頭が疲れてしまった。

——日。

監督が急に京都の撮影所で一本撮るようになったので、こちらの撮影が予定より二カ月おくれることに変わった。

ぼくにとっては、都合がよい。

夜、劇団の稽古《けいこ》からの帰りに本屋に寄って探偵《たんてい》小説を買って読んだ。つまらない。途中でやめた。

やはり、彼を〝呼ぶ〟ことに気持がかたまってきた。

——日。

今日まで考えていることを書きつけてみる。

① 場所は人のあまりいない所がやっぱりよい。できれば山の中がよいと思うが、彼をそこまで怪しまれずに連れていくのが困難である。その工夫がむつかしい。第三者を使うことは協力者を必要とする。そこから弱点が生じて禍根となるので避ける。

② 方法は青酸加里《せいさんカリ》がよい。気づかれぬように何か飲みものにでも混入して飲ませることは困難ではなさそうである。これはその場の臨機応変とする。

③ どのようにして彼をそこに呼びだすか。絶対に彼ひとり単独で来させねばならないのだが。それと第一に、必ず来る、という確実性がないといけない。彼がこちらの呼びかけに乗って来ないと意味がない。

以上は絶対の条件である。

——日。

いろいろ考えたが山の中、それも展望のきかない森か林の中がよい。他から見られる心配がないからだ。その理由で、海岸や平地はだめ、建物の中は厄介《やっかい》である。出入りを人に見られる危険がある。

その山に登って行く姿を見られても、人の注意を惹《ひ》かない場所。途中で誰かに会っても怪しまれない場所。

——日。

今日、御茶ノ水の駅で電車を待っていたら、ホームに電車会社の行楽案内が出ていた。

〝高尾山へ〟〝御嶽《みたけ》へ〟〝日光へ〟などのポスターを見るともなく眺《なが》めているうちに、暗示を得たように思った。

観光地なら人目についても注意の外である。電車に乗っても、道を歩いても、この暗示を思考が追った。

——日。

観光地に決めた。今朝起きて考えなおしてもこの案がいちばんいいように思う。

さて、その具体的な場所だが。

彼の住んでいる九州の八幡と、この東京の中間の京都付近を選んだ。

これは突飛なようだが、遠隔の土地に呼ぶことはかえって相手にそのことの確実性を印象づけるに違いない。近い場所のほうがかえって悪戯《いたずら》めいて信用されぬだろう。それと、旅費として、汽車賃と一泊代くらいは送ってやることだ。四千円もあればよかろう。金を送ってきたことが、どれだけ心理に信頼感をもたせるかわからない。悪戯ではできないことだ。この場合でも金銭が内容の信頼性を証明するに役立つ。

あの事件に興味をもっているなら、彼は必ず来る。

彼は〝殺人犯人〟の顔を見知っているただ一人の人間だから。

その場所も、比叡山を選択した。

あそこには前に二度行ってだいたい知っている。杉、檜《ひのき》、欅《けやき》の密林が全山を蔽《おお》っている。坂本からケーブルに乗って山上に登り、根本中堂までは坦々《たんたん》とした参詣《さんけい》道路である。ここを歩いても誰も怪しむ者はない。あとで死体が発見されても、その顔を見覚えぬであろう。

根本中堂のほか、大講堂だの戒壇院だの浄土院だののいろいろな建物が点在している。これらを見物するようなふうをして、山路を上る後ろ姿を見たとしても咎《とが》める者はあるまい。四明嶽《しめいがたけ》の方に行く道もある。西塔の方へ出る道もある。深い森林は四囲を包んでいるのだ。

まず場所は決めた。

――日。

夜行で京都に来た。

計画は緻密《ちみつ》にしなければならないから、これくらいの苦労は仕方がない。前もってその場所をよく知っておきたいためである。京都に来たのはこの目的と、別に一つあった。

電車で坂本に出て、午《ひる》近い時間、比叡山に登るケーブルに乗った。

ケーブルカーの客は閑散であった。三月の末で花には早く、新緑の若葉にはまだ遠い。

天気がよいので琵琶湖の眺望《ちょうぼう》がきれいだった。ぶらぶらと根本中堂へ行く道を歩く。ケーブルに乗っていた客はだいたい一緒だった。行き違いに向こうから来る人間は、ばらばらと数が少ない。

大講堂から少し上がったところに戒壇院がある。ぼくはその前に腰をおろして煙草《たばこ》をゆっくり五本喫《す》った。実は観察していたのである。

この戒壇院のところから上り道は、先の方で一方は西塔の方に、一方は四明嶽を経て八瀬口にくだるケーブルの方に行く。

ところが、ここにすわっておよそ一時間近くも観察してわかったことだが、観光客というか、あるいはお詣《まい》り客というか、とにかくたいていの人々は根本中堂と大講堂ぐらい見たら、さっさと引返して行くのである。西塔や四明嶽方面に行く者は、ほんの数えるほどしかないのであった。

よし、とうなずいた。西塔の方へ行くことに決めた。

道は登り坂であり、細かった。人は一人として姿がなかった。杉木立の中に、釈迦《しやか》堂や瑠璃《るり》堂の小さな古い建物が、廃物のようにつくねんと早春の陽《ひ》の陰にあった。さらに足をすすめると、そのお堂のようなものもなくなり、深い深い密林の谷が、気の遠くなるような静寂のなかにひろがっていた。老鶯《ろうおう》がときどき鳴いた。

ぼくは立ちどまって煙草を一本つけた。すると、それを喫い終わらないうちに、真昼の影のように一人の黒ずくめの着物をきた坊主《ぼうず》が、この細い道の向こうから辿《たど》ってくるのが見えた。

その坊主が傍《そば》まできた時、ぼくはこの道を行くと何か建物でもあるのか、ときいた。

「黒谷青竜寺だす」

坊主はそう一言、言い捨てると、とぼとぼと道をおりていった。

黒谷青竜寺、ぼくはこの名を聞いたとき、何かその寺の恰好《かっこう》まで想像できるような気がした。この寂しい山径の先に、そのようなお寺のあることに満足を覚えた。

それからも、その辺になおしばらく佇《たたず》んだり、歩きまわったりした。ぼくは立地条件を充分に頭脳に叩《たた》きこんだ。

しかし、その時は具体的な計画はまだ少しもできていなかった。実際にそれが頭に浮かんだのは、ふたたびケーブルで下山して、日吉《ひよし》神社のすぐ横で、新しいアパートを見たときからであった。

ぼくはそのアパートの窓に、毛布だの蒲団《ふとん》だの白い布などが、その住人の生活を語るように干されているのを見たとき、一つの着想を得た。帰りは京都につくまでの電車のなかで、その計画について想を練った。

夜、宿で長い時間をかけて手紙を書いた。

「突然このような手紙をさしあげて失礼します。私は山田ミヤ子の親戚《しんせき》にあたる者です。ミヤ子は今から九年前、八幡《やはた》の初花酒場で働いていた女ですが、島根県の田舎に誰かに連れだされそこで殺害されました。このことは貴台がよくご存じと思います。私のことを申しますと、私は名古屋の食器製造の販売員ですが、一年の大半は全国の大きな商店や食堂をまわっております。今も京都にきてこの手紙を書いているわけです。さて、最近、私はこの京都のある食糧品店の店員でミヤ子の殺害犯人らしい男に気づきました。彼は九年前、九州八幡に居住した事実があり、出身は島根県です。そのほか、この男の犯行に違いないと思う節がいろいろあるのですが、詳しいことは貴台にお目にかかって申しあげたいと思います。と、申しますのは、貴台がミヤ子の殺された近くの山陰線の列車のなかで、ミヤ子と一緒にいた犯人の男を偶然見られたそうですから、ぜひ、私の疑っている男の顔を見てやっていただきたいのです。あなたなら、すぐ人相がおわかりでしょう。そのうえで、たしかに、そのときの男であれば、すぐに警察に訴えたいと思います。なにしろ私の疑いだけでは、どうにもなりませんから、貴台の首実検をキメ手にしたいと思います。たいへんお忙しいところを申しわけありませんが、今から四日後の四月二日の午後二時半、京都駅の待合室でお待ちしたいと思います。私はうす茶色の鳥打帽をかぶり、眼鏡をかけていますから、それを目じるしに声をかけてください。

勝手に日時を指定したのは申しわけありませんが、私はその晩から北陸・東北方面の永い出張の旅に出ますので、ぜひこの日にお目にかかりたいのです。失礼ながらご旅費として為替を同封しておきます。

私が疑っているその男は必ず間違いないと思うのですが、貴台に見ていただくまでは何とも言えませんので、万一、違った場合を考え、人権尊重の意味からわざと氏名は伏せておきます。同じ理由で貴地の警察への連絡はなるべくご遠慮ください。いざとなれば、こちらの警察でも充分まにあいます。

どうかミヤ子を殺した憎い犯人を捕えたいという私の気持にご同情をたまわりまして、このたいへんに勝手なお願いをお聞き届けくださるようお願い申し上げます。

京都の旅舎にて

梅谷利一」

石岡貞三郎様

この文面を何度も読み返してみて、ほっとした。期日の余裕がないのと、いかにも旅先らしく「京都の旅舎にて」として住所の明記をまぎらわせたのは、相手に問いあわせの返事を出させない策略であった。封筒が東京の消印ではまずい。京都に来た理由の一つは京都から手紙を出すことだった。

待ち合わせ場所を京都駅の待合室にしたのは、ほかの場所では相手に警戒心を起こさせるかもわからないからである。鳥打帽をかぶり眼鏡をかけているというのは、むろん目じるしにかこつけて人相をごまかすためだが、その場になれば、もっとうまく顔つきを違えてみせるつもりだ。

ぼくは、四千円の為替を同封したこの手紙を、京都駅前の郵便局の窓口に書留として差し出した時、生涯《しょうがい》をかけた勝敗が今の瞬間からはじまったことを意識した。

石岡貞三郎ははたして手紙の要求どおりに来るであろうか。この疑問はほとんどぼくの頭にはなかった。

彼は必ず来る！　きまった事実のようにぼくはそれを信じた。

——日。

昨夜の汽車でいったん東京に帰った。汽車に揺られながら、ぼくの立てた計画に手落ちはないか。実行に当たってまごつきはせぬかと、ちょうど一つの劇を公演する前の下稽古《リハーサル》のように、自分の胸の中でくり返してみた。

まず、その日の午後二時半にぼくは京都駅の待合室に行く。するとぼくの鳥打帽を見て待っていた男が立ちあがる。それからはたぶん次のようになろう。

（もしもし、梅谷さんですか？）

と彼はたずねる。眉《まゆ》の太い、眼の大きい、石岡貞三郎である。九州から昨夜の汽車に乗り、今朝着きました、と、彼は律義《りちぎ》そうに言うであろう。ぼくは帽子をかぶり、眼鏡をかけ、そのほかもっと顔に細工をしているから、彼には〝あの時の男〟とわかりはしない。

（ご苦労さまでした、遠い所をどうも）

と変装のぼくは礼を述べ、

（では、すぐその男を見にいきましょう。しかし先刻様子をしらべたのですが、彼は今日は勤め先を休んでいるそうですよ。なに住所は聞いてきたから大丈夫です。少し遠いですが行ってくれますか？）

と言う。どこですか。坂本です、これから電車で一時間たらずの所です。それではお供しましょうと、そんな問答をして、大津行の電車に乗ることになる。

浜大津で乗りかえて電車は湖畔を走る。

（琵琶湖ですよ）

（へえ、きれいな眺めですな）

九州の人は窓にのびあがって感嘆する。

坂本に着く。おりて日吉神社の方に行く坂道を登ると、右側にあの白いアパートが見える。

（あれですよ、あのアパートのなかにその男はいるのです）

ぼくが指さすと、石岡貞三郎は濃い眉毛をぴくりと動かして緊張するであろう。

（ここで待っていてください。私がアパートにはいって、彼の部屋を訪ねて、うまくここまで誘ってきます。あなたは、顔をよく見とどけてください。まさしくその男であっても、違っていても、あなたは知らぬ顔をしていてください。彼は私と立ち話をしたらすぐアパートのなかに戻るでしょう。その男の顔があなたの見覚えの顔だった

ら、すぐに警察に知らせましょう)

とぼくが言えば、彼はうなずく。

ぼくは、彼を残してアパートのなかにはいる。どの部屋の戸も叩きはしない、そのまま出てゆく。石岡貞三郎は、少し不安げな緊張した顔で、もとの位置に立っているだろう。

(あいにくです)

と変装のぼくは言う。

(外出しているそうです。少し身体の調子が悪くて医者に行ったそうです。細君がそう言っていました。店を休んだのもそのためだそうです。京都の医者に行ったから二時間もすれば戻るそうです。われわれはそれまで待ちましょう)

ぼくのその言葉に、九州から来た客はうなずくに違いない。ぼくはさらに言う、

(どうです、一時間もこんなところにいてもつまらないから、比叡山に登ってみませんか。つい、そこからケーブルカーがありますよ。あなたは、延暦寺に詣ったことがありますか?)

おそらく彼は、いいえ、と言うだろう。一度くらい行ったことがあっても、この誘いを拒みはしないだろう。

そこで二人でケーブルに乗る。琵琶湖がぐんぐん下にさがり、展望はひろがってくる。湖面の向こうは春霞《はるがすみ》に消えている。

（いいでしょう）

（いいですな）

われわれは、すっかり打ちとける。山上の駅について、木立のなかをくねくねと曲がった道を歩いて根本中堂の方に行く。その辺で彼はぼくに質問するかもしれない。

（あなたはどうしてそのアパートの男が、ミヤ子さん殺しの犯人だと気がついたのですか？）

それにたいしてぼくはいろいろ、もっともらしい話をならべる。それはわけはないことだ。彼はいちいちうなずいて疑わない。

やがて根本中堂に着く。

杉木立のなかに散在している朱塗りの建物を見て歩く。この辺の茶店でサイダーかジュースの飲物を二本とコップを二つ借りて、さらに上の坂を登る。

（西塔の方へ行ってみましょう。すぐそこですから）

彼はついてくる。この辺から他の見物客はあまり姿を見せなくなる。われわれ二人きりでゆっくりと歩く。

釈迦堂や瑠璃堂を見て、しずかな道を登ってゆく。

（この先に黒谷青竜寺という寺があるのです。そこまで行って引きかえしましょう。ちょうど時間がいいと思います）

ぼくはそう説明する。歩くにつれて人の気配はさらにない。杉、檜の森林が谷の斜面に密集している。

（この辺で休みましょうか。少し疲れました）

そう言いながら、道からはずれて木立の中にはいり、草の上に腰をおろす。それから飲みものの瓶《びん》の栓《せん》をぬき、コップに液体を注いで勧める。自分も一本あけて飲む。……

こういう順序でよいのではないか。青酸加里をコップの中に入れるのは、どんな瞬間でもできる。そのくらいな隙《すき》は、いくらでもできるのだ。

これで手順は大丈夫と思うが、どこかに欠陥はないか何度も検討してみよう。大事なことは、彼に梅谷利一のぼくを信用させることだ。そうすれば彼は小羊のように柔順に比叡山の閑寂な山中に誘われてくる。観光地という遊山《ゆさん》気分が、彼に懐疑を与えない。

ただ、誰に見られても怪しまれることもない。このうえは彼が九州から来るのを待つだけである。

石岡貞三郎の場合

変わった手紙が来た。梅谷利一という全く未知の人からだ。書留で来たからあけてみると四千円の為替がはいっていたのでびっくりした。なかの文面を読んでみたら、もっと驚いた。九年前のミヤ子殺しの犯人らしい男がわかったから、その顔の実検に、おれに京都まで来てくれというのだ。ミヤ子の親戚だというこの人は、おれがあの当時、汽車の中でミヤ子の連れの男を見たことを、どこかで聞いて知っているらしい。

早いものだ。あれから、もう九年にもなるかな。

そうだ、あの時はおれはこの八幡から郷里の島根県の田舎に帰っていた。ろくな食べもののなかったころで、田舎の銀メシをたら腹たべたくて、帰っていたのだったな。あの日、津田の友だちのところを訪ねての帰り、おれはひどく混《こ》みあった汽車に乗った。みんな買い出しの連中だった。おれは人を押しわけて中にはいったら、

「石岡さん」

と呼ぶ女がいる。誰かと思うと、それが八幡の初花酒場にいるミヤ子だった。おれはよくあの酒場に行くので、ミヤ子をよく知っていた。丸顔の、ちょっとかわいい顔

をした女なので、じつはおれも少しは気がないでもなかった。

それに、八幡にいるミヤ子とこんなところで会うとは、意外だったから、

「やあ、ミヤ子さんか、思いがけないところで会ったな。どこへ行くのかい?」

ときいた。

ミヤ子は、はしゃいだ声で、

「温泉に行くのよ。島根県は物資が豊富だから、帰りには買い出しをしたいわ」

と答えたものだ。温泉行きにこの辺まで来るとはたいした景気だと思って、ふと気づくと、ミヤ子とならんで横に腰かけている男が、てれくさそうに窓の方を向いて煙草を喫っている。

ははん、男の連れがあったのか、とこちらはぴんときた。ミヤ子の足もとにも、男の足もとにも、仲よく夏ミカンの皮が半分ずつ落ちている。萩あたりで買ったミカンを二人で食べあったというわけだ。

こちらは、少々ばかばかしくなって、まあ少しは妬《や》きもちもあって、それからはあまりモノも言いたくなかった。浜田に着いたので、降りがけに、

「八幡に帰ったら、また行くよ」

と愛想は言っておいたが。

あれがミヤ子の見納めとは夢にも思わなかった。

それから八幡に帰って、ちょいちょい初花酒場に行くが、ミヤ子の姿はなかった。もう辞めたのかな、と思って、他の女にきいてみると、

「それがね、あんた、ミヤちゃんは家出したのよ」

と言う。へええ、と言うと、

「あんた、あの子に気があったのね、ご愁傷《しゅうしょう》さま。誰にも挨拶《あいさつ》もせずに、ぷいといなくなったのよ。今まで、ちょいちょい外で泊まってくることもあったから、いい人があるらしいことはわかっていたけれど、黙って出るって法はないわね。けど、ちょっと変なところもあるの、荷物はみんな置いていってるのよ。だから、ここのおかみさんは、あの子のことだから、今に平気な顔をしてしゃあしゃあと戻ってくるだろうと言ってるわ。それにしても忙しいときに、ちょっとずうずうしいわね」

「おれはミヤちゃんに会ったよ。情夫らしいのも一緒にいたよ。山陰線の汽車の中だったよ」

「へえ、あんたが。いつごろ？」

と女の眼は急に光りだした。

そこでおれは顚末《てんまつ》を話してやった。すると他の女どもが、わいわい寄ってきて、

「そんなところに、ミヤちゃんは遠出したのね。どこまで行ったんでしょ。ねえ、あんた。その男、どんな顔をしてた？　ハンサム？」

と身をのり出してきく。

ところで、そうきかれるとおれは困った。おれはその男の顔を見たつもりだが、よく憶えていないのだ。

「長顔？　それとも丸顔？」

「さあ、どっちだったかな」

「眼鏡はかけているの？　ないの？」

「さあ」

「色は白いの？　あんたみたいに黒いの？」

「さあ」

「まあ、何をきいてもたよりないのね」

と女どもはおれを小突いた。

それから何カ月かたった。突然、警察の人が来て、ちょっとききたいことがあるから署まで来てくれと言った。何ごとかと思って行ってみると、それがミヤ子の殺されたことだった。

「じつは、あんたも知っている初花酒場のミヤ子が、島根県邇摩《にま》郡温泉津《ゆのつ》の奥の山林で白骨に近い死体となって発見された。遺留品でそれがわかったのだが、他殺という鑑定です。そこで、あんたにききたいが、あんたは山陰線の汽車のなかでミヤ子と会ったそうだね？」

と、田村という刑事部長がたずねた。おれは初花酒場の女どもがしゃべったな、と思ったが、かくすこともないので、ありのままを述べた。

刑事部長は、じっと聞いていたが、

「それは、いつかね？　日付を覚えているかね？」

「ええと、六月十五日に郷里に帰ったのですから、それから三四日すぎていたように思いますので、十八日か十九日ごろです」

「汽車はどの辺を走っていたかね？」

「私は石見《いわみ》津田という駅から乗って浜田で降りたのですから、その間です」

傍《そば》の刑事が部長に、

「浜田は温泉津から八つ手前の駅です」

と言った。部長はうなずいて、

「だいたい合っているな。それに間違いないな」

と他の刑事たちを見まわした。それからおれの方に顔を戻して、

「そのとき、ミヤ子はひとりだったかね？」

「いえ、横に私の知らない男の連れがありました」

「ミヤ子とその連れとは話をしていたかね？」

「いいえ。しかし、連れということはわかりました。夏ミカンを二人で半分ずつたべたあとがありましたし、男のほうは、私とミヤ子が話をしている間、テレくさそうに窓の方を向いていました。あんな時、女を連れた男というものは、そうするものです」

「なるほどね」

と部長は微笑した。

「ところで、君はその男の顔を覚えているかね？」

ときいた。これは警察にとって大事な質問であった。その男が犯人であることは決定的だったからだ。

しかし、おれにとってはじつに厄介《やっかい》な問題であった。おれは、その男の顔をたしかに見た。が今、どんな顔をしているか、ときかれたらそれが、どうもはっきりと思いだせないのだ。前に初花酒場の女たちにきかれたときもそうだったが、やっぱり今も

刑事にきかれても思いださない。

しかし全然、憶《おぼ》えていない、というのはおかしい。何か、ぼんやりしたかたちは記憶のどこかにあるはずだ。確かにこの眼で見たのだから、印象がないわけではないのに、ふしぎに思いだせない。

「どうしても憶えがないか？」

と刑事は何度も言う。

「よくわかりません」

おれは頭をかいた。刑事は、たくさんな人の顔の写真を抱えてきた。

「これをよく見てくれ」

刑事部長は言った。

「これは前科のある者の写真だが、この中から似たような顔を選びだしてくれ。たとえば、輪郭はこういう感じ、髪のかたちはこっちの写真のほう、額はこのほう、眉はこれ、鼻はこれに似ている、唇はこういうかたち、顎《あご》はこれ、というふうに、これだけの写真を見てゆくうちに思いだすだろう。よく見て、落ちついて、ゆっくりと考えてくれ」

部長は一生懸命であった。

おれは一枚一枚、顔ばかりの写真を見ていった。

全然、感じと違うのが多かった。輪郭はこれかな、と思うのもあった。眉はこんなのだったかなと考えてみるのもあった。しかし、おれの記憶はたよりなかった。しまいには見ていけばいくほど、迷いが生じ、頭が混乱した。

「どうも、よく憶えていません。すみません」

とおれは、汗を流してお辞儀をした。

刑事たちは、いかにも残念でならぬという顔をした。

「それでは、今日は帰って、よく考えてくれ。今晩あたり、寝ているうちに思いあたるかもしれん」

田村部長は、どうしても諦《あきら》めきれぬという顔つきをして言った。そこでおれはやっと帰ることができたが、その晩、蒲団《ふとん》のなかに横たわっても、もちろん、何もわかるはずはなかった。

警察からは、その後も、

「どうだ、わかったか、思いだしたか」

と何度も刑事が来たが、とうとう諦めたかついには来なくなった。

ミヤ子殺しも、新聞によると、しきりと捜査をやっていたようだが、とうとうわかならしく、そのまま、いわゆる迷宮入りになったようだ。

ところで、この手紙だ。九年前のあの事件がまた今ごろこんなかたちでおれの前に出てこようとは思わなかった。それも、疑いの男の顔を見てくれというのだ。わざわざ京都まで見に来てくれという。

おれが、あの顔の記憶がないことは、あの時でわかっていることだ。今になってその男の顔を見たとてわかるわけがない。

おれはどうしようかと考えた。四千円の送金為替がおれの心に負担となる。金さえ送ってこなかったら、放《ほう》っておくのに。

それにこの人は住所が書いてない。旅先だと書いてある。送りかえすことも、返事をやることもできない。その指定の期日も迫っている。

この人はミヤ子の親戚だという。どういうことからミヤ子殺しの容疑者を発見したのか知らないが、今ごろになってそれを見つけたとは、因縁《いんねん》であろう。しかし、この人はキメ手が欲しいのであろう。それでおれにあの時の男の顔ではないか見てくれというのだろう。

おれは困った。処置がつかない。おれは前からのかかりあいで、これは警察に相談するほかはないと思った。

警察では田村さんに相談した。来た手紙を見せた。

「ほほう。なるほど」

田村さんは手紙をくりかえして何度も読んだ。封筒の消印も調べた。京都局であった。田村さんはミヤ子殺しの当時の事件捜査主任だから、当然に熱心であった。

彼はその手紙をもって立ち、部屋を出て行った。誰かに、もっと上司に相談したことはあきらかだった。

三十分ぐらいかかって田村刑事部長は、少し興奮したような赤い顔で戻ってきた。

「石岡さん、あんた京都に行ってください」

彼はちょうど命令でもするような、勢いこんだ調子で言った。

「この手紙の指定どおりに行ってください」

「しかし、部長さん、私はその男の顔を見ても、覚えているという自信はありませんよ」

おれはそう答えた。が、彼は、

「いや、あんがいそうでもないかもしれん、本人の顔を見たら思いだすかもしれん。ま、それはその時じゃ。とにかく、京都に行ってください。こちらから刑事を二名つけてやる」

と言う。

「しかし、警察のほうは、本人を見たうえでと手紙に書いてありますが」

「いや、いいのだ。こちらにも考えがあるからね。あんたはこの手紙の梅谷利一という人の顔をよく見てくれ。刑事はわからぬよう隠しておくから」

「え？　何ですか？」

とおれはびっくりした。

「それじゃ、この手紙をくれた梅谷利一がおかしいと言うのですか」

「石岡さん」

と田村さんは、机の向こうから身体をのりだしておれの顔に近づき、声を殺して言った。

「警察は事件が解決するまでは誰でもいちおう疑ってみる。われわれの考えでは、この梅谷利一という男も怪しいのだ。なぜかわかるかね。この手紙を書いた男は、あんたが汽車の中でミヤ子の連れの顔を見たことを知っている。当時、そのことは新聞に出ていたが、あんたの名前は出しておらん。この男はどこで、それが、あんただということを知ったかだ」

「………」

「あんたのそのことはまず初花酒場の女たちが知っている。次に女どもが他にしゃべったかもしれん。しかし、あんたはどうだ？」

「私はあの酒場だけで、そのほかの者には言いませんよ。すぐここにきたら、部長さんから制《と》められましたからな」

「そうだったな。すると、あの女たちのしゃべった範囲だが、それはこの八幡の市内、もっとひろげて北九州一円としてもよい。その地域のなかだけの誰かが聞いたという程度だ。しかし、それもあんたの姓名、住所番地まで正確には知るわけがない。だいたいそんなこと言う必要はないし、聞く側も聞く必要がないからね。おそらく初花酒場の女にしても、うちによく来るお客さんの石岡さんが、というふうに話しただろう。よく知らないし、またそれだけでよいからだ。それなのに、この手紙の主はどこで調べたのか、あんたの住所氏名、番地まで、きちんと正確に書いてきている。どこでそれを調べてきたのだろう。調べたとしたら名古屋の人間がずいぶんいろんなことを知っていると思わんかね。つまり、この男は自分で知ったことを、つい、うっかりと誰にでもわかっていることのように思って書いてしまったのだ。ほら、この男があんたのことに関心をもって調べている証拠には、事件当時のあんたの住所を封筒に書かずに、移転した今の住所になっているではないか。これは大変なのだ。もしあの時に、かりにあんたの住所まで聞いて知っているとしたら、その時の住所の八幡市通町と書くのが普通ではないか。そして、この手紙は郵便局の付箋《ふせん》がついて届けられるべきなのだ。それなのに、ちゃんと現在の黒崎の住所が間違いなく書かれているのは、あんたの移転したことまで知っているのだ。この男はうかつにも知っている事を書いたのだ。どうだね、この梅谷利一という男は、絶えずあんたのことを調べつづけてきているらしいことはこれでわかるだろう。何のためかわからん。が、われわれはこの男の正体が知りたい。石岡さん、だからぜひ京都に行って欲しいよ」

　田村さんは一気にそう言った。

　おれは聞いていると、少し気味が悪くなったので、承知した。どうも、九年前のあの時、汽車のなかでミヤ子を見たばっかりに変なことになったものだ。

　刑事二人と一緒に、四月二日午後二時半、京都駅で会うという手紙の指定を実行するため、前日の一日の晩、折尾駅から急行に乗った。二十一時四十三分発の〝げんかい〟である。

　京都に行くのは初めてだし、刑事さん二人とも初めてらしい。緊張したなかにも、何となく愉《たの》しそうな気分になった。

　汽車のなかは、あまりよく眠れなかった。夜あけの六時ごろから、うとうととする。

前の座席に腰かけた刑事は二人とも早くから寝ていた。

ふと眼をあけると、すっかり明るくなり、窓からは朝の光がさし込んでいる。刑事はたのしそうに煙草《たばこ》をふかしている。

「やあ、よく眠ったね」

「いや、どうも」

洗面具をもって顔を洗いに行き、座席に帰ってくると、窓はいよいよ明るい。

汽車は海岸を通っているのだった。しずかな海の上を朝の光線がゆらいでいる。向かいの淡路島がゆるやかに滑り、窓ぎわの松林が急速に流れてゆく。

「これが、須磨・明石の海岸か」

刑事は、音にきこえた景色を、あかずに眺《なが》めつづけている。

おれは、それを見て、ふと、こんな場面をどこかで見たなという気がした。いや、この刑事ではないが、この刑事の今の恰好《ポーズ》の感じが前にぼんやり夢の中で見たような気がした。おれは、ときどきそんな錯覚に陥る。初めての場所なのに、前に来たことがあるように思ったり、ちょっとした場合、たとえば人と話をして寂しい道を歩いている時、おや、これとそっくりの場面を前に夢でみたことがあるぞと思ったりする。へんな気持の癖がある。

さて、京都駅には十時十九分についた。指定の午後二時半には、だいぶ時間がある。朝めしは汽車の中の駅弁ですませたから、三人で相談して、二時半までどこか見物しようということになった。せっかく、京都まで来たことである。

そこで、駅前の東本願寺を振り出しに、三十三間堂や清水寺《きよみずでら》、四条通りや新京極を見物して歩いた。

刑事の一人が時計を出した。

「十二時になったぞ、そろそろ腹ごしらえをして駅に行こうか」

と彼は言った。

「そうしよう。同じめしを食うなら、名物の〝いもぼう〟とかいうやつを食べてみたい」

と一人が言った。

「いもぼうか。高かろうな」

「高うてもええ。刑事の出張旅費ではどうせアシが出るにきまっとる。もう二度と京都へ来るか来んかわからんから、とにかく食べにいこう」

こんな話がまとまって、祇園《ぎおん》裏の円山公園の傍にある料理屋に行った。

「お三人さんどすか？」

と女中がきいた。

「あいにく、お部屋がつまってますさかい、先客さんとご一緒でもよろしまっしゃろか？」

かまわないと言うと、六畳くらいの部屋に通された。

そこに一人の男が飯をくっていた。……

井野良吉の日記

――日。

四月二日だ。いよいよ今日である。

東京から昨夜の〝月光〟で着いた。八時半。たっぷり時刻までには六時間もある。

仕方がないから、金閣寺の方に行ったり、嵐山のほうにまわったりして時間を消した。

天気がよい。嵐山では、桜の蕾《つぼみ》がずっと色づいている。渡月橋を往復して、タクシーに乗り、四条通りまで飛ばして降りたときは、十一時半だった。

少し腹が空《す》いた。何を食べようかと考えた。京都に来たのだから、東京で食えないものを食おうか。それでは、いもぼうにでもしようと思った。

電車を八坂神社の前で降りて、円山公園の方に上がってゆく。シーズンだから修学旅行の学生や地方の団体客が多い。

部屋に通されて、運ばれたいもぼう料理をたべる。たべながら、二時間あまりの後に行なわれる石岡貞三郎との対決のことを考えた。

ぼくの一生の賭《か》けが刻々に迫ってくる。ぼくは是が非でも生きなければならぬ。この世に勝たねばならぬ。誰でも人間は一生のうち一度は幸福が微笑を投げてくるものだ。それを摑《つか》むか、逃がすかで、成功か没落かに分かれる。ぼくは出世したい。

ミヤ子のようなくだらぬ女にかかりあったのがぼくの不覚であった。が、あんな女につきまとわれたら自分は一生浮かびあがれないのだ。あの女は〝子供を生む〟ことでぼくをがんじがらめに縛ろうとした。堕胎しろ、と言っても、蒼《あお》すごんだ顔をしてどうしても承知しなかった。あの女は必死にぼくを抱きこもうとした。ぼくはまた、懸命にそれから逃がれようとした。あんな女と一緒になった時の、ぼくの生涯《しょうがい》の暗澹《あんたん》とした、悲惨な生活を思うと、堪《たま》らなかった。もしそういう羽目になったら気が狂うかもしれなかった。ぼくの彼女に対する殺意は、こうして生じたのだ。

ぼくは、そのことに今でも悔いはない。

しかし、ぼくの幸運が、あんなくだらぬ女を殺したことで滅茶滅茶《めちゃめちゃ》になることのほうが、このうえなく不合理であった。

もっと価値のある、美しい女を殺したのなら、ぼくの一生と引換えでも、納得する。だが、およそ世にこれほど愚かな醜い女はあるまいと軽蔑《けいべつ》していたミヤ子の代償に、自分の大きな仕合わせを諦めるという法があろうか。

それにしてもぼくの世に出る今後の道が、わが顔を群衆に曝《さら》す映画であったとは、石岡貞三郎という男にとって不運だった。群衆の中にいる一人の彼にぼくのこの顔を見せぬよう、彼の眼を墓場までつむらせなければならない仕儀となった。

ぼくはどんな手段をとってでも、生きたい。人気と金が欲しい。豊かな生活がしたい。

……この時、女中がきたので、ぼくは眼を上げた。

女中は、三人連れの客を一緒に詰めさせてくれ、と言った。いいよ、とぼくはうなずいた。

三人の客がはいってきた。ぼくは飯をくっていた。

「失礼します」

そのなかの一人がそう自分に会釈《えしゃく》し、すぐ前の卓を囲んですわった。

ぼくの位置からいえば、五尺も離れぬところに、左右向かい合って二人、一人はぼくの正面にこちらを向いてすわっている。女中が蒸しタオルを運んだ。三人がしゃべりながら顔を拭《ふ》いた。

言葉が九州訛《なまり》である。おや、と思って顔をあげた。眼が、正面のタオルで拭いている男の顔にぴったり合った。

心臓が止まるかと思った。

息ができなかった。

ぼくの眼は、その男の顔から、しびれたように離れることができなかった。強引に視線をはずすと、すぐに恐ろしいことが突発しそうであった。

真正面の男。眉《まゆ》の太い、眼の大きい、九年前のあの男、石岡貞三郎。

わけのわからぬ叫びが頭の中で渦巻《うずま》いた。何ということだ。今日の二時半、京都駅でと約束した彼が、ここにすわっていようとは。

ぼくは顔から血がひいてゆくのを覚えた。どうする。自分は素顔のままだ。帽子も眼鏡もつけない。あの時の、そのままの顔が、ここにさらされている。逃げられない。どうする。あの二人の連れは何か。

わんわんと耳が鳴った。あたりが急に暗くなって見える。ぼくの身体《からだ》が沈みそうだ。

正面の石岡貞三郎が静かにぼくの方を見た。

わあとぼくのほうから、叫びたかった。彼が叫ぶのが待ちきれなかった。身体はぶるぶる慄《ふる》えた。箸《はし》をもった指がきかない。

ぽとりと音をたてて朱塗りの箸が畳の上に落ちた。

しかし彼の、おとなしい表情はくずれなかった。連れの二人の男の話を静かに聞いている。ときどき、返事もしている。おだやかな顔つきである。九年たったせいか、あの時より少し老《ふ》けて見える。

そういう状態で三十秒たった。一分を過ぎた。変化が起こらない。

三人の話し声はぼそぼそと聞こえる。切れずに調子も変わらない。

女中が料理を運んできた。三人はさっそく、それをたべている。石岡貞三郎はうつむいた。一心に名物料理を口に運んでいる。

これは、どうしたことだ。今、彼は確かにぼくの顔を見ていた。それなのに少しも変化を示さない。

彼は、ぼくの顔を見忘れたのであろうか。そう考えようとしたとき、はッと或《あ》ることに気づいた。

何ということだ。あいつはぼくの顔をはじめから、よく覚えてはいなかったのだ。ほんの、うろ覚えの印象しか、あの男にはなかったのだ。はっきりとぼくの顔を見ていないのだ。

そうだ。それだった。

ぼくは急に天上にでも、ふわりと舞いあがったような気持になった。一体全体、何ということか、これは！

ぼくは、太い息を吐いた。

それから立ち上がった。ゆっくり畳を踏んで煙草《たばこ》をポケットから取りだそうとした。何か非常な自信が身体中に湧《わ》き出てきた。

ぼくはいっさいを知った。律義《りちぎ》者の石岡貞三郎は、四千円の金が送られたので、京都に来たのだ。鳥打帽子と眼鏡の男に会ったら、頭をかきながら、

「どうも、よく憶《おぼ》えておりません」

ということを言いにきたのである。正直で、気のよい男である。ほかの二人は友だちであろう。京都を見物に、ついてきたのであろう。

ぼくはすっかり落ちついた。彼らにこちらから声をかけた。図太い実験であった。

「煙草を喫《す》いたいんです。マッチをお持ちでしょうか？」

石岡がぼくの顔を、ひょいと見た。さすがにぼくは表情が硬《こわ》ばるのを覚えた。彼は黙って卓上のマッチをさし出した。

「どうも」

礼を言って、火をつけた。石岡貞三郎は、それなりに、もうこちらを見むきもしない。いもぼう料理に熱心に箸をつついている。

ぼくは外へ出た。

円山公園がこれほど美しく見えたことはない。京都の景色が、これほどやさしく眼に映ったことはない。

京都駅の待合室も、比叡山も、さよならだ。

ぼくはひとりで大笑いした。笑いながら両の眼から涙が流れた。

石岡貞三郎の場合

……京都駅で、いつまで待っても、それらしい男は現われはしなかった。約束の二時半はとっくに過ぎた。四時。五時。

来ない、と決めた時は、八時になっていた。

二人の刑事は落胆した。

悪戯《いたずら》かな。悪戯にしては四千円も送ってきて、どういうことだろう。

刑事は悪戯ではないと言った。感づかれたのだろうと言った。

感づく？　どこで感づいたのであろう。

おれは何となく心の一方で安心がならなかった。

念のため、明日まで待とうか、という話も出たが、むだだという結論になって、その晩の遅い急行で九州に帰った。

何か、へんな二日間であった。

井野良吉の日記

――日。

〝赤い森林〟の撮影は進捗《しんちょく》している。

安心ができたということは、こうまで気持が異《ちが》うものか。自信が、手足の先まで行き渡っている。

やるぞ。

――日。

撮り終わりに近い。

ぼくの役はすんだから、一安堵《あんど》である。

今度の監督も、ぼくを買ってくれているらしい。彼は、次に、異色な脚本を捜して、ぼくを主役に使ってみたいなどと言ってくれる。ぼくは、これから、のしあがるかもしれない。

——日。

〝赤い森林〟が封切られた。

新聞の評判がよい。A紙もN紙もR紙も、みんな〝井野良吉の特色ある好演〟を賞《しよう》讃《さん》してくれている。

Yさんが喜んでくれる。

——日。

今日は、他の二つの映画会社からぼくに出演の誘いがあった。いっさいはYさんに任せる。当分は、そのほうが利口である。

だんだん望みどおりになってくる。名声と金が風のように指の間からはいってくる。

ぼくは好きな文句を口に出して呟《つぶや》く。

「お金がうんとはいって、何に使ったらよいか、ぼくにはわかりませんよ。豪華な大レストランの特別室にかくれて、シャンペンを飲み、ぼく専用に歌ってくれるジプシーの歌でも聞きましょうかね。歌を聞いて、そして泣くんです」

石岡貞三郎の場合

久しぶりに映画を観《み》に行った。〝赤い森林〟というのをやっている。新聞などで評判らしい。

文芸映画というのか、ひどく動きの少ない、深刻そうな映画であった。

井野良吉という、あまり名前も顔もよく知らない男（新劇の俳優だそうだ）が、いい役をしている。

井野良吉の役は、人妻を箱根の別荘に訪ねる。そこで箱根の山中を背景とした物語が展開される。井野良吉は心に一つの傷をうけて山をくだる。彼は小田原から汽車に乗る。

彼は窓の方を向いている。大磯あたりらしい景色が流れる。

彼は煙草を取りだして喫う。窓の方を向く。

茅ケ崎あたりの風景が流れる。

窓を見ている井野良吉の顔。煙草をくわえている。戸塚あたりの景色。

窓の方を見て横顔を見せている井野良吉。……おれははてなと思った、どこかで見たぞ。これは。

夢ではない。ずっと前にあった。たしかにあった。京都行の汽車の中でもふと刑事を見て思ったこともあったが。

大写しの井野良吉の顔。

窓をじっと見ている彼の横顔。煙草の煙がうすく舞って、彼の眼に滲《し》みる。彼は眼を細めて眉根に皺《しわ》を寄せる。その表情。顔！

疑惑が狂暴な力でおれの頭を殴った。

おれは思わず大声をあげた。ぐるりがびっくりしておれを見た。

おれは、映画館をとび出し、胸の動悸《どうき》の激しさに困りながら、警察に向かって大股《おおまた》で歩いていた。一刻も早く、この疑惑を言葉で吐き出すためにだ。

殺意

1

近ごろの判事はたくさんな事件を同時に持たされている。人手が少ないうえに事件があまりに多すぎるのである。事件が多すぎるから人手が少ないということもできる。判事の中には、検事調書を役所で読みきれないで、鞄《かばん》に入れて家に持って帰って読む。気が向けばこのほうが、役所の乾いた事務的な空気で読むよりも、和服に着かえて、紅茶でも飲みながら、くつろいだ気分で文字を眼で拾うことができた。ただし、気が向けば、である。いやなときは、家に仕事を持って帰るくらい気持の負担になって興ざめなことはない。

判事古瀬嘉一《ふるせかいち》があつかったその事件記録は、そのように家庭に持って帰って読んだものの一つであった。そうしてこれは、少しも気持の負担を感じないで、むしろ愉《たの》しみにして、毎夜読みふけったものであった。

事件は単純であった。しかし被告は自白していなかった。証拠も薄弱であった。検事は起訴にしたものか不起訴にしたものかかなり迷ったらしい。しかし勇を鼓《こ》して起訴した。勇を鼓して、というのは、検事調書を読んでみればわかるのだ。

事件は簡単だから、調書にしたがって、経過をやや詳しく書くことができる。

東京都千代田区丸の内所在のM——株式会社東京支店（本社大阪）の営業部長磯野《いその》孝治郎《こうじろう》（四八）が、部長室の自分の机の上にうつぶせになって死んでいた。二月十九日の寒い日で、外は零下一度であったが、このビルはスチームが通っていた。発見は午後三時二十分ごろで、死体となった磯野を最初に見つけたのは、同室の片隅に小さな机をもって、秘書のようなことをしている前川裕子《まえかわひろこ》という二十一歳の女子事務員であった。

前川裕子は午後三時五分まで部長室にいた。この部屋は四坪ばかりの広さで、中央より南に寄った方に部長の大きな事務机があり、それとならんで横に応接用の卓と来客椅子《いす》がある。磯野部長は、その時、自分の椅子にすわって、書類を見ていたが、机の引出しをガタリとあけて、ちょっと何か捜しものでもするような気配がした[1]。

裕子は部長に背を向けて自分の机に向かっている位置なので、部長が引出しをあける音と、引出しの中をがたがたとさせる音だけを、背中で聞いたのである。

「前川君、水をくれ」

と、その時、部長は言った。

「はい」

と裕子は立ちあがって、そのままの姿勢で、つまり後ろの部長の方を見ないままに、お湯飲み場に行くため、廊下に出ようとした。

「あ、ちょっと。水は半分でいいよ(2)」

と、部長は大きな声をかけた。それにも裕子は、はい、と答えた。廊下に出るドアの前には、大きな衝立《ついたて》があって、そこからは部長の姿は見られなかった。

磯野部長は体重二十一貫で、顎《あご》も赤ン坊のように二重になるほど肥満している。肥《こ》えた人は茶よりも水のほうを好むのであろうか、磯野部長は冬でも水を飲みたがる。咽喉《のど》に抵抗感があっていいなどと言って、氷があればコップの水に浮かしたいと言うくらいだった。

裕子はお湯飲み場から、いつものようにコップに水をいれて戻った。半分でいいということなので、コップの真ん中のところだけの水の量だった。

その時、部長は手紙を書いていた。それが社用の便箋《びんせん》ではないので、そういう便箋ではちょっと具合の悪い、こみいった私用の手紙だろうと裕子は思った。

「ここに置きます」

と盆のコップを机の端に置いた。ずいぶん大きな机だが、コップの置き場に迷うくらい、書類やノートのようなものがいっぱいに散らかって置いてあった。(3) 部長は日ごろから、あまり机の上をきちんと片づけて仕事をすることの嫌いな男だった。その時も、コップをその書類の散乱からとり残された部分の机の上に置いた。

部長は、それに対して、

「ありがとう」

と、礼を言ったが、すぐにコップに手を出すというのではなく、(4) 熱心に手紙のつづきを書いていた。

裕子が自分の机に戻ってすわろうとしたとき、彼女の前の電話が鳴った。電話機は部長の机に二つと、裕子の机に一つ置いてあった。

電話は一階の受付からで、姉が来たことを知らせた。それは今朝からの約束でファッション・ショーの切符をもってきたのである。裕子は、部長がいるので、ちょっと困ったが、結局、

「姉が面会にまいりました。ちょっと行かせていただきます」

と言った。

磯野部長は、片手で頬杖《ほおづえ》を突いて、自分の書きおわった文章を読みかえしていた。

裕子の方は見ないで、

「ああ」

と返事したまま、顔を文面から上げなかった。コップの水は、まだ飲まれずに、そのまま置いてあった[5]。

裕子は、お辞儀をして階下に降りた。それが彼女の見た、生きている磯野部長の最後の姿であった。

2

姉との面会は七分か八分ですんだ。裕子は階段をのぼって、三階の部長室に帰った。ドアのノブを回して、部屋にはいった。自分が留守をした間に、この部屋にはいってきた者はなかったと直感した。それはノブの回しかげんでわかるのである。ドアは自分が締めて出た時のままの状態であって、その後、誰かが締めたとしたら、ノブを回す調子の微妙さでわかるのだ。それは毎日十何回となくこの部屋を出入りしている経験であった。

部長は机の上にうつぶして、ずり落ちそうな姿勢で死んでいた。もっとも、すぐに死んだとわかったのではない。しかし、ただごとでない様子だという直感は裕子にきた。

「部長さん、部長さん」

と、彼女はそれでも声をかけてみた。むろん、返事も身動きもなかった。裕子は気持が動転しながらも、すぐ内線電話で稲井《いない》厚生課長を呼んだ。稲井健雄《たけお》（四八）は電話をきくと、すぐにやってきた。(6)

稲井は磯野部長の格好を一眼見ると、

「あ、こりゃいかん、すぐに草野《くさの》さんを呼びなさい」

と裕子に言った。草野はこの社の嘱託医である。(7)稲井がすぐにそう言ったのは、磯野部長が狭心症《きょうしんしょう》をもっていることを知っているからで、この時も発作が起こったと思ったからだとあとで述べている。

裕子は言われたとおり自分の机の上の電話機をとって草野医師を呼び出し、部長さんが変だからすぐ来てくれるよう頼んだ。この間が三分ばかり、稲井課長は磯野部長の傍についていた。(8)

草野医師はすぐ来た。うつぶせた部長の上半身を静かに起こし、見開いた瞳孔《どうこう》をたしかめ、呼吸の有無《うむ》を検《しら》べた。それから何を思ったか死人の口をあけて奥を覗《のぞ》きこんだ。咽喉部《いんこうぶ》は真っ赤な色をしていた。

「亡くなられています。しかも変死です」

医師は、そう言いながら、静かに部長の身体《からだ》をもとの位置に戻した。

「変死？　変死というと、君――」

稲井課長は医師の顔を見つめて言った。

「自然死でないということです。つまり自殺かもわからないというわけです」

「どうしてわかる？」

「毒薬による中毒死です。私の考えでは、それはたぶん、青酸加里《せいさんカリ》だと思います」

この時は急を聞いて他の部長や課長連がこの部屋に集まっていた。

警視庁から係官の一行が到着したのは三十分後であった。警察医は、草野医師の話を参考に聞き、自分でも死体の口腔《こうこう》を開いて奥を見た。咽喉部の粘膜は、鮮やかな赤い色をしていた。頬もきれいなバラ色をしていた。

「青酸加里中毒死の疑いが強い」

警察医のその所見は、死体解剖を請求した。死体のあらゆる角度からの撮影と見取図のスケッチがなされた。机の上の書類は依然乱雑のままの状態であった。裕子は、コップの水が空《から》になっているのを、その時、はじめて気づいた(9)。

死亡の時間は午後三時五分から二十分の間と見られた。この時間は、前川裕子が姉に面会のために部長室を留守にした推定時間である。彼女は姉が来たというので、反射的に壁の電気時計を見ている。青酸加里の死亡までの時間がきわめて短く、服毒後数分を出ないのは周知の常識である。

解剖の結果がわかるまで、まだ時間はあるが、これは当然に自殺か他殺かの判定に係官は努力した。青酸加里の中毒という死因にはまず間違いはあるまい。それなら営業部長磯野孝治郎は自分でその毒物を飲んだのだ。他から暴力をもって無理に飲まされた形跡がない以上、自分の意志で飲んだのであった。調べてみて、前川裕子がこの部屋を留守にした十五分の間、誰もここへの訪問者も闖入者《ちんにゅうしゃ》もないという結論になった。

しかし、調査が進むにつれて、自殺説は影が薄くなった。自殺しなければならない原因はどこにも見当たらなかった。むろん、遺書もなかった。死亡直前に書いたという手紙は机の上にあったが、それは、静岡にいる彼の姪《めい》の離婚問題で近日出張のついでに話しあいに行く、という文面で、自殺する者が、死の決行直前にそんな約束の手紙を書くはずはなかった。

性格は明かるいほうである。家庭は妻と一男一女があって円満である。女の関係は聞かれなかった。彼は当時の一ツ橋高商を卒業し、すぐに今の会社にはいったが、大阪本社と東京支店の間を勤務が往復しているうちにしだいに地位が上がり、現在に至った。それに、最近、社内重役の一人が任期満了となるので、次の株主総会では、彼がその後任の役員に推《お》されることになっていた。それほど社長の信任を得ていた。

——自殺を推定する材料はどこにもなかった。

他殺説が強くなると、警察はとみに活気をおびた。ちょうど、解剖の結果もわかった。青酸加里反応が検出された。むろん、これが死因である。それに解剖所見の胃中の「検出には不確実ながら亜硝酸アミールを認む」という一項が係官を刺激した。

「亜硝酸アミール？　それはなんの薬ですか？」

という質問に、

「狭心症などに使う薬です」

と解剖医が電話で答えてきた。

3

検事調書はむろんこのような体裁ではない。しかしこの検事の調書が、あたかも推理を追うような興味を、読んでいる判事古瀬嘉一に起こさせたので、その興味（推理小説的な）を強調するため、ここではより効果的な、こういう記述にしたのである。

今までの文章のなかで脚注式に、こうるさく小さな番号が入れてあるのは、その個所を次の調書の中で照応させるからである。

検事と前川裕子との問答。——

○　あなたが磯野部長の秘書になったのは？

——二年前からです。

○　では、磯野さんのことはよく知っていますね。磯野さんが自殺なさるような心当たりがありますか？

——その心当たりはまったくありません。

○　あなたが姉さんに面会のため部長室から出る前の模様を言ってください。

——私はその日の来信をファイルに綴《と》じこみしていました。すると部長さんが「水をくれ」とおっしゃったので立ちあがりました。部長さんは肥えていらっしゃるせいか、水をよくお飲みになるのです。それで、はい、と返事して……。

○　ちょっと待って。その時、部長の方を見ましたか？

——いいえ、いつものことですから、そのままお湯飲み場に行こうとすると、追いかけて「水は半分でいいよ」とおっしゃいました。いつもはコップいっぱいに汲《く》むのです。それで、これはいつものように咽喉がかわくから水がほしいのではない、いよいよあの見本薬をお飲みになるのだなあと思いました。水は半分でいい、と言われたのでそう思いました。(2)

○　見本薬というのはなんですか？

――どこかの製薬会社から送ってきたものです。たしかに私がうけとった郵便物の中にあって部長さんの机の上に置きました。小さい箱が茶色の封筒にはいっていて部長さんの宛名《あてな》になっていました。もう、一カ月も前のことです。製薬会社の名は印刷してありましたが、よく憶《おぼ》えていません。その封筒は部長さんが破って捨てられたと思います。

○　その封筒の中身が見本薬であるとどうしてわかりますか？

――部長さんが、その時、つまり、封筒を破って中身を出したとき、おっしゃったからです。「ああ僕に心臓薬の見本を送ってきたよ。製薬会社って、よく知っているなあ」とひとり言のようにおっしゃりながら小箱を指でつまんで眺《なが》めておられました。赤い色の箱でした。私は自分の席にすわって見ていました。薬の名前は知りません。私は部長さんが心臓が悪いということをその前から知っていました。

○　誰から聞きましたか？
——誰だったか憶えてませんが、社内の人はみな知っています[7]。
○　その時、磯野部長は、その見本薬を飲みましたか？
——いいえ、そのまま机の引出しの二番めにお入れになりました。その後も、部長さんがその引出しをおあけになった時、偶然私が傍にいて、その赤い小箱がまだはいっているのをたびたび見かけました。
○　それでは、あなたが部長にコップに水を半分入れて持ってきてくれ、と言われた時に、いよいよあの見本薬を飲むのだと考えた理由は？
——部長さんはあの薬を一カ月も引出しの中に入れておられました。いつかは飲むつもりで、まあそのうちに、と考えられたに違いありません。ところが、その引出しをあけるごとにその小箱がある。ああそうだ、この次には飲んでみようとその都度に思いながら、延ばし延ばしになったと思います。その意志はありながら、なんとなく実行に踏んぎりがつかなくて先に延ばしている、そういう気持と同じだったと思います。ところが、あの時、水をくれとおっしゃる前に、引出しをあけて何か捜されました[1]。私は後ろをむいてすわっているのでわかりませんが、音だけを聞いたのです。私に水を半分くれ、とおっしゃったときに、ああ、あの引出しの音は二番めで、別な用事であけたのだが、また例の赤い小箱が眼についたので、思いきって飲むつもりになられたのだ、と思いました。

○　磯野さんは軽い狭心症の持病があった。その心臓薬の見本が来たのに、どうしてすぐ飲まないのかな？

――やはり見本として郵送されてきたというのが気持にひっかかっていたのではないでしょうか。ですから、私が水をくんでいったその時でさえも、すぐに手を出されませんでした。(4)(5)

○　それからあなたは受付からの電話で、姉さんの面会に一階に降りたわけだが、その間に、部長はその薬を飲んだと思いますか？

――それは私にはわかりません。

○　あなたが最後にその赤い小箱が引出しの中にあるのを見たのは？

――部長さんの亡《な》くなる日の午前中にも見かけました。やはりあの引出しをあけられた時に、私が傍にいたので、見るともなく眼にはいりました。

○　あなたが姉さんとの面会を終わって部屋に戻ったとき、コップの水は？

――その時はすぐ気がつきませんでしたが、あとでコップが空《から》になっているのを見ました。部長さんがお飲みになったと思います。(9)

○　その時、赤い小箱か、その中身の見本薬のようなものが机の上に出ていましたか？

――眼にはいりませんでした。そんなことよりも、部長さんの様子にびっくりいたしました。すぐ稲井さんを電話で呼んで知らせました。

○　なぜ、稲井さんを呼んだのですか？

――部長さんとはいちばん仲がよかったからです。ゴルフでも魚釣りでもお酒を飲むことでも一緒でした。お二人は高等学校は違いますが、同じ郷里で小学校も同じだったそうです。それですぐ一番に稲井さんを呼んだのです。(6)

4

古瀬判事は、この調書を読みながら、前川裕子というのは、頭脳《あたま》のいい少女だと思った。きっと、小さい輪郭の顔をして、背も高くないが、すんなりとした背格好であろう。つぶらな眼と小さい唇と、皮膚は少し浅黒いのではあるまいか。たしかに、この少女が言うように、自分たちには、気にかかりながらこの次この次と延ばす心理はある。磯野孝治郎は送られてきたその薬を飲む気持はあった。が、なんとなくすぐ飲む気がしなかった。引出しをあけて、薬の箱を見るたびに、まあ今度にしよう、この次にしようと思いながら、それはついに気持の上で一種の負担となりながら、一ヵ月もそのままになっていたのであろう。

さて、当局がその薬の名と製薬会社名を捜査してみると、すぐわかった。心臓病にきく新薬を一ヵ月前に見本として各方面に配ったという点にしぼれば、わけはなかった。薬の名は「パルゼー」と言い、やはり亜硝酸アミール製剤であった。その製薬会社は日本橋にあった。

現物をとりよせてみると、白色の小さな錠剤であった。各方面に配った見本というのは五センチばかりの高さの小瓶で、赤い外装箱にはいっている。二十錠入りで一回五〜七錠服用となっていた。

解剖所見報告は亜硝酸アミールを弱いながら胃中に認めている。これは主として青酸加里の検出をやったのであるから、はじめから亜硝酸アミールを目的とした検出方法であればもっと多く認められたであろう。しかし磯野孝治郎が死の直前に心臓病薬「パルゼー」と青酸加里を嚥下《えんか》したということは、もはや、確実であった。

問題は、磯野が青酸加里と「パルゼー」を別々に飲んだかどうかということである。これは簡単である。そんなことはまずない。つまり、青酸加里は「パルゼー」と一緒に飲まれたに違いない。送られてきたこの心臓病薬に、青酸加里が含有されているとは知らずに飲んで死んだのである。つまり、何者かが、この薬の中に青酸加里を入れ、それによって磯野孝治郎は毒殺されたのであった。

しかし、この錠剤薬に途中で青酸加里を入れることは可能であろうか。考えられる場合が一つある。青酸加里を溶液にして注射器に入れ「パルゼー」錠の粒に一つ一つ注入することだが、饅頭《まんじゅう》かカステラのような柔らかいものなら別だが、石のように堅い錠剤にはそのことは不可能である。でなかったら、最初の製造工程で、つまり製薬会社で青酸加里を混合する場合だけが可能だが、そんなことはむろん考えられない。

製薬会社が新薬の見本として宣伝用に知名人に郵送することはよくある。この「パルゼー」もその例である。それに毒を入れたにしても、この殺人目的の可能性《プロバビリティ》に若干の疑問がありはしないか。磯野孝治郎様とあてて送っても、必ずその薬を飲むとはかぎらない。飲まないで捨ててしまうかもしれない。また、本人が飲まないで他人にくれてやる場合だってある。以前に、毒入りの菓子か饅頭かを贈ったが、当人が別の人にやったために不幸な殺人になった例がある。そう思うと、これは可能性において少し不確かのようである。犯人は度胸がたりないか、あるいは卑怯《ひきょう》なのであろうか。

しかし、ホルモン剤や栄養剤のような薬だったら、他人にくれてやるかもしれぬが、心臓病というのは誰でも持っているわけではないから、やはり他人にはやらないであろう。それに、そういう特殊な持病なら、本人が飲んでみる気を起こすのは人情ではないか。そうなると、本人がそれを飲むという確率が非常に多いことがわかる。つまり、目的殺人の可能性《プロバビリティ》はやはり強い、と古瀬判事は読みながら考えた。

古瀬判事は検事調書を推理小説でも読むような気持で、自分も一緒に考え考え読み進んでいった。検事は、薬品会社から磯野孝治郎宛てに送られた見本薬「パルゼー」錠剤に、どこで、どのような方法で青酸加里が混入せられたかを、いかに解いたであろう。

ところが、この担当検事は、その方法の発見に非常に腐心したらしいが、どうしても思いつかないので、別の方面から進路をつくった。

検事は、被害者が二十錠の「パルゼー」をいっぺんに飲んだのではない、レッテルの指定に従って五錠乃至《ないし》七錠を飲んだであろう、すると残りの十五錠か十三四錠と、それがはいっていた小瓶と赤い外装箱はどこに行ったか、というところから出発した。これらは当時、係官がすぐに捜したのだが、机の中はもちろん、この部屋のどこからも発見せられなかったのである。

磯野孝治郎は、前川裕子が姉の面会のために階下に降りた十五分間の留守の間に、

「パルゼー」を引出しから取り出して、裕子のくんできたコップの水で口中から飲みくだした。これは間違いない。磯野は、そのとき「パルゼー」の残りの錠剤と瓶、外箱をたぶん机の上に置いていたはずである。彼は服剤後五分を出ずに倒れた。どこに片づける間もないはずだ。そのままの状態のなかに、磯野孝治郎は死に急いで拉致《らち》されていったのである。

しかし、裕子が姉との面会をすませてふたたびこの部屋に戻ったとき、机の上にあるはずの赤い外装箱も錠剤の小瓶も気がつかなかった。なかったのか。ないはずはない。それでは裕子の留守中に誰かが来てそれを持ち去ったか。が、調査の結果、誰も侵入した形跡のないことは、まず確実であった。

結論は一つである。裕子がはいってきたときは、それらは机の上に在《あ》ったのだ。ただ裕子の眼につかなかった。一つは磯野の倒れた姿を見て驚愕《きょうがく》してそれに気を奪われていたこと、一つは大きな机の上には書類が乱雑なくらいいっぱい置かれてあったので、小さな赤い外箱も、小さい瓶も、散乱した紙が視覚に混乱を与えて、彼女の視界に正確にはいらなかったのである。(3)

それでは係官が来た時に、捜してもなかったのは――その時は、実際に失《な》くなっていたに違いない。では、誰が持ちだしたか？

それはいちばん先にこの部屋に呼ばれて駆けつけた厚生課長の稲井健雄がもっとも可能性がある。もっとも可能な範囲の中には前川裕子もはいるが、これはどう調査しても白であるし、また実際そうであったから問題としない。

稲井はこの部屋にはいってくると磯野部長の姿を一眼見ると、

「あ、こりゃいかん、すぐ草野さんを呼びなさい」

と言って裕子に電話をかけさせている。電話の位置から裕子は稲井の方には背中を向けて草野嘱託医と通話した。この間、三分、稲井は倒れた磯野部長の傍にいたから、机の上の「パルゼー」(8)の外箱と残りの錠剤を入れた小瓶とをとってポケットに入れるくらいはわけはない。

そのあと、他の社員たちが駆けつけた。

もう一つは、製薬会社の調査であった。その調べでは、磯野孝治郎には見本の「パルゼー」は送っていないことがわかった。だから、送られた問題の薬は製薬会社からではなく、犯人が偽装して送ったことがはっきりわかった。それからさらに調べると、稲井健雄には「パルゼー」の見本が送られていることが知れた。これは製薬会社が各会社の厚生課長の名を調べて、全部郵送したなかの一つである。

検事は曙光《しょこう》を心の中で見たに違いない。

5

ここで稲井健雄のことが洗われている。

彼は四国の或《あ》る町に生まれた。この町には毒死した磯野孝治郎も生まれている。生家の両家の間には交際はなかったらしい。稲井と磯野はこの土地の小学校で同級であった。

稲井は中学校に、磯野は商業学校に行くことによって二人は別々の道に分かれた。稲井は京都で高等学校と大学を了《お》えた。磯野は東京の一ツ橋高商に進んだ。

現在のM――株式会社に入社したのは磯野孝治郎が二年ほど稲井より早い。稲井は他会社に一度つとめてこの会社にはいった。会社は日本でも一流に近い社であった。稲井がずっと東京支店だけで暮らしたのに、一方の磯野は大阪本社との間を勤務が往復した。磯野と稲井との間は、同郷でもあるし、小学生時代の友だちであるというので、これまできわめて親密であった。それは前川裕子が言ったとおりである。

稲井健雄は家庭に妻と二男がある。性質は快活というほうではないが、さして暗いほうでもない。酒は五合飲めばせいぜい、煙草《たばこ》は喫《の》む。麻雀《マージャン》、競馬、競輪の賭《か》けごとはやらない。女性関係は聞かれない。現在の厚生課長になって五年になるが、仕事ぶりは普通である。これは要するに通常の勤め人という印象であった。

磯野孝治郎との間は特に洗った。しかし、稲井が彼を殺害しなければならぬ理由は少しも出なかった。いや、その反対が出るのだ。磯野は稲井を連れてゴルフをしたり料亭に行ったりして個人的な仲が非常に親しいので、社内では稲井さんは磯野営業部長のヒキがあると見ている。ことに磯野氏が重役になると、稲井さんは出世するだろうと噂《うわさ》している。磯野を失うことは稲井にとって大きな打撃なのである。磯野の死亡によって稲井は何一つ利益はないどころか、彼の社内の出世の望みからすれば莫大《ばくだい》な損失であった。

理由も動機も考えられぬにしても、検事はいちおう稲井健雄を疑った。それで、彼のもとに製薬会社から送った「パルゼー」の処置を係官から質問させた。あるいは、その見本薬に彼が何かの方法で青酸加里をいれて磯野に製薬会社の名で転送したかもわからぬという疑いをもっていたのだ。

「ああ、それなら、ここにありますよ」

と、稲井は係官に手を出して、にこにこして小さい瓶を示した。そう想像してよかろう。その見本薬はまだ一錠も減らぬままに、彼によって係官の前に出されたのだから。

が、検事は失望しない。犯人であれば、そのくらいの用意はあろう。

　検事は考えたすえ、封筒のことに思いいたった。磯野孝治郎に送られた見本薬のはいった封筒は、その製薬会社の名前がきっと印刷されていたであろう。受けとった者を信用させるには、そこまでの配慮は必要であろう。あるいは、封筒などはどこのでもよいと言う者があるかもしれないが、中身の薬のレッテルの社名と封筒の印刷社名とが違ったら不自然だから、これは必ずその製薬会社名の封筒を使用したに違いない。前にも書いたとおり、実際の封筒は磯野が受けとったときにすぐ破って捨てたので今は無いのである。

　そこで犯人は磯野孝治郎様という宛名と住所を書き入れるためには、空白の、使用されていない社名入りの封筒を持っていなければならぬ。それをどうして入手したであろうか。

　すぐに考えられるのは、その製薬会社の社員だったら自由に持ちだされることである。それでは、その社員にワタリをつけて一枚の封筒をもらったか。いや、そうではあるまい。

　検事は、その製薬会社の営業部に係官をやって、

「社名入りの未使用の封筒を貰《もら》いにきた者はないか？」

ときかせた。種々、面倒な手数がかかった後、そういう人が来て、実際に使ってない封筒を渡した、ということがわかった。しかも、それは見本薬を入れた発送用ものので、「パルゼー」の小型瓶見本もはいったままだというのである。

「二十六七歳ぐらいの、あまり上等でない服装の人が営業部の営業台《カウンター》のところに来て、『パルゼー』の大瓶を二個買って、知人の所に見本を送ってやりたいから、見本入りの小瓶を、封筒にはいったままくれ、と請求したから二つ渡した。そのとき、こちらで宛名《あてな》を書いてお送りしましょうか、と言うと、返事もしないで出ていった。なんだか、そわそわと急いでいるふうだった」

と、その時の社員は答えた。なおも、よくきくと、服装の感じはタクシーの運転手らしい、ということであった。

それから刑事を八方に派して、都内の全タクシー会社にわたって、その運転手を捜しだすという煩瑣《はんさ》で根気と時間のかかる捜査がつづけられた。そして、数日の後、そのかいがあって、該当の若い運転手を捜しだすことに成功した。

彼は係官の前に次のように述べた。

「車を流している時に、その人は東京会館の前あたりから乗りました。四十六七歳の痩《や》せた紳士でした。日本橋まで行き、ストップし、私に金を渡して、そこの製薬会社に行って『パルゼー』という薬の大瓶を買ってきてくれ、それに知人に送りたいから見本のはいった封筒も貰ってきてくれ、というので大急ぎでそのとおりにしました。私も忙しい商売なのに、こんなよけいな使いをさせられてわりが合わなかったのですが、その人は、すまなかったな、と言って百円を余分にくれました。帰りですか？帰りは都庁の前で降ろしました」

今でも、その人を見たらわかるか、と言うと見れば憶《おぼ》えているだろうと彼は答えた。そこで、係官が彼をともなってM――株式会社に行き、稲井健雄の顔を気づかれぬように見せると、

「十中八九まで、あの時のお客さんです」

と運転手は証言した。

係官は捜査状を請求した。そして稲井健雄の自宅を家宅捜索した。そして「パルゼー」の大瓶と、なんと宛名の書いてない見本薬入りの製薬会社の封筒が一つ出てきた。貰ってきた見本入りの封筒は二つだから、一つは磯野孝治郎に宛てて送ったのであろう。その残りの一つを家に残していたのである。青酸加里は発見できなかった。

係官はそれを押収《おうしゅう》して帰った。なかの「パルゼー」の錠剤薬はすぐ分析したが、こ

れは異常があるはずはなかった。捜査主任は押収した封筒をつきつけて説明を求めた。稲井健雄は連行された。

稲井健雄の痩せた顔は一瞬に蒼《あお》ざめたが、答えた。

「友人に送るため二つ見本入りの封筒をもらってきた」

その答弁はだいたい、運転手の言うことと一致していた。

「一つしか残っていないが、一つはどこに送ったか？」

ときくと、稲井は、

「途中で落とした」

と言い、どこで落としたかわからぬと補足した。

「では、誰にあてて送るつもりだったか？」

ときくと、返答はしなかった。

「あなたには心臓病はない。それなのにタクシーでわざわざ製薬会社に出向いて大瓶を買ったのは、見本入りの宛名の書いてない封筒を貰うためであろう。その証拠に大瓶の薬には一つも手がついていないではないか。運転手を使ったのは、万一を考えて、製薬会社の者の前に、立ちたくなかったからであろう？」

と追及すると、顔をそむけて、返事をしなかった。さらに、

「封筒を落としたというのは嘘《うそ》だろう。磯野孝治郎に送ったのだろう」

と詰めよると、稲井は俄然《がぜん》顔をあげて、

「何を証拠にそんなことを言うか。私が磯野を殺さねばならぬ理由や動機が、どこにあるか?」

と食ってかかった。

6

古瀬判事は、調書を読みながら、ここまできて、それはそうだ、稲井からそう逆襲されても仕方がない、と思った。

稲井が、磯野が死んだ時、一番に部屋にはいってきて、机の上に残っていたであろう毒入りの「パルゼー」の小瓶を隠せる位置にあったからといって、それは推定にすぎない。

製薬会社から封筒をもらってきたことも、それを磯野に送ったという決定的な証拠が出ていない。それに、青酸加里がどのようにして、その錠剤に混入されたか、経路もわかっていない。まして、稲井が磯野に殺意を抱く根拠も見当たらないのである。

古瀬判事は、この段階において、検事と捜査係官の苦悩がよくわかる気がした。

それでも当局は必死に裏づけ捜査を行なった。たとえば、青酸加里を売ったことはないかというので、稲井の自宅を中心にして、かなり広範囲に薬局の聞き込みをしたが、もちろん徒労であった。ただ、近所の薬局が、

「あの家の女中さんがフノリを一枚買いにきました」

と言うだけであった。洗濯物のノリつけをしたのであろう。

「フノリ一枚じゃしようがないな」

と検事が苦笑している顔が想像される。

――古瀬判事が検事調書（また断わるがこの小説では実際の検事調書の形式を追わない）をここまで読んだ時に、夫人が紅茶を持って部屋にはいってきた。

「おそくまで大変ですね、むずかしい事件でございますか？」

紅茶にはいったウィスキーの匂《にお》いが鼻にきた。

「ああ、毒殺事件だ」

家庭では、仕事のことはめったに言わない古瀬判事は、うっかり紅茶をすった口でこう言って、はっとした。

「まあ、いやでございますね」

夫人ははたして眉《まゆ》の間に皺《しわ》をつくって、さりげなくこう言った。それから夫婦の間はこの話題から離れて言葉少ない会話が二三あった。まもなく夫人は、

「わたくしはあちらで本を読ませていただきます」

と断わって去った。

毒殺という言葉を夫人にうっかり言って、古瀬判事がはっとなったのは理由がある。遠い過去だが、夫人の近親者に毒死事件に関係のあった者があるからだ。もっとも、それは毒殺事件ではなく、毒死であった。しかしその言葉が夫婦の間には一種の微妙な刺激となるのである。夫婦というのは、判事にとっても、その人は近親者であった。つまり古瀬判事夫妻は従兄妹《いとこ》同士の結婚であった。その人というのは、夫妻の共通の祖父であった。

祖父はやはり古瀬といって東北の某県の県会議員をしていた。大正九年か十年ごろのことである。祖父の幼な友だちに林隆造《はやしりゅうぞう》という人がいた。郷里の人は昔から古瀬か林かと言っていた。それほど二人は若い時から嘱目されていた。林隆造は外務省にはいって領事などをして海外をまわっていたが、のちに政界に志してある政党に所属した。そして党内の有力な親分に引きたてられて、党内に地歩をすすめていった。党首でもあり首相である某氏が暗殺されて、その政党が分裂した。といっても今の

若い人は知らない。とにかく、頭株を失って、絶対多数の大政党が二つに分かれた。林はそのとき、すでに一方の派の押しも押されもせぬ実力者であった。もし、彼の親分が組閣すれば、彼の入閣は間違いないところであった。大臣といっても今の大臣とは世間の評価が違っていた時代である。

古瀬判事の祖父は、東京に駆けつけた。幼な友だちである祖父と林隆造とは肝胆相《かんたんあい》照《て》らしていると同県人は思っていた。それほど二人の間は仲がよかった。

「わしは一介の田舎《いなか》県会議員に終わるが、あいつはえらい奴《やつ》になる」

祖父は人によくそう言っていたそうである。そういう友だちをもったことを、祖父は誇っているのだ、と聞いた人は思ったであろう。しかし、そのことを家で言う時の祖父の顔は、誇らしげな表情ではなかったと、古瀬判事の父は話して聞かせたことがある。

祖父が東京に駆けつけたのは、もちろん林を激励するためであった。実際、林の派が優勢で、その方に組閣の大命が降下しそうであった。事実は、くだったのであるが、その直前に林隆造は急死を遂《と》げた。

そのころの新聞のことで、発表は押さえられたが、じつは毒死であった。自分で毒を仰《あお》いだのだが、遺書もなく、死ぬる原因は少しも見当たらぬ。まして、すぐ大臣になろうかという間ぎわの、奇妙な自殺であった。だからこの自殺について警察では疑問をもったが、そのままになった。

林が死ぬる少し前まで、祖父は林とたった二人で過ごした時間があった。それで参考に、祖父は警察からずいぶんきかれたが、結局、何もわからずに終わった。

それからの祖父は、なんだか力が抜けたようで、ついには県会議員も辞職して、引っこんでしまった。晩年は寂しい生涯であった。

そういう記憶から、毒死とか毒殺とかいう言葉は、古瀬判事夫妻の間には、いやな語感をもっていた。

しかし、古瀬氏は判事である。仕事のためには毒殺であろうが、毒死であろうが、感情にかかずらってはいられない。

この担当検事はどのような証明をあげて、稲井健雄を起訴したか、を調書に従って読んでいかねばならない。

7

どうして青酸加里が見本薬に混入されたか。その方法の発見に、検事は苦しんだであろう。なぜ、稲井健雄は磯野孝治郎を殺さねばならないのか。その動機の発見にも、検事は迷ったであろう。

けれども、この検事は、ついに、犯人が石のように堅い錠剤に青酸加里を混入させた方法を見つけている。

検事はそれをどうして思いついたか、たぶん、道を歩いている時とか、風呂《ふろ》にはいっている時とかではあるまいか。そういう時に突如として彼の頭に思い浮かんだような気がする。

「稲井の女中が近所の薬局から、フノリを一枚買った」

と、問題にもせずわらい話にした刑事の聞き込みが、検事の思索に楔《くさび》のように割りこんできたに違いない。

「そのフノリ一枚を買った女中にそっときいてみてくれ」

と、彼は係官に要求したのであろう。

「そのフノリは主人の言いつけで買いにいったのか、それとも奥さんの使いかとね。それから、その時、そのフノリを使用して洗濯物のノリつけをしたかどうか。日付けが思いだせたら、何日だったかもね」

刑事は報告をもって帰った。

「旦那《だんな》さまの命令であったから、買ったフノリは旦那さまに渡した。洗濯物のノリつけは、ここ一二カ月したことがない」

買った日付けはよく憶えていないが、およその見当で言った日は、事件の起こる一カ月ばかり以前であった。これはフノリを売った薬局に聞きあわせて、だいたい一致していた。

そこで検事は学生のように、実験を思いたった。鑑識課かどこかに言って青酸加里を少々わけてもらい、紙に厳重に包んでポケットに忍ばせ、帰り道に薬局に寄ってフノリを一枚買った。それから文房具屋にも行って、筆を一本買った。

「おい、うちにアスピリンの錠剤があったな、出しておくれ」

と検事は奥さんに命じる。アスピリンの錠剤は〇・五グラムで、硬度も、大きさも「パルゼー」とほぼ同じであった。

検事はフノリを三分の一ばかり裂きとって、小さな容器の水の中に入れて溶かした。淡い飴色《あめいろ》を帯びた粘着性の溶液ができた。

彼は奥さんにガラスの小さな菓子皿のようなものを持ってこさせ、注意深く、青酸加里をそれにあけた。白い粉末が皿の中央に微小な堆積《たいせき》をつくった。

「なんですの?」

と、検事の奥さんは覗《のぞ》きこんできいたであろう。

「青酸加里さ」

と、夫は答えた。

「まあ、こわいわ、あなた」

検事は実験にとりかかった。白い粉末の上に水でうすめたフノリの溶液が注がれた。白い粉は皿の中の小さな洪水に浸された。彼は箸《はし》の先でていねいに攪拌《かくはん》した。粉末は消えて、半透明の白い溶液となった。

彼は新しい筆の穂先を溶液に浸して、アスピリン錠に入念にまんべんなく厚く塗った。二粒、三粒と、七粒を仕上げた。最初の一粒が乾いていた。それにふたたび白い溶液を塗った。順々に二度目を刷《は》いていった。三回、四回と、乾いては塗る作業をくりかえした。

仕上がってみると、アスピリン錠には厚い膜がおおっていた。純白のきらきらと光沢のある青酸加里の膜であった。錠剤に甘味をつけるため、砂糖を表皮に包んだものが糖衣とよばれているのになぞらえれば、これは〝毒衣〟であった。

検事は七粒のアスピリン錠を大切そうに紙に包むと、土を掘って溶液を流して埋め、使用した容器、箸、筆を焼いた。その炎を見ている彼の眼は勝ち誇ったものであったに違いない。

検事調書によると、この毒の膜に包んだアスピリン錠を検事が稲井健雄に突きつけると、

「被告人は、その時、顔面蒼白《そうはく》となり、唇、手指を震慄《しんりつ》させ、精神的に大いなる衝動をうけたるもののごとくであった」

と、稲井が非常な衝撃から動揺した状態を書いている。おそらく稲井健雄は真の犯人であろう。しかし、稲井は検事に反撃している。

「何を証拠にそれを立証するか。また、自分が磯野孝治郎を殺害しなければならぬ理由と動機がどこにあるか」

ああ理由と動機、検事が頭を抱えているのが眼に見えるようである。

が、検事はついに起訴した。あらゆる状況から判断して稲井健雄が犯人である。動機も判然としない。証拠も皆無のように薄弱である。しかも、この被疑者を捨て去ることはできない。だから思いきって起訴した、という決心が調書の行間に波打っている。同時に、この検事は敗北も覚悟していることがわかる。

古瀬判事は、調書を読みおわった後、煙草をつけた。煙をすいながら、ふと、

「待てよ。こんなことは前に一度あったぞ」

という気がした。

こんなことというのも、どういうことなのかよくわからない。こんな心理というほうが近いかもしれない。が、それよりも、もっと具象的なのだ。どういうのか——。

とにかく、前に一度あった。何か思いだせないが、確かにあった、という気持である。古瀬判事は中学時代に国文の教科書に「徒然草《つれづれぐさ》」を習ったことがある。その何段であったか忘れたが、「ただ今の人の言ふことも、目に見ゆる物も、わが心の中に、かかる事のいつぞやありしはと覚えて、いつとは思ひ出《い》でねど、まさしくありし心《ここ》ちするは、我《わ》ればかりかく思ふにや」の一章が非常に印象的で、まだ文句をうろ憶《おぼ》えしているくらいであった。その時、教師が言った、おまえたちもこんな経験があるか、と。五六人手をあげた中に、自分もはいっていたように思う。

今がそれであった。かかる事のいつぞやありしはと覚えて、いつとは思い出でねど、まさしくありし心《ここ》ち、であった。

8

古瀬判事は裁判所の自分の机の上で検事調書を読んでいた。ただし、これは別の事件の調書である。くりかえすが、判事は多忙で同時にいくつもの事件を担当している。古瀬判事は調書を読みながら、眼をときどき、窓の外にやった。空の色に春の光が沈《ちん》潜《せん》している。広告気球《アドバルーン》がいくつも浮いて揺らいでいた。

判事はまた調書に眼を戻す。質屋に二人づれで忍びこんだが、家人に発見されて居直り、騒がれて雇い人の一人に負傷をおわせて逃げたという、平凡な事件である。

判事は退屈そうに、文字を拾う。

○　そのとき、おまえはどこにいたか？

——帳場の次の四畳半の座敷にいました。

○　Aはどうしていたか。

——帳場に置いてある金庫をこじあけようとしていました。なかなか開かないので、短気をおこして金槌《かなづち》でひどく叩《たた》いていました。音が高いので、私は気が気でありませんでした。

○　つまり、おまえは家の者が起きてくるかもわからないので、そこで見張りをしていたわけだな。

——そうです。

○　それからどうしたか。

古瀬判事は、眼で文字を追っているだけで、半分は冗漫な思考に陶酔していた。友人のこと、誰かと交わした話題のこと、金の計算のこと、今月の新橋演舞場の演《だ》し物のこと。が、眼は雑念にかかわりなく、ひとりで調書の上を進行した。

○　五千円。五千円もらったらいいではないか。

――Aはいやだと言いました。八千円くれなければ帰ってやらないと言いました。それで主人が、あと三千円を出したのです。

○　おまえはどう言ったのだ。

――私は黙っていました。Aに任せて見ているだけでした。Aが、仕方がない、これで帰ろうと私に言いましたので、私は承知しました。すると次の間から、とつぜん……。

とつぜん、ある想念が古瀬判事の頭脳を衝《う》った。閃光《せんこう》のようなものだった。眼にはいっている調書の文字には関係ないことだ。これは、道を歩いている時、風景がいや応なく視界に飛びこんでくるのと同じである。思考は視神経と分離していた。

唐突に浮かんだ発想のために、古瀬判事は読みかけの検事調書を閉じて向こうに押しやった。煙草《たばこ》に火をつけたのは、興奮をしずめるためであった。

磯野孝治郎の毒死事件の調書を読みおわったとき、はてな、このような何かは前に

祖父と林	稲井と磯野	共通点
①幼な友だち	小学校同級生	幼な友だち
②政治に関係	同じ会社	同じ世界にすむ
③個人的に親しい	個人的に親しい	個人的に親しい
④地方県議と中央政治家	厚生課長と営業部長	一方が優位
⑤大臣になる直前	重役になる直前	一方がさらに出世の直前
⑥毒死〔自他殺不明〕	毒殺	死因の相似

も一度あったな、体験でもなく、はっきりした精神の過去でもないので、何か、というよりほかはなかったが、それが対比してみてはじめて心理の経験ということがわかった。かかる事のいつぞやありし心《ここ》ち、の正体であった。

それは古瀬判事の祖父の関係したと思われる、三十七八年前の政治家の毒死事件である。政治家の名は林隆造という名だった。彼は、二つの対比をしてみた。——

上の表の、共通点のところを縦に読んでいくと、この殺人事件の動機について古瀬判事の到達点が想像できる。〝個人的に親しい〟というのが矛盾のようにみえるが、そうではない、かえって殺意を煽《あお》るのである。

判事は長時間考えたすえ、担当検事に電話

をかけて、すぐ会いたいと申しこんだ。

ある種の人間にとって、青酸加里のような毒物を持っていることは心丈夫なのである。それは最後には、いつでも自己の逃避が用意されているからだ。稲井健雄はまだ青酸加里《せいさんカリ》をもっているだろう。磯野孝治郎が飲んだ「パルゼー」錠の残りの十数個か、青酸加里のままの残余かわからぬが。——そういう古瀬判事の考えに示唆《しさ》をうけたのかもしれない、検事はもう一度、稲井健雄の家を厳重に捜索させた。毒物は、家の後ろの野菜のある土の中から発掘された。ビニールに包んだ、レッテルのある小瓶が転がり出た。瓶の中には、十三個の毒の衣をつけた白い錠剤が見え、瓶が人々の手から手に移って振動するたびに、からからと鳴っていた。

「私は、いつも磯野に抑えつけられていた。小学校のときの幼な友だちというので個人的には親しそうにしてくれたが、それは優越感からの虚栄であり、目下の者の肩をたたくようなほどこしであった。彼は私をゴルフに連れていく、酒を飲ませる。しかし私を五年間も厚生課長という閑職に据えておいているのだ。実質はそういう冷淡な男だ。自分だけは出世して、私を冷たい眼でみて愉《たの》しんでいるような男である。そのくせ、私を酒や遊びに誘う。私にとっては、屈辱であった。はじめは、自分が彼によって引きあげられるかもしれないという望みをもったこともある。が、それは空《むな》しい希望であることをまもなく知った。彼はそんなあたたかい男ではない。私を抑えることはあっても、決して引きあげる男ではない。社内の者は知らないから、彼と私とが幼な友だちでもあり、親しそうに見えるので、今にも私の地位がよくなるように思っている。私にとっては、それもたまらない。よくなるはずがないから、私はいっそうに惨《みじ》めになる。彼は重役になりそうだった。重役になれば、私をいいポストに上げるだろうと社内の者は思う。彼はそのことも計算に入れている男である。私を万年課長から動かさない。おまえは無能なのだ、公私は別だ。しかし幼な友だちだ、新しい重役は相変わらず私をゴルフや酒のお供に誘うだろう。たまらなかった。その時のわが身の悲惨を考えたら夜も眠れなかった。私はこれ以上、自分が敗者にならないために、彼を重役にさせたくなかった──」

稲井健雄は検事にそう告白したそうである。古瀬判事は「かかる事のいつぞやありし」という文句をぼんやり考えている。遠い、祖父のことである。祖父の親友の不可解な毒死も、彼が大臣になろうかという直前であった。しかし祖父がはたしてこのような人であったかどうかはわからない。が、どのような人であろうと祖父への愛は変わらないと思った。

なぜ「星図」が開いていたか

1

真昼は灼《や》けるような暑さのつづく七月下旬のある夜、東京都世田谷区△町に住む倉田医師は、看護婦から電話を取りつがれた。

「先生、急患でございます」

「誰だ？」

「×町一ノ四八八番地の藤井と言っています」

医師は読みかけの本をおいて、急いで頭の中でカルテを繰《く》ったが、そんな名前はなかった。

「もしもし、藤井さんとおっしゃると？」

電話口に出て医師は無愛想にきいた。

「はい。今まで病人ではなかったものですから、先生に診《み》ていただいておりませんが

――」

相手は澄《す》んだ女の声で、医師の気持を忖度《そんたく》した言い方をした。

「主人がただいま、変でございます。たぶん、心臓麻痺《まひ》だと思いますが、倒れたきりでございます。恐れ入りますが、おいで願えましょうか？」

医師は腕時計を見た。八時二十四分であった。すぐ行く、と返事して電話を切った。鞄《かばん》の中に死亡診断書の用紙を入れた。

看護婦を乗せたトヨペットを自分で運転して、電話で聞いた地形をたよりに行くと、十分もたたぬうちに、その家を発見した。近所は暗かったが、その家の玄関だけが明かるく灯《ひ》がついていたので、すぐわかった。

「恐れ入りました」

迎えたのは、三十前後の主婦であった。細い輪郭に眼が大きいので、印象に残る顔立ちだと医師は思った。

四間《ま》の部屋の家で、廊下を踏んで奥の左の間が書斎になっていた。三方の壁が書棚になり、東の窓に向かって事務机がある。その前で、死亡者は、安ものの絨毯《じゅうたん》を敷いて床《ゆか》に倒れていた。椅子《いす》が横に転がっていた。

医師は、脈搏《プルス》、瞳孔《どうこう》、心臓と手順のように調べていって、死体に一礼し、不幸な宣言をその妻にした。声立てて、彼女は死体の横に突っ伏して泣いた。

「やはり心臓麻痺ですな」

医師は死因を述べた。

死者は浴衣《ゆかた》の寝巻きを着ていた。机の上を見ると大きな厚い本が開かれたままだった。医師が覗《のぞ》いてみると、それはF社から出版された百科事典で、左のページの上は「せいしんもう＝精神盲」の項目ではじまり、右のページは「せいず＝星図」の図版が一ページに刷りこんであった。

（ははあ、星図でも調べている時に心臓麻痺の発作でも起こったのかな）

医師は、そう思った。

「日ごろ、心臓はお弱かったんですか？」

医師がきくと、ようやく泣きやんだ妻は、まだ慄《ふる》えのやまぬ声で答えた。

「はい。特別丈夫なほうではありませんでした」

しかし、それでも今まで患《わずら》いついたことはないと答えた。

「調べものでも、なさっていたのですか？」

医師がたずねた。

「八時前でした。主人はそれまで別の座敷で床《とこ》をのべて寝ていたのですが、急に調べものがあると言って書斎にはいったのです。わたしはその座敷に居残って新聞を読んでいたのですが、十分もたたぬうちに物が倒れる音が聞こえてきたので、すぐとんでいったのです。すると主人が床に倒れていて、呼んでも返事もせず、顔を見ると、瞳《ひとみ》も動かないので、すぐに先生にお電話したのです」

「ご主人が床を敷いておやすみになっていたのは、ご気分でも悪かったのですか？」

「いいえ、今日の午後まで、三日間ハン・ストをしてたいへん疲れていたものですから」

医師は、相手の低い言葉にもかかわらず、びっくりした。

「ハン・ストですって。ご主人がですか？　いったい、どこの会社の争議で？──」

「会社の争議ではありません。新聞でご存知かもしれませんが、主人は東都中央学園の教員でございます」

彼女は物静かに答えた。

しかし、医師はその一句を聞いて、急に動揺をはじめた。

「奥さん」

と、医師は困惑に表情を堅くして言った。

「ご主人の死因はまさしく心臓麻痺で、決して変死ではありません。しかし、そう承《うけたまわ》ると、場合が場合ですから、私も慎重を期さねばなりません。あとで変な問題とならぬよう、はっきりしておいたほうがよいと思います。私のほかに、もう一人、別な医者を立ちあわせていただきたいのです。奥さんのほうでお心当たりがなければ、私が、知った医者を電話で呼びます」

あとでこの処置が当《とう》を得ていたことがわかった。

2

立ちあいにきた医師は、倉田医師の説明を聞いて、それはやはり警察に届けたほうがよろしかろう、と言った。変死ではなく、自然死だが、なお、警察にも知らせておく必要がある。この死者の現在の環境というか、周囲の事情が、二人の医師の意見を、そのことで合致させた。

事情というのは、こうである。

死者の名は、藤井《ふじい》都久雄《つぐお》といって、世田谷区××町の東都中央学園の高等部の教諭であった。この学園は三十年前の創立当時から文化的な、あるいは自由主義的な私立学校として有名であった。

ところが最近この学園に学校騒動が起こった。先代の校長が死んで、校主の甥《おい》に当たる人と、学園の実際の運営に当たってきた総務部長とが、二代めの校長の地位を争ったのである、学校騒動の通例として、教師側も父兄側も、二派に分かれて、紛争をひろげていった。

それが激化して、総務部長側の教師たちは学園の正門横にテントを張ってハン・ストを行なった。自分たちの反対する、校主の甥が野望を放棄するまでつづけるという主旨の声明が張りだされ、新聞にもそのことは報道された。教師のハン・ストは珍しいので、世間の注目を浴びた。

それについて批判の声もあった。情勢からみてハン・ストは行きすぎの形であること、夏休みにはいる直前で、そうまで即決を焦慮しなくとも、すぐ一カ月間の冷却期間があるから、話しあいは充分に進められることなどが理由であった。この批判に対してスト組は、今、この気勢の上がったところで押して勝たねば勝つ時がない。一カ月の冷却期間というが、その間に、敵方からどんな策謀や切りくずしがあって敗北するかもわからない、と反駁《はんばく》した。

暑さのなかでハン・ストがはじまった。五人の教師がテントの中に横たわった。その中に、藤井都久雄がいた。三十八歳でいちばんの年長であった。

ハン・ストがはじまって三日めに、これ以上紛擾《ふんじょう》を大きくしたくないという校主の甥の辞退によって、騒動は解決した。ハン・スト組は勝利を得たわけである。藤井都久雄の死は、その晩であった。つまり、彼がタクシーに送られて自宅に帰ったのが、午後五時ごろ、八時には急死したのであった。

死亡はあくまで自然死であるが、以上のような特別な事情であるから、とつぜんな彼の死について何か疑惑を外部から持たれる可能性があった。医師たちの恐れはそれだった。

倉田医師は立会医師の同意を得たので、所轄《しょかつ》の警察署に電話をかけた。

「とにかく、こういうことですから、いちおう、ご連絡しておきます」

警察では、それでは、これから行ってみる、ということだった。

三十分ばかりして署の車が着いた。警部補や、鑑識係員、警察医などが、室内にどやどやとはいってきて、急にものものしくなった。自然死の遺体が、まるで変死体のように見えた。

警察医が屈《かが》みこんで、ていねいに調べていたが、立ちあがると警部補の横に寄ってきて、

「やっぱり心臓麻痺ですね」

とささやいた。警部補はうなずいた。

その警部補はまだ三十二三歳の男で、頭髪を短く刈り、眉毛《まゆげ》の薄い、眼の細い男だった。その顔の印象にふさわしく、ものの言いかたも緩慢《かんまん》であった。倉田医師に出した名刺には矢島敏夫と印刷してあった。

矢島警部補は、そこに控えていた藤井都久雄の妻にくやみを述べたうえ、

「ご主人の死因は心臓麻痺だとわかりましたが、念のためにおたずねいたします。これは、ほんの参考程度ですから、お気にかけないでください」

と言った。藤井の妻、今は未亡人となった彼女は大きな眼をあげて、ちらりと警部補の顔を見たが、すぐ眼を伏せてうなずいた。

「ご主人が帰られたのはタクシーで午後五時ごろだそうですが、その時の様子は？」

「三日間のハン・ストのために、たいへん弱っていました。帰るとすぐ寝たいと申しますので、床をのべてやりました」

倉田医師が電話で聞いたように、透明な声で答えた。直接よりも、傍らに立って聞いているとよくわかった。

「手当ては？」

「葡萄糖《ぶどうとう》にビタミン、それに強心剤の注射は帰るときに校医さんに打っていただいたとかで、わたしは牛乳と生卵と、お粥《かゆ》をすすめました。あまりいちどきには悪いと思

って少量を与えたのですが、それを食べてしまうと、一時間もしたら、自分で元気が出たようだと申しました。それから、少し調べものをしたいと言って寝巻きのまま書斎にはいったのです。わたしは、まだ無理だからと制《と》めたのですが、すぐすむから、と言ってきかずに座敷を出ていったのです。書斎では、わたしが行くと機嫌が悪いものですから、ここに居残って新聞を読んでいましたら、急に書斎から倒れる物音がしてきました。十分もたっていませんでした。わたしが急いで来てみますと、こんな状態で横になっていたのです」

3

「ご主人は、心臓に疾患はありませんでしたか？　たとえば心悸《しんき》亢進《こうしん》とか、狭心症とか――」

「ありません。ただお酒を飲むと胸が苦しくなると申しまして、お酒はいただきませんでした。ですから心臓はさほど丈夫ではないと思っていました。しかし病気はありません」

「今度のハン・ストは自分から進んでなさったのですか？」

「それは、もう、学校のためだからと言って一生懸命でした」

「調べものというのは、これですか？」

警部補は開かれた百科事典をのぞいた。左ページが「精神盲」ではじまり、右ページの全部を占めて「星図」の図版があった。つまり「せいしんもう」から「せいず」までの項が開いてあった。左ページの下のほうに「星図」の項目がある。

「星図でも調べておられたのですかな」

警部補は倉田医師が思ったと同じことを言った。

「さあ、わたしにはわかりませんが」

「ご主人が親しく交際されていた学園の同僚の方がおりますか？」

「はい、筒井さん、山岡さん、森さんなどです」

警部補はそれらの人名を手帳に控えた。

「みんな、今度の騒動ではご主人と同じ行動ですか？」

「はい。森さんと山岡さんは、ハン・ストの組だったと思います」

警部補は、もう一度、机の上の百科事典に眼を投げた。人眼を惹《ひ》くほどの分厚さと装幀《そうてい》の豪華さとをその書物はもっていた。警部補は、その書籍を持ちあげてみて金箔《きんぱく》の背文字を眺めた。横にいた倉田医師にもその文字は眼にはいった。「しら——そうおん」と内容項目の頭尾が表示してあった。

「立派な本ですね」

警部補はほめて、机の上にふたたび置いた。同じ装幀の事典が十何冊か書棚にならんで背の金文字を光らせていた。

「ところで、奥さんのお名前は？」

「藤井《ふじい》滝子《たきこ》と申します」

「この家にご一緒にいらっしゃるご家族の方は？」

「子供がいないものですから、主人と二人だけでした」

矢島警部補は、そこでおじぎをして、

「失礼しました。これで充分です。ご遺体はどうぞご自由にご納棺願います」

と言った。滝子未亡人は黙って頭を下げた。落着きをすっかり取りもどしている立派な態度であった。

警部補は、それから倉田医師に向かって、

「先生、どうぞ死亡診断書を書いてあげてください。ご連絡をいただいてありがとうございました」

と、抑揚《よくよう》のない調子で礼を言った。倉田医師にとっては、これはちょっと刺激のある経験であった。結局、なんでもなかったが、警察に届け出た処置には後悔はなかった。

「これだけ念を入れておけば、あとで問題にされることはない」

そういう満足であった。

その経験があって、三十日ばかり過ぎた。むろん、藤井都久雄の葬式は無事に営まれたに違いなかった。日々の生活が来ては逃げて、医師の記憶の下に、そのことは埋もれてしまった。

ところが、ある日、倉田医師は新しい患者の往診を頼まれた。十六七の女の子で腹痛を訴えていた。盲腸炎ではないかと家族は心配していた。

診察すると、たんなる大腸カタルだった。患者も家族も安心した顔をした。ふと医師が枕《まくら》もとを見ると、タブロイド型の謄写版《とうしゃばん》刷りが置かれてあって、『東都中央学園報』と題字が見えた。それだけではたいした興味は起こらなかったであろうが、医師の眼を惹いたのは〈藤井先生を悼《いた》む〉という標題が見えたことだった。

「ああ、あなたは、あの学園の生徒さんですね？」

と言うと、少女の患者は、顎《あご》をひいてうなずいた。

「ちょっと、これを見せてくださいね」

倉田医師の頭の中に、あの夜の記憶がよみがえった。藤井都久雄という心臓麻痺の死者の死顔と、その妻の大きな黒い瞳《め》が浮かんだ。

医師は一通りその学校新聞に眼を通して、患者にきいた。

「これはもう、読んだのですか？」

「ええ、何度も読みましたわ、寝ていて退屈なものですから」

女学生の患者は答えた。

「じゃ、私に貸してくれませんか。面白そうだから、帰ってゆっくり読みたいのです」

「いいえ、ちっとも面白くはありませんの。でも先生がごらんになりたければ差しあげますわ」

4

『東都中央学園報』はペラのタブロイド型だが、表の面に〈藤井先生追悼〉を特集した記事を埋めていた。これは言うまでもなく、ハン・スト直後に急死した藤井都久雄を悼む意味が充分に見えた。ハン・ストの疲労が彼を死に追いやったことはむろん書いてないが、不適格な校長就任反対の戦いのあとに斃《たお》れたことを哀悼する雰囲気は盛りあがっていた。筆者は、彼の同僚たちが多く、その思い出を語っていた。

その中で、倉田医師の関心をひきつけた二つの記事があった。一つは、筒井という教諭が藤井都久雄のことを勤勉努力の人であると書いているが、その一節に、こんな文句があった。

「藤井先生は若い時、郷里の小学校で代用教員をしておられました。それが奮然として郷里を捨てて上京され、苦学されたことについて面白い挿話があります。ある時、先生が教壇に立っておられた時に、前の机の中に村の悪童どもが悪戯《いたずら》を仕掛けていた。先生は、こういう悪戯をされるのは、畢竟《ひっきょう》、自分が代用教員であるからだ、よし、もっと偉い教師になろうと決心されて、上京なさったそうです。これはわれわれが直接聞いた話です」

もう一つは、森という教諭であった。

「藤井先生は研究心の強い人です。研究したいとなると、すぐに取りかからねば承知できない性質でした。あのハン・ストをやった三日めの最後の日、私の隣りに藤井先生が横たわっておられたのですが、その向こう隣りは山岡先生でした。私は寝たまま、聞くともなく聞いていると、山岡先生が、藤井先生にきくのです。君、続日本紀《しょくにほんぎ》の編者の菅野真道《すがのまみち》の簡単な経歴はわからないかね、生徒から質問されてそのままになっているんだがね、すると藤井先生は、調べてみよう、と言っておられました。先生は書斎で急に亡《な》くなったのですが、思いたつとすぐに調べてみなければ気のすまない先生のことですから、疲労しておられたにもかかわらず、きっとその菅野真道のことを調べに書斎にはいられたのだ、という気がします」

これを読んで倉田医師は頭を傾けた。百科事典が開かれていたページは「星図」であって、菅野真道の項ではない。しかし、森教諭の書いていることは肯定できる。おそらくそうであろう。三日間のハン・ストに疲労した藤井都久雄が、お粥と牛乳と卵を摂《と》って二三時間ばかり床の上でやすみ、少し元気が出たから、と言って書斎にはいったのは、森教諭の想像したとおり、そのことを調べに百科事典をとりだしたのであろう。だが「星図」のところが出ていたのはなぜか、なぜ「星図」を調べる必要があったか？

倉田医師はこの疑問に非常な興味をもった。念のために、あれと同じ百科事典を調べてみたいと思った。藤井家に行って見せてもらうわけにはいかないから、同じ本を図書館で見るよりほかなかった。

医師は忙しい往診を早くすませ、二十年あまりもご無沙汰《ぶさた》をしている上野図書館にまわった。係りの人に言って、同じ事典の「星図」の載《の》っている一冊を借りだした。それは第七巻で「しら――そうおん」と金文字がある。あの時、藤井都久雄の机の上にあったのと同じ一巻であった。

倉田医師は「星図」のところを開いた。右ページに星図の図版があり、左ページの肩が「せいしんもう＝精神盲」からはじまっていることは、むろん、寸分と違《たが》わない。試みにそのページの項目を拾ってみると、「精神盲」「精神療法」「セイス」「星図」となっていて、藤井都久雄が調べようとしたかもしれなかった続日本紀の編者「菅野真道」とはほど遠く、意味がわからなかった。

倉田医師は頭を抱えて図書館から出た。鶯谷《うぐいすだに》の方に向かって、暑い陽《ひ》ざしをうけて歩いていると、またしても倉田医師は奇妙なことを思いついた。

あの学校新聞に載った、藤井都久雄の発奮の動機となったという〝悪童の悪戯〟とはなんだろう、という単純な疑問であった。疑問というよりも、ちょっとした好奇心に近い。どういうことなのか、あの記事の筆者の筒井という教師にきいてみようと、ふと思いたった。少し突飛《とっぴ》なようだが、それを確かめずにはいられぬ気持が、この時の倉田医師に湧《わ》いていた。

学校は休暇がすんで始まったばかりであった。電話をかけると、筒井教諭は学校にいて、彼の面会を承知した。

学校の応接間で、筒井氏は笑いながら説明した。

「ああ、あれですか。生徒が机の引出しの中に蛇を入れていたと言うんですよ。田舎の小学校のことですからね。悪童どもが藤井先生の蛇嫌《ぎら》いを知って悪戯をしたんですな。あの時は、真っ青になったと、話していましたよ。それが、先生が東京へ出てきて勉強する動機となったのだそうです」

5

藤井都久雄の死は確かに心臓麻痺という自然死であった。そのことは一点の疑いもない。立ちあいの医師も警察も実際に死体を検《しら》べて同意していることなのである。が、どこかに錯誤がある。倉田医師はそんな気がして仕方がなかった。自分の診断を疑うのではなかった。それは間違いない。三人の医者が同じ所見であった。これは揺《ゆる》ぎがない。

それなのに、どこかで違っているような危惧《きぐ》がした。錯覚かもしれない。精密に検算を何度やっても同じ答えが出るのに、大きな気づかぬ間違いを冒しているような気がしてならないのと同じ気持だった。

どこからこの危惧は来るか。

どうも、あのハン・ストが気持に引っかかるのである。藤井都久雄は三日間のハン・ストでたいそう疲労していた。この事実が、澄明《せいみょう》な空にただよう雲のように倉田医師の心に翳《かげ》る。いや、毒糸のように平静な心を混濁させるのである。

どうもわからない。

が、わからないなりに、この漠然《ばくぜん》とした不安を解く鍵《かぎ》が、あの百科事典にある気がしてならなかった。

倉田医師は、忙しいのにもう一度図書館に足を運んだ。大げさに言うと、何か真理を探求せねばならぬ気持であった。

百科事典第七巻を借りだして、「星図」のところを開いた、死の直前に藤井都久雄が開いていたと同じページである。「精神盲」「精神療法」「セイス」「星図」。どの項目を見ても、藤井都久雄がそこを開いた目的はわからない。前と同じに、今度も見当がつかなかった。

倉田医師は眼をぼんやり窓の外に向けた。強い陽が博物館の青銅の屋根に当たっている。古雅な眺望である。

　彼は諦《あきら》めて、事典を閉じた。千ページ近い厚みであった。何気なく、背皮の「しら――そうおん」の金文字を見た。つまり「し」の終わりのほうと「そ」のはじめのほうが、この事典に収容されていた。

　はっとした。なんということだ。「し――そ」なら、「す」の項もこれにあるのだ。あいうえお順で、この第七巻は「しすせそ」が収載されてあるのだった。今まで、「星図」ばかりに観念が固執していたから、こんなとうぜんなことに気がつかなかったのだ。

　倉田医師は、も一度それを開いて「す」の部を繰った。ある、ある。「菅野真道」の項は、ちゃんと載っていた。

「すると――」

　と、倉田医師は心の中で呟《つぶや》いた。

「藤井都久雄はやはり菅野真道を調べたのだ。少なくとも調べようとしたのだ。それでこの本を書棚から抜きとって開いたのだ。しかし、開いたところが星図のところとは、どういうわけだろう」

　星図のページが開かれていた理由は、依然としてわからなかった。

あるいは、と彼は思いかえした。

調べを頼んだ教師が、別なことも頼んだかもしれない。『東都中央学園報』に載っていたその山岡先生というのに一度会ってきいてみようか、と思った。

あくる日、倉田医師は学校に山岡教諭を訪ねた。

山岡教諭は三十四五の如才《じょさい》のない人だったが、頭を掻《か》いて答えた。

「いや、確かに藤井先生に菅野真道のことをおたずねしたのは私です。菅野真道のことを私が生徒から質問をうけていたのはあのハン・スト騒ぎの前で、そのままになっていたのを思いだし、私は何も材料をもたないので藤井先生におたずねしたのです。私は先生と親しくしていたし、よくこんなことで厄介になっていました。それで、この騒ぎがすめば授業がはじまるので、ハン・ストの最終の日に、ふと思いついて先生にきいたのです。それを、森先生が横で聞いていたとみえ、学校新聞にあんなことを書いたのですな」

「それは、菅野真道のことだけですか、ほかに星図のことはおききになりませんでしたか?」

「せいず?」

「星の図面です。百科事典のそこを開いて藤井さんは亡くなっておられました」

「知りませんね。私がきいたのは菅野真道のことだけです」

山岡教諭は断言した。

しかし、どこかに誤りがある。——倉田医師はひとりになって思索を追った。

星図のページが開かれていたのは偶然ではない。たとえば気まぐれにそこを開いたとか、風に煽《あお》られて紙がめくれたとか、そういうものではない。たしかに、そのページが開かれる必然性があったのだ。

藤井都久雄は、そのページを開いて、何かを見たに違いない。彼は見た直後に死亡した。むろん、見たことと死亡とは関係はないだろう。が、何かがある。わからないが、何かがあることはわかる。

倉田医師は、これ以上は、自分の手に負えなくなったことを自覚した。

6

矢島警部補は細い眼をまたたきながら、倉田医師の説明を聞いた。

「なるほど、面白いお話ですな」

と、警部補はあまり弾《はず》まない声で答えた。

「あの時、机の上に、星図のところが開かれた百科事典のあったことは、覚えています。どうしたのでしょうな」

とのんびりしていた。それより、藤井都久雄が出京して勉強する原因になった悪童の悪戯のほうにひどく興がった。

「私も田舎者ですからな、子供の時、先生にそんな悪戯をして喜んだことがありますよ」

それから、あの時の藤井都久雄の死は、誰が見ても自然死である。今さら、これを追及しようとは思わないが、面白いご意見だから参考に承っておく、と言って、倉田医師はていよく追っぱらわれた。

自分の言ったことがあまり突飛すぎたのであろうか、それとも、自然死だから、もうタッチしないというのであろうか、と倉田医師は矢島警部補の気乗りのしない態度に、少々失望して考えた。

が、そのことを警部補に話したことが、まるで体内の包蔵物を吐きだしたように、あとに何も残らなくなった。あれほど気にかかった藤井都久雄の死の一件を、倉田医師はきれいさっぱりと忘れることができた。つまり、医師はふたたび多忙な診療の世界に心をひき戻されたのである。

それから一カ月近い日が流れた。

ある日の午後、ひとまわり往診を終えて帰った医師に矢島警部補から電話がかかってきた。

「やあ、だいぶ涼しくなりましたな」

と、警部補の声は電話でも抑揚がなかった。

「この間はありがとうございました。おかげで、犯人を挙《あ》げることができました」

倉田医師は、びっくりした。

「え、犯人ですって？　あれに犯人があったのですか？」

「ありましたよ。藤井都久雄さんは確かにある人の企《たく》みで死んだのです。お話しします。お忙しくなかったら、署にいらっしゃいませんか？」

「ちょうどすんだところです。すぐ伺います」

倉田医師はすぐ車の用意をして出かけた。警察署に着くまでも、彼は考えつづけた。犯人が出たといえば藤井都久雄は殺されたのであろうか。しかし、あの死は絶対に自然死である。他殺では決してなかった。

が、単純な自然死とするには割りきれなかった。その疑惑は、はっきりと説明はできないが、目分はもっていたのだ。しかし、犯人を挙げたというが、それなら現実の自然死をどう説明するか。医師はさっぱり見当がつかなかった。

「やあ」

矢島警部補は医師を柔和な表情で迎えた。細い眼がいっそう細かった。

こちらへ、と言って通したのは、狭い一室だった。彼の個室らしい。

「犯人が挙がりましてね」

警部補は医師の顔を見て、電話の時と同じことを平板に言った。

「あれに犯人があったのですか？」

と、倉田医師も電話の言葉を繰りかえして、

「それでは、藤井都久雄の死亡は犯罪だったのですか？」

「そうですね」

「しかし、あれは自然死でした。他殺ではありません。三人の医者が検べたのですよ」

「他殺という観念を、」

と、警部補は、眠そうな眼つきで話した。

「変死体についてのみ局限するのは誤りでしょう。他からの作為によって自然死に導けば、それも立派な他殺ですよ。その作為そのものが、すでに犯罪とは思いません

か?」

「どうもはっきりとのみこめませんが」

「いや、この間はありがとうございました。じつはあなたのお話で暗示を得たのですよ」

警部補は、すぐには犯人のことには触れないで話をはじめた。気負ったような語調ではなく、ぼそぼそした話し方だった。

「藤井氏の死亡は確かに心臓麻痺でした。しかし、その誘因というか、当時の環境は、三日間のハン・ストでたいへん疲労していた。しかも七月末の炎暑の最中です。丈夫なものでもまいるのに、心臓のあまり強くない者にはこたえますよ」

「え、なんですって。では、そこからすでに何かの作為があったというのですか?」

「ハン・ストにいたるまでの経過は、藤井氏に対しての特定の作為はありません。そこまでは純然たる学校騒動です。ただハン・ストにはいってから、ある人がそれを利用したのです。私は遅まきながら、あの騒動を調べてみますと、何もすぐにハン・ストにはいらなければならない情勢ではなかったことがわかりました。まだ、その必要はなかったのです。ハン・ストにはいると、それは行きすぎだという批判が内部にも外部にもあったくらいですからね。それを、ある人が強引にハン・ストに持っていったのです。その人は藤井氏がかねてから心臓が丈夫でないことを別なある人から聞いて知っていたのです」

「待ってください。それでは、藤井氏を狙《ねら》ってハン・ストをさせたというわけですか？」

「そういう仮定を立ててみたのです。むろん、それにはハン・ストの組に藤井氏を入れなければ意味がありません。熱情家の藤井氏は、進んでハン・ストに参加しました。いや、裏返せば、藤井氏一人にハン・ストさせるため、他の四人を参加させたことにもなります。強引なその策略は成功しました。それに、その男もハン・ストの五人組の一人にはいっていました。藤井氏は心臓があまり丈夫でなかった。その人に対しての三日間の絶食と炎天。下地の準備は、それでできたのですな」

倉田医師は消えた煙草《たばこ》にも気がつかないで聞き入った。

「私はハン・スト組の診察に当たっていた当時の校医に会ってきいたのですが、藤井氏の脈搏は他の四人の誰よりも悪かったそうです。それで注射を何度もしたうえ、校医が二日めに、藤井氏に離脱を勧告したのですが、他の仲間への義理からか、あるいは情熱家のせいか、とうとう最後までがんばりとおしました。彼はたいへん疲労して家に帰った。計画者は藤井氏のその状態をはじめから狙っていたのです」

「なるほど」

「帰宅すると、彼は奥さんのすすめる牛乳と卵とお粥を摂った。しかし、これは目撃者はないのです」

「え？」

倉田医師は思わず眼を開いたが、警部補はかまわず先を進めた。

「とにかく、三時間ばかりして、藤井氏は書斎にはいりました。疲れていても、すぐ調べねば気がすまなかったのです。これは、あなたの推定のとおり、同僚から頼まれた菅野真道のことを調べるためです。藤井氏のそういう性格を計画者は計算に入れていました」

「しかし、」

と、医師は、ここぞとばかり言った。

「百科事典が開かれていたページは星図の個所ですよ」

「そうでしたね。菅野真道のところではなかった。なぜ、そこを開いたのでしょうか？」

警部補は、ここで意地の悪い反問をした。

「わかりません。それで、さんざんに考えぬいたのです」

「栞《しおり》ですよ」

と、警部補は短く言った。

「え、なに？」

「本の間に挟めてある栞ですよ。普通、われわれが本を開く時、ぱっとページが分かれるのは栞をはさんだところでしょう。厚い栞ほどそうですね。目的のページをあける前に、そこだけが先に開く」

「しかし、」

と、医師は頭に手をやった。

「私が見た時は栞なんかありませんでしたよ」

「まあ、待ってください。それは後まわしです。私は、いろいろ考えたすえ、それよりほかないと思った。風でページがめくれるとか、何気なしに偶然そこを開いた以外はね。あの場合、室内だし、窓から風がはいってページをはぐるほど、外に強い風はなかった。これは中央気象台に当日の天気をききあわせて確かめました。それから、何気なしにそのページが開いたのではない。ものを調べるときには、まず、その近い部分を開くものです。しかるに菅野真道と星図とでは五百ページ以上も違う。あまりに見当違いです。やはり栞がそこに挟まっていたと考えたほうがよいのです。藤井都久雄氏は、じつはその栞を見るや否や、ショックをうけてついに死亡したのです」

「栞で！」

医師はびっくりした。

「そら、心臓麻痺とショック死とでは外見上区別がつきがたいというではありませんか。計画者は、はじめからショック死を計算していたのです。藤井氏をハン・ストに参加させて心臓を弱らせておいたのはそのためです」

「ですが、そんなに強いショックを与えた栞というのは？」

「藤井氏が発奮した田舎の挿話を思いだしてください。蛇の脱け殻ですよ。それが栞がわりにたたんではさんであったのです。田舎の学校では藤井氏は蛇を見て真っ青になったというではありませんか。藤井氏は蛇に対してたいへんな恐怖と嫌悪《けんお》をもっていたのです。計画者は、それを知っていました。私があの家の家宅捜索に行って、例の事典を調べましたら、星図のページの綴込《とじこ》みの深いところに、蛇の脱け殻の切れた小さい細片が、残っていましたよ。そして、一カ月前、新宿のまむし屋で、呪《まじない》(金持になる)だからと言って、蛇の脱け殻を買いにきた女があったことがわかりました」

「女？」

「そら、人が来ぬ間に、開いた本から、証拠の死の栞を取り捨てられうる立場の人、藤井氏の細君ですよ」

「ああ、では、その蛇の栞を入れた本を開かせるように仕向けた男も！」

「そうです。山岡という教師です。彼が藤井氏の細君と懇《ねんご》ろになって共謀した仕事です。ハン・ストを強引に主張したのも彼です。ただ彼の失策は、菅野真道の調べ方を藤井氏に頼んだとき、それを他の教師の横で言ったことです。彼としてはタカをくくっていたのでしょう。そこからあなたの疑問が起こったのですね」

「しかし、なぜ、蛇の脱け殻を菅野真道のページにはさまずに、星図のページに入れたのでしょうか？」

「あ、それはね、山岡は、はじめ、菅野真道のページにはさむように藤井氏の細君に指示したのですが、細君がその名前を忘れてしまったのです。それで、いいかげんなページにはさんだのです。同じ本だから、どうせ藤井氏が見るだろうと思った、と自白しています」

それから警部補は微笑した。

「何しろ、スガノマミチなんて、むずかしい名前ですからね」

反射

1

霜井正雄《しもいまさお》が、雨宮《あまみや》スミ子に殺意を起こしたのは、まったく金が目当てであった。雨宮スミ子は三十三歳で、ある会社の重役の山本周造という人の愛人であった。杉並区井荻《いおぎ》の静かな住宅街の中に一軒を借り、そこに週に一度か二度泊まりにくる山本氏を待ちうけている生活をしていた。

スミ子は、その前は新宿の二幸《にこう》裏にある小さなバーの女給をしていた。霜井との結びつきはそのころからである。スミ子が山本氏に囲われて、世間でいう二号の生活にはいってからも、二人の関係はつづいた。

霜井はスミ子の家にたびたび行き、山本氏が来ぬときは泊まったりした。六畳と四畳半、それに台所、風呂場《ふろば》、三畳の物置部屋という小さいが新築後まもないきれいな家だった。山本氏はひとり居のスミ子を危ながって、女中を置けと言うが、小さい家に他人がいると、あなたと一緒のとき遠慮で気ままができないから、とスミ子は言いつづけて断わった。理由だけに、山本氏もそれ以上強制する力がなかったらしい。

結局、スミ子が旦那《だんな》に殺し文句を言って、独《ひと》りでいたのは、霜井との逢瀬《おうせ》を容易にした結果になった。では、彼女はそれほど霜井に打ちこんでいるかというと、必ずしもそうではない。いわば二人の間は、新宿のバー時代からの惰性というべきもので、別れてもさして未練が残らないくらいに愛情は冷えていた。

ただ、スミ子のほうは、三十三という女ざかりでは、週に一二度程度の初老の山本氏を待ちきれない渇《かわ》きがあり、霜井のほうからいえば、旦那から金をとって溜《た》めているらしいスミ子から小遣銭を借りだす便利があった。

スミ子は金銭的には、ちゃっかり屋で、決して霜井に金をただでくれてやることはなかった。必ず「貸してあげるわ」という言葉を使った。

その借金は霜井の月末の給料から、いくらかでも返さないとスミ子は承知しなかった。山本氏にも見せない金銭出納帳《すいとう》のようなものを持っており、それに霜井への貸金は記入されていた。

「まだ、これだけも残っているじゃないの。五百円や千円ぐらい、ときたま返してくれても、しようがないわ」

そう、ぶつぶつ言って、霜井の新しい借金に渋りながら何分の一かを応《おう》じた。いくらかでも出すところは、まだ霜井に愛情を見せているつもりかもしれなかった。

しかし、霜井正雄がスミ子を殺そうと思いたったのは、彼女が溜めた小金が目的ではない。彼女が山本氏から近々に貰《もら》うことになっている二十万円が目当てであった。

山本氏の経営する会社は、近ごろの経済好況にうるおって、この半期には今までにない利益を上げた。それで彼は大いに喜んで、惚《ほ》れている雨宮スミ子に二十万円をあたえる約束をしたらしい。霜井はそれをスミ子に会った時に聞いた。

「山本は約束は堅いから、きっと持ってくるわ。小切手はいやだから、現金にしてくれと言ったの。だって小切手では、お金らしく見えないもの。十万円の札束を二つ、四五日眺めてから銀行に入れるわ。そうね、あんたにも五千円ぐらい貸してあげてもいいわ」

二十万円をただで貰って、五千円貸しあたえるというところに雨宮スミ子の性格があった。

霜井は金が欲しくてならなかった。スミ子のようなくだらぬ女が大金を簡単に手に入れることが不合理に思えて仕方がないのだ。霜井は大学を出てすぐ今の会社に勤め、七八年になる。未《いま》だに月給がやすく、少しの貯蓄もない。

じつは彼には最近、恋人ができて、結婚をあせっていた。その費用に、霜井は窮《きゅう》した。だからスミ子から二十万円の話を聞いたときから胸が騒ぎだした。

霜井は二十万円をどうかしてこっちに盗《と》る方法はないものかと考えた。が、それはむずかしい。その金のある間は、スミ子は留守をせずに厳重に家で見張っているに違いない。それに、かりに奪ったとしても、スミ子に、後から彼の所為《せい》と見破られそうだった。彼女は彼を警察に訴えるに躊躇《ちゅうちょ》はしない。

霜井は二十万円の金を手にするには、どうしてもスミ子を殺さねばならないと覚《さと》った。

「ねえ、山本はね、今度の月曜日に金を持ってくると言うのよ」

何も知らない彼女は、次に会ったとき、霜井にうれしそうに、そう話した。

「ふうん、そうかい。そしたら約束どおり、ぼくに五千円出してくれるだろうな」

霜井は、急に動悸《どうき》がしてきたが、さりげなくきいた。

「仕方がないわ。山本が月曜に来るから、あんたは火曜日の晩にいらっしゃい」

スミ子は上機嫌に言った。

その火曜日までに、あと五日あった。スミ子の言うとおり二十万円は現金であろう。それも二日ばかりで銀行にはいるに違いないから、決行するならその火曜日の晩であった。

2

霜井正雄はスミ子を殺す方法を考えたが、紐《ひも》で絞殺《こうさつ》することがいちばん簡単で、無難だと思った。刃物を使って血を見ることが霜井には嫌である。それに、とかく血がこちらの衣類につきやすい。血痕《けっこん》が証拠になって逮捕される実例は、よく新聞に出ている。毒殺は薬物の出所から足がつきやすくて危険であった。

スミ子がたった一人で家にいるのだから、実行は容易であると思った。それに、この家の近所は各々《おのおの》の家が杉垣を引きまわして囲い、深い植込みの奥にあった。隣り同士のつきあいも薄い。東京というところは犯罪をするには都合がよい。スミ子は隣りの主人の顔も、家族の人数も知らぬと言った。

夜の八時ごろになると、この辺は、みな雨戸を入れて内部《なか》にこもり、深夜のようになってしまう。霜井は今までスミ子の家に来るのに、この近所の人に見られたことはなかった。だから、火曜日の晩も、家の出入りには、まず人目にかかる心配はなかった。

ただ第一に気になるのは、山本氏が、うすうす霜井とスミ子との間を気づいているらしいことであった。山本氏はスミ子がバーにいるころ、せっせと通《かよ》ってくる霜井を知っていたし、二人で飲んだこともある。その後、スミ子が山本氏によって今の家に囲われた時に、もうこれからは霜井とは関係がない、と彼女は言った。山本氏はそれで安心していたのであるが、このごろになって、スミ子をしきりと追及するという。

「どうやら、あんたのことを気づいたらしいわよ」

と、スミ子は霜井に言ったことがある。

では、スミ子が殺害されたら、山本氏は霜井のことを警察に言うに違いない。被害者との痴情関係で霜井は第一に当局から眼をつけられるであろう。

霜井はいろいろ考えたが、結局、彼が一度は被疑者の立場に立つことは避けられないという結論に達した。しかし、被疑者はあくまで被疑者であるから、その立場を前提として、有罪にならぬ方法を研究すればよいと思った。

世の犯罪者は、嫌疑《けんぎ》からできるだけのがれようとして焦慮し、小細工などして、かえって失敗するのである。嫌疑を恐れてはならない。勇気を出して被疑者の立場になり、冷静に乗りきらねばならない、と霜井正雄は考えるにいたった。

彼は火曜日の晩を目標として、その研究にとりくんだ。

現場には彼は証拠を残さぬ自信はあった。だが厄介なのは、アリバイである。

しかしこれも、アリバイを意識して作ろうとするから欠陥がある。どのように巧妙にできていても、要するに作りものであるから、どこかでボロを出して敗北するのだ。霜井はことさらにアリバイを工夫しないことにした。

現場にいなかった証明もないかわり、現場に居たという証明もない一点に彼は持っていくことにした。

その時間に、現場に不在であった証明を誰かにしてもらうのが理想だが、考えてみれば、われわれはすべてに都合よく、いつも誰かに必ず会っているとは決まっていない。たとえば夕方からおそくまで人ごみの銀座や新宿あたりをうろついて電車で帰ってくる間、一人の知人に会えたら珍しいほうである。

その点も東京というところはまことに都合がよくできている。

こんな便利があるのに、わざわざ危険な作為をしてアリバイを作る必要がどこにあろう。これは、その時間には街に散歩に出ていたという答弁で押しとおそうと思った。喫茶店にもどこにも立ちよらない、買物もしない。ただ歩いていたというだけにする。

次には二十万円の処置を霜井は考えた。

奪《と》った現金を油紙に包んで天井裏に隠したり、庭の隅を掘って埋めたりして、家宅捜索で暴露《ばくろ》する犯罪を新聞でよく見かけるが、これは愚《おろ》かな方法だと彼は思った。そんな幼稚な匿し場所よりも、もっと安全で人目につかない匿し場所がある。銀行である。

銀行ぐらい安全で秘密な隠匿《いんとく》場所はない。ここでは税務署の調査さえも拒絶している。個人的な財産として、職業的秘密を守って保護してくれている。

今まで犯人が奪った金を銀行に預金して発覚した例はいくつもある。その方法を過《あやま》っているのだと霜井は思うのだ。

預金は自分の名前にしないで偽名で預ける。それから、通帳は決して自分が持たないことである。そんなものを持っているから、警察に調べられた時に発見されるのだ。だからといって他の人間に預かってもらうことも危険である。いちばんよい方法は、通帳をその銀行に預かってもらうことだ。窓口に頼めば気やすく預かってくれる。これは霜井が会社の用事で銀行に行っているうちに、窓口が預かっているたくさんな通帳を見て暗示をうけた。

印鑑は自分が持っているのだから、知らぬ間に別人によって預金を引きだされる心配は絶対にないのである。

こうしていよいよ彼の決心は固まった。

霜井は金曜日に、わざわざ遠くの街に出かけて、印判屋に新しい印鑑を頼んだ。

「どれになさいますか？」

印判屋は印材の見本をみせた。黒の水牛の角で、サック入り二千六百円のにした。二十万円の預金であるから、つい、印鑑をそんな上等に奮発する気持になった。

「お名前はなんと彫りましょうか？」

「阿部」

と答えておいた。ありふれた名である。火曜日ごろまでにできると印判屋は請《う》けあった。

3

火曜日は朝から曇っていたが、夕方から晴れ間を見せた。霜井は会社から五時半に帰り六時に下落合《しもおちあい》の下宿を散歩に行くと言って出た。新宿で一時間ばかりぶらついた。中村屋の前から三越の角を曲がり、酒場の多い通りを歩いて伊勢丹の前に出た。どこどこを歩いても人出の多いのに彼は満足した。

中央線に乗って西荻窪《にしおぎくぼ》で降り、駅の前をまっすぐに北に向かって歩いた。この辺は寂しいが霜井を知った顔はない。

雨宮スミ子は、いつものように喜ぶでもなく、さりとていやな顔をするでもなく、霜井を迎えた。しかし、彼がそれとなく様子を観察すると、決して悪い機嫌の顔ではない。二十万円の金ははいったのだと、彼は直感した。

スミ子は茶をいれた。霜井はゆっくりそれを飲んだ。心を落ちつかせるために、その茶は役立った。彼はピースを一本とりだして吸った。

「どうだね、スミちゃん、二十万円ははいったかい？」

と、彼はできるだけふだんの口調できいた。

スミ子はすぐは答えずに、湯のみ茶碗《ぢゃわん》を口の端に抱えて、ふふと笑った。この間つくった薄黄色のブラウスを着ていた。彼女の気分のよい証拠である。

「昨夜《ゆうべ》、持ってきたわよ」

と、はたして彼女はかくしきれぬ満悦を表情に出して言った。

「そりゃ、おめでとう。そいじゃ、五千円は出してくれるのだろうな？」

「五千円、五千円というけれど、あんたにはまだ貸しがだいぶんあるのよ。ちっとも払ってくれないじゃないの？」

「わかっているよ。そう、がみがみ言いなさんな。今日は五千円出すという約束だから、黙って出してくれよ」

「出せと言ったって、ただで上げるのじゃないのよ。ちゃんと返すのよ」

そう言いながら、彼女は整理ダンスの方へくるりと向いて、背中をこちらに見せた。それがかねて霜井の狙《ねら》っていた姿勢であった。

スミ子は下の引出しを半分ばかりあけた。霜井が背伸びをして見ると、海老茶《えびちゃ》地に黒玉模様を散らした単衣《ひとえ》物がきちんとたたんで納まっていた。彼女はその着物の端をめくると、その下からクリーム色の鹿皮のハンドバッグをとりだした。それを、ぱちんと音たててあけ、中からきれいに結束した十万円の札束を出した。それから五枚を帯を切らずに指で数えだした。

そこまで確かめて霜井はスミ子の首へ後ろから二重にした麻紐をかけた。その重大なことが、まるでままごとのように、なんでもない戯《たわむ》れのように行なわれた。

「何をするの！」

スミ子は立ちあがろうとしたが、霜井が後ろへ引き倒すように力を入れたので、のけぞるように倒れた。彼女が両指を首に食いこんだ紐へ掛けたのは、必死にゆるめようとした動作であろうか。霜井は手に力を入れていよいよ絞《し》めた。項《うなじ》の皮膚が紐で捻《ねじ》れて剝《む》けた。咽喉《のど》を圧迫されたためか、スミ子は言葉が出ず、嘔吐《おうと》をする時のようないやな呻《うめ》きを二声か三声出した。女の髪が、ばさばさと霜井の顔に当たった。彼の手の力はゆるまない。女が手足をばたばたさせているのを見ると、背中を引っくりかえされた昆虫がもがいているようだと、どこかでぼんやり思っていた。ずいぶん長い時間のようであるが五分も経《た》ったか、やがてスミ子の体重が霜井にぐっと凭《よ》りかかってきた。手足の運動がその時、失《な》くなっていた。

霜井が自分の身体《からだ》を静かにはずすと、スミ子は仰向けに畳の上に倒れた。その震動で、傍らの湯のみ茶碗の一つが転がり、飲み残しの茶が畳を濡《ぬ》らして光った。

霜井が立ちあがって見おろすと、スミ子は物凄《ものすご》い形相《ぎょうそう》をして天井を睨《にら》んでいる。薄黄のブラウスの胸のあたりを指が掻《か》きむしって静止していた。ネズミ地にコバルトの細かい格子縞《チェック》のスカートの裾《すそ》がめくれ、靴下のない太腿《ふともも》のあたりが白々《しらじら》と出ていた。二つの足は、それだけが気楽そうに、両方に開いていた。

霜井はタンスの前にかがみ、着物の上に置かれたハンドバッグをとりあげた。スミ子が数えようとした十万円束は引出しの下の畳に落ち、もう一つの束は、ハンドバッグの中にあった。彼はその二つの束を合わせてズボンの後ろポケットに、すっぽり入れた。

彼はハンカチをとりだして、ハンドバッグや自分の触れた湯のみ茶碗を拭《ぬぐ》って指紋を消した。スミ子の湯のみ茶碗は転がっているが、その必要がないのでそのままにした。こぼれた茶は畳が吸って、かわきかけていた。

霜井はスミ子の咽喉に巻きついた麻紐をはずしてワイシャツのポケットに入れた。

それから立ちあがって、手落ちはないかとあたりを見まわした。何もないと思うと、ゆっくり玄関に降りて靴をはいた。自分では落ちついていると思っているのに、靴が容易に足にはいらなかった。死体に背を見せてはじめて恐怖がのぼってきたのである。

彼は戸を閉めて表へ出た。手のふれた所はハンカチで拭《ふ》いた。その時になってスミ子が持っている金銭出納帳のことを彼は思いだした。あれには、自分に貸した金額のことが記入してあるから、とうぜんに彼の名前が載っているはずである。警察が見たらいっぺんに〝霜井正雄〟を被疑者の中に登録させるに違いない。霜井は、よっぽどその金銭出納帳を取りに引きかえそうかと思った。しかし、スミ子はあの帳面を山本氏にも秘密にしているくらいだから、どこに隠しているか、捜しだすのが容易であるまい。へたに引っかきまわして、どんな不用意な手落ちを残して失敗の因をつくらぬとも限らない。すべては自然のままにしておくこと。変な作為はできるだけ避けようと思いかえした。

どうせ、彼とスミ子の関係は山本氏から供述されるに違いないのだ。彼が疑惑の座にすわることは、いずれにせよ不可避のことだった。

彼は始めから容疑者に居直るつもりであった。新刑法のありがたさは、状況証拠だけでは裁判はおろか検事の起訴価値も弱いのである。

麻紐は途中のドブ川に捨てた。

4

翌朝の朝刊を、霜井は珍しく床から早く出て、下宿の郵便受けにとりにいった。社会面を広げて見たが、記事には出ていなかった。それは不思議でない。発見されるのは、今日あたりにちがいないから、今夜の夕刊になるだろう。

霜井は寝床にとってかえして、腹這《はらば》って煙草《たばこ》を吸った。昨夜のあのことが夢のようである。どのような大事件でも、一夜が過ぎて過去になると、みなこのように、生々しい現実感が薄れるのであろうかと、ちょっと奇異に思った。

彼は九時半になると起きて顔を洗い、下宿のまずい朝飯をたべて、表へ出た。さあ、今日から忙しいぞ、と思った。

電車に乗って高円寺《こうえんじ》に降り、駅の近くにあるB銀行支店の金文字の硝子《ガラス》戸を押した。

預金の窓口に行って、

「新しく普通預金をしたいのですが」

と言うと、髪をきれいに分けた銀行員が、申込みの青い伝票と、印鑑証明をとるときのような、細長い紙をくれた。

霜井は、預金の申込書に〝杉並区下井草《しもいぐさ》町五八四　阿部吾郎〟と、今まで考えていたとおりに伝票に書いた。その字を眺めて、彼は変な気持になった。頭脳《あたま》で考えていた時はわからなかったが、こうして実際に文字を書いてみると、彼とは縁もゆかりもない、見知らぬ他人が出現していた。それが、彼を落ちつかなくした。

これが普通の場合の偽名なら平気だが、全部で二十万円の大金を預けるのだから、この、いっこうに馴染《なじ》みのない名義が、ふと、心に不安を翳《かげ》らせた。そのせっかくの二十万円が彼から逃げていくような、名前が全然ちがったばかりに、そんな事故が起こりそうな、そういう危惧《きぐ》を感じた。それはその場で起こった一瞬の躊躇であった。

彼は、書いたその伝票を破り捨て、改めて〝杉並区下井草町五八四　霜井吾郎〟と書いた。これもでたらめな偽名である。が、〝霜井〟の二字が挿入されたばかりに、それは彼に安堵感《あんどかん》を与えた。二十万円への密着感であった。霜井正雄の本名では預金したくない。さりとて全然ちがった名前でも不安であるというなら、今、この伝票に書いた名前は、その両方を生かしたことになった。彼はそれで気持が落ちついた。

霜井のポケットには印判屋で彫らせた〝阿部〟の判があった。二千六百円出した水牛製の立派なものだが、もはや、不必要な印鑑になった。

彼は別のポケットにある粗末な木製の使いなれた〝霜井〟の認印《みとめいん》を、伝票と印鑑用紙に押すと窓口にさしだした。伝票には五万円也《なり》と記入し、現金を添えた。
50、000と預金の数字が記帳された真新しい霜井吾郎名義の普通預金通帳が、名前を呼ばれて渡された。
霜井は、その通帳を改めると、窓口の係りに、それを差しだし、

「ちょっと旅行をするのですが、これを預かってくれませんか?」

と言った。係りは霜井の顔をちらりと見ただけで、

「かしこまりました。お預かりしておきます」

と受けとってくれた。

霜井は、その銀行を出ると、この調子で万事がうまくいきそうに思えた。二十万円を一度に預けるのは、危険かもしれないのだ。まとまった金額が注意を惹《ひ》きそうだし、奪った金額と同じというのが嫌だ。

霜井は阿佐ヶ谷、中野、新宿のそれぞれの銀行を次々と歩き、五万円ずつ霜井吾郎

名義で預金した。通帳は全部窓口に預けた。みんな同じ理由を言った。二十万円はこうして四つの銀行に分散した。

今や彼の手もとには、一文の金もなく、通帳もなかった。警察が家宅捜索しても、二十万円のうちの欠片《かけら》も出てきはしないのだ。屋根裏や土の中に隠すよりも、もっと安全なところに匿しおおせたのだ。

ただ、彼の手には一個の古びた〝霜井〟の認印が残されていた。木彫りの安っぽいものだ。現在では、この印判だけが財産である。この判コだけが、彼にいつでも二十万円を引きだして与えてくれるのである。

いままで取るにもたりなかったこの印判が、このうえなく貴重なものになった。これを紛失したら一大事である。大切にしまっておかねばならない。

霜井は、二千六百円で買った印鑑に付いたケースを思いだした。外装は皮革で、内側は真っ赤なビロードを張った荘重なものだ。中身の〝阿部〟の印鑑は不要になって捨てたが、このケースは利用できる。

彼は、そのケースをとりだして木製の判を入れた。大きさが合わないから、型の中にはまりこまないが、蓋《ふた》を閉じてぱちんと止金《とめがね》をしめれば大丈夫である。貧弱な木判がポケットの底でころころしているより、ずっと紛失のおそれはなかった。

これで、ようやく彼の一仕事はすんだ。時計を見ると十二時に近い。今ごろはスミ子の死体が発見されて騒いでいるころかもしれないな、とふと思った。空にヘリコプターが舞っている。今日は会社をとうとう欠勤した。

腹が減ったので、安い食堂にはいった。ライスカレーを食べた。なんだか少し疲れた感じだ。銀行を四つも回って、神経を使ったせいかもしれぬと思った。

ピースを出して吸った。うまい。正面のテレビ映像を無心に眺めていた。煙草を吸いおわったので、灰皿によく消さずに投げこんだ。彼のくせであった。

その時、はっとなった。とつぜんに気づいたのである。

昨夜、スミ子と話しながら煙草を吸ったが、吸殻を灰皿に残したままだったことだった。なんと気づかぬことをしたものか。スミ子は煙草は吸わない。あれこそ〝犯人の残したものだ〟と警察が雀躍《こおど》りして喜ぶ品になるのだ。何一つ、物的証拠は残さなかったつもりだが、思いがけない失敗があった。

霜井は顔色が白くなっていくのを意識した。落ちつけ、落ちつけ、と自分に言いきかせた。そして考えた。

待て、待て、早まることはないぞ。ピースを吸う者は世に何十万といる。いや、何百万かな。とにかく、無数の人間が吸う。日ごろ、自分がピースを吸っているといって〝犯人〟と断定はできはしまい。それよりも気にかかるのは吸口に残った唾《つば》から血液型が決定されることだ。

が、これも決定的ではない。自分はA型だ。いちばん多い平凡な血液型である。A型の人間がピースを吸う。犯人を指示する特異性は何もないではないか。

いい。これは、いい。心配することはいらないのだ。——

彼は、ともすると不安になる己《おの》れの心に、そう言いきかせた。

5

雨宮スミ子の絞殺死体は、あくる日の午前十一時ごろ、いつも回ってくる魚屋の御用聞きによって発見された。

それから八時間たった午後七時には、霜井正雄はもう、捜査本部になっている杉並警察署に、容疑者として連行された。

霜井は覚悟の前であるから、あわてはしなかった。とうぜん、こう来るべきであった。戦いはこれからだと、肺をふくらませて深い呼吸《いき》をするのである。

しかし、それを顔色に出してはならなかった。驚愕《きょうがく》、意外、憤懣《ふんまん》、恐怖、屈辱、そういう感情をごっちゃにした言いようのない表情を作って、係官の取調べの前に立った。

係官というのは、顔のごつごつした感じの、眉《まゆ》の濃い、髭剃《ひげそ》りのあとが青々した三十二三の男であった。

彼は型どおり、霜井の氏名、原籍、現住所、職業、略歴などを簡単にきいたうえ、ちょっと改まった口調で、

「これからきくことについて、君が答えたくなかったら、それでもいいんだよ」

と言った。意外にやさしい声であった。霜井は、ははあ、これが黙秘権というものか、と合点《がってん》した。新刑法の新しさは、被疑者は取調べに当たって、係官からあらかじめ、供述拒否権のあることの告示を受ける。自分に不利になることは言わなくともよいというのだ。が、実際はそれでは係官の心証を害することは確かであろう。事実、そういう告示をすると、取調べは困難になるから、言わないで取り調べる場合が多い。黙秘権のあることをあらかじめ告示しない取調べでも、憲法三八条ならびに刑事訴訟法の条項に違反しないそうだから、そんなことは知らずにほおかぶりで取り調べたほうが係官は便利であろう。自分にその告示をしたこの係官は、まず親切なほうであると霜井は思った。

しかし霜井は黙秘権など使うまいと思った。できるだけ尋問には答えよう。現場にはキメ手になる物的証拠は何も残していない。自信はあるのだ。

「雨宮スミ子を知っているね？」

と、第一問は発せられた。尋問者は机に肘《ひじ》を突き、片手で額を抑えながら、上眼使いで霜井の顔を見た。

「はあ、知っています」

霜井は抵抗を示さず、神妙に答えた。

「君と特別な関係があったんだろう？」

「はあ」

それも肯定した。

「いつから知りあったのだ？」

「二年前、スミ子さんが新宿のバーに出ていた時からです」

「それから現在まで関係をつづけていたのか？」

「はい」

「スミ子には山本周造という人が旦那になっている。それも承知しているね？」

「はあ」

「山本の来ない時にスミ子の家に行って泊まっていたか？」

「泊まることもあり、帰ることもありました」

「君は、いまの会社でいくら給料を貰っているか？」

「手どり、一万一千円です」

「それで下宿代を払って、あとの生活はゆっくりしているか？」

「いえ、飲むほうですから、たりません」

「君はスミ子から月々、借金をして、赤字のたしにしていたのか？」

そら来た、と思った。はたして警察はスミ子のあの金銭出納帳を発見しているのだ。ありのままを言うべきである。

「赤字のたしというほどではありません。月に二千円借りたり、三千円借りたりする程度です。それも、月給日には半分は返しています」

「君はスミ子が山本さんから二十万円貰う話を聞いたろう？」

「いえ、聞きません」

「聞かないことはないはずだ、よく考えてみろ」

「いや、聞いたことはありません」

これはがんばろう。聞いたと言えば、やはり不利のようだ。

「君が、スミ子に会った最後の日はいつだ?」

「ええと、一週間ぐらい前です」

「それから行ったことはないか?」

「ありません」

「よく思案して、言うがよい。絶対にないか?」

相手の眼が光ったようだった。声に激しさが出た。なに、負けるものかと思った。

「絶対にありません」

「スミ子が殺されたことを知っているだろう?」

「今日の夕刊ではじめて知りました」

「どう思ったか?」

「びっくりしました。すぐ、おくやみに行こうと思いましたが、なにしろ山本さんには秘密な関係なので、どうしようかと迷っているところを、ここに連れてこられたのです」

「一昨夜の君の行動を言ってみたまえ」

さりげない、きき方である。

「会社から下宿に帰ったのが五時半でした。飯を食って、六時ごろから新宿に出てぶらつきました。下宿に帰ったのが十時ごろでした」

「四時間とはずいぶん時間がかかっているな。その歩いた順序を詳しく言ってみたまえ」

それは何回も練習がしてあるのだ。実地で実際に歩いて所要時間を計算してもいる。したがって歩いたコースは同じところを二三度往復したり、三越裏から伊勢丹裏、四谷三光町《よつやさんこうちょう》、角筈《つのはず》、歌舞伎町《かぶきちょう》、二幸前、駅の西口マーケット街まで距離が伸びている。

係官は、それを詳しく紙に書きとった。

「その途中で君の知った者に、誰か会ったかね？」

「会いません。誰にも」

「喫茶店とか、飲み屋とか、そういう店にはどこか一軒でもはいらなかったか？」

「ちょうど、金がない時なので、どこにもはいりませんでした。ぶらぶらと見て歩くばかりでした」

「すると、君がその時間中に、新宿を歩いていたと証明する者は誰もいないわけだね？」

「そういうことになりますね」

「これは重大なことだよ。ちょうど、その時間はスミ子が殺害された時刻と推定されるのだ。だからその時間に君のアリバイが立たないとなると、君に非常に不利だよ。考えてみたまえ、誰か証明する者はいないか？」

親切ごかしかもしれないが、こちらは決めたとおりにするほかはない。よけいな小細工めいたことは言わぬこと。破綻《はたん》はそれから起こるのだ。

「誰にも会わなかったから仕方がありません。残念ですが」

6

捜査本部では、霜井正雄にもっとも濃厚な嫌疑をかけていた。ほとんどこれ一本であった。

しかし現場には何も手がかりはなかった。指紋はどこにも残っていないのだった。ただ一つ、灰皿にピースの吸殻があった。スミ子は煙草を吸わないから、犯人の遺留品であることは明瞭であった。この吸殻も火をよく消さずに置いたとみえ、ほとんど吸口まで灰になっていた。指紋も唾液もわからなかった。

現場の模様を見ると、湯のみ茶碗が二つ出ているから客があったことは確かである。座蒲団《ざぶとん》は出てなかった。客ではあるが、おたがいに座蒲団を必要としない親密な間柄であったことがわかる。その客はピースを吸う男客であった。ここまで絞《しぼ》れば、山本氏か、霜井正雄よりほかにはない。しかも、山本氏は煙草を吸わず、当夜のアリバイが証明されていたから、霜井だけになるのだ。

整理ダンスの引出しが一つ開きかけていた。被害者はそれにいったんは向かったが、後ろから絞められて仰向けに倒れたと想像される状態になっている。山本氏の証言では、その前夜二十万円を与え、スミ子は喜色を浮かべて、その金をその引出しの中のハンドバッグにしまったという。

発見されたスミ子の出納帳を見ると、霜井正雄に、たびたび、小さい額の金を貸している。彼女が倒れる前にタンスに向かっていたらしいことは、その時来ていた霜井に金を与えるために引出しをあけたのではあるまいか。この想像は間違いあるまいが、想像が正当であるという裏付けがない。

霜井が当夜、被害者の家に出入りしたのを見た者はなかった。近所は、その時刻に戸を入れて内にこもり、両隣りも気づいていないのである。だから、当夜、霜井が新宿を歩いていたと言う言葉がでたらめだという証明もなければ、被害者の家に来たという、あるいは、来なかったという証明もない。

が、捜査本部は、あらゆる状況から判断して、霜井正雄を犯人と断じていた。しかし物的証拠のない薄弱さは、どうすることもできない。

このうえは、ただ奪ったと推定される二十万円の行方《ゆくえ》を追及することだった。霜井が容疑者として留置された翌日から、刑事たちは霜井の身辺を聞込みによって懸命に洗った。彼がその大金の一部でも使った形跡はなかった。

霜井の下宿の家宅捜索もした。天井裏から押入れの奥、畳の下、所持品、庭の土まで掘りかえしてみたが、二十万円の札束はその一部も出てこなかった。

捜査本部はしだいにあせりだした。状況証拠だけでは検事局にも送れない。霜井の陳述はのらりくらりとしている。女との関係は隠しもせずに認めた。が、犯行は否定しつづけている。アリバイは証明できないが、そのことだけで霜井の否定を反駁《はんばく》する根拠には弱い。

捜査会議を何度も開いたが、名案は出なかった。

その何度めかの席上であった。

この事件の捜査主任になっている香春《かはる》警部が、それまで黙って腕を組んで皆の意見ばかり聞いていたのだが、

「安藤君」

と呼んだ。安藤というのは、おもに霜井の取調べに当たっていた眉や髭の濃い男で

ある。

「霜井には、あの灰皿のピースの吸殻のことは言ってないだろうね」

「はあ、あれはまだ、主任さんの指示のように、彼には言っておりません」

安藤警部補は答えた。

香春はうなずいた。まるい顔と、細い眼をもった男である。

「よろしい。霜井が日ごろから吸っている煙草は、ピースだということは間違いないね」

「それは会社での同僚や下宿の聞込みで確実です」

「下宿の聞込みといえば、彼があの晩、六時に散歩に出て十時ごろに帰ったこと、それも確かだろうな」

「間違いないようです」

「すると四時間という間、彼が新宿をうろついたという自供は、そのコースどおりにして所要時間はだいたい合っているのだが、少し変と思わないか?」

「変と言いますと?」

「つまり四時間という時間の穴埋めに考えたコースで作為が感じられるのだ。その間、一度も休まず、歩きつづけているところに、あとで時間を合致させるために逆に割りだした不自然さがあるのだよ。君は、その歩いた順序を何回も尋問したわけだね？」

「はあ。六度も七度も、繰りかえしてききましたが、少しも狂わないのです」

もし、つくりごとなら、何度もききかえしているうちに、つい、前の供述とは違うことを言いだすものだ。それは必ずどこかで出てくる。霜井の場合は、その誤りがないというのである。

「よほど練習をしていたに違いない」

と、香春は煙を口から吐いた。その細い眼をしばらく眠ったように閉じていたが、

「一つ、今度はぼくだけが一人で尋問してみよう。この間から実験してみようと思っていた質問の仕方なんだ」

と、眼をあけて、周囲を見た。

7

霜井正雄は香春警部の前にすわった。霜井は、いよいよ局面が大事なところに来たことを感じた。この、眠たげな眼つきをしている、眉の薄い、鼻の低い、まるい輪郭の男が、尋問者のなかで、いちばんおもだった人間ということを、この間から知って

いた。今まで髭の濃い男が主になって尋問し、この人は横にすわっていて、ときどき補足的な質問をしていただけだったが、今日は彼が主になってきくらしい。しかし、この眠たげな眼はどうだろう。少しも迫力のない顔である。霜井は相手のその顔になんとはなく安らぎを覚えた。

「霜井君、君はスミ子が殺された現場の模様を誰からか聞いたことがあるかね？」

と、香春は抑揚《よくよう》のない、のんびりした声できいた。

「いや、ありません」

と、霜井は答えた。相手の真意がまだ測量できなかった。

「新聞に出ていなかったかね？」

「新聞記事は簡単でしたから、よくわかりません」

「それでは、ぼくが話してあげよう。少し詳しくね。おや、聞きたくないかね？」

「いや、聞きたいです。スミちゃんのことですから、特別な因縁をもったぼくとして、聞きたいです」

と、霜井は少しあわてて言った。

「よろしい。それでは聞きたまえ。発見は出入りの魚屋の御用聞きだった。われわれが通報をうけて出動した時は、逸早《いちはや》く駐在巡査によって現場保存は確保されていた。

だから死体の位置も姿勢も動かされずにそのままだった。これはよかった。あの家の構造は君もよく知っているね？」

「はあ」

「六畳と四畳半とがある。六畳の北側に整理ダンスが置いてある。その前にスミ子は、うつ伏せに倒れていた」

おや、と霜井は思った。うつ伏せというのはおかしい。確かに仰向けに倒れていた。スミ子が物凄い形相をして天井を睨んでいたのだから。誰が死体を動かしたのかな？しかし現場の保存はよくできていたというのだが、変だな、と思った。

「スミ子は両手を畳の上にひろげていた」

それも違う。両手は仰向いた胸の上に、ちょうど、ブラウスを開くような格好で置いていた。うつ伏せになれば、畳の上に投げだすのが自然であろうが、おかしい。

「死因は絞殺。頸部《けいぶ》の周囲には索条溝《さくじょうこう》がむざんな輪をつくり、後頸部には、表皮の剝《はく》脱《だつ》がみられた。前のタンスの最下部の引出しは半分出ていたから、被害者が、タンスをあけているところを犯人は背後から忍びよって紐をかけて絞殺したものと推定された」

そうだった、そのとおりだと思った。

「タンスの引出しには海老茶地の単衣物が入れてあり、ハンドバッグがその着物の下にあった。山本というスミ子の旦那の証言によって、ハンドバッグには、前夜、二十万円の現金を入れていた。ところが、それを調べると見あたらない。スミ子を殺した犯人が強奪したものとみてよかろう」

少し違うな。あ、そうだ。ハンドバッグはたしか着物の上に置いたはずだった。着物の下になっていたというのは、おかしい。

「さて、以上の状態をみると、スミ子がタンスをあけたのは、ハンドバッグをとりだすためであろう。なんのために。その前夜、二十万円もらっているから、おそらくその金の中から、いくらか取りだすつもりであったに違いない。つまり、犯人に与えたいためだ。してみると、スミ子と犯人とはよほど親しい間柄に違いあるまい」

警部の眠そうな細い眼は、別段光りもせず、声にも、特別な感情の動きはなかった。

霜井は少し汗ばんできたが、なに負けるものか、と平気そうにしていた。

「親しい仲であった証拠には、」

と、警部はつづけた。

「湯のみ茶碗が二つ出ているが、座蒲団がない。スミ子が平気で犯人の眼の前で金をとりだそうとしている。そんなことでわかるのだ。湯のみ茶碗は一つはスミ子のもの、一つは客に出したもの。どちらも、ちゃんと置いてあった」

湯のみ茶碗がちゃんと置いてあったというのは、変だ。一つは、たしかに転がって茶がこぼれたのだ。畳がその茶で濡れていたのを覚えている。

次はあれを言うだろうな、と霜井は思った。灰皿のピースの吸殻のことである。考えればなんでもないことだが、あれだけは不覚な遺留品だけに、少し落ちつかない気がする。しかし、あの吸殻のことを香春がどう言いだすか、霜井はひそかに待った。

「それからスミ子の着衣だが、」

と、香春は次に移った。

「薄黄色のブラウスに紺色のスカートをしていた。ま、現場のようすは、ざっとこんなものだった」

紺色のスカート？　と霜井は心の中で頭を傾けた。そうだったかな。どうもそうでないような気がする。ネズミ色のような気もするが、どっちであったか記憶がない。怪しい。

ところで、香春は吸殻のことを言わなかった。どうしたのであろう。忘れたのか、あるいは灰皿の吸殻のことは現場調査の時に気がつかなかったのか。まさか、そんなことはない。髪の毛一本でも見のがさぬ現場の調査で、あの重大なものを見落とすはずはないのだ。すると彼は故意にそのことを言わないのか。なぜだろう、と思うと、霜井はそれが気にかかった。

香春は、しかし、そこで話を打ちきった。霜井は留置場にかえされた。

8

香春警部は安藤警部補に説明した。低い声で、単調であった。

「ミュンスターベルクの方法というのがある。容疑者に対する一種の心理的な実験だ」

香春は、細い眼を向けて言った。

「ただし、これは理論だけだ。三つあるが、その一つについて言うと、容疑者に向かって犯行に関係のある事項の報告を作って読んできかせる。その報告は、一部分ずつ適当に抜いてある。それをよく読んで聞かせ、一定の時間が経って後、容疑者自身に繰りかえさせる。もし、真の犯人なら、犯行についてくわしく知っているはずであるから、その報告を繰りかえすさい、思わず報告書にない、隠そうとした観念までいっしょになって出てくるというのだ。面白いが、実際にはできないね。そういう尋問法

現場の実際	香春の話
死体は仰向けに倒れている。	×死体はうつ伏せに倒れている。
両手を胸の上にのせている。	×両手を投げ出している。
位置は六畳の間。	○位置は六畳の間。
整理ダンスの前。	○整理ダンスの前。
湯のみ茶碗が二つ。一つは転がっている。	×湯のみ茶碗が二つ。二つとも正しく置いてある。
タンスの中のハンドバッグから二十万円が盗まれている。	○タンスの中のハンドバッグから二十万円が盗まれている。
そのハンドバッグはタンスの着物の上にある。	×そのハンドバッグはタンスの着物の下になっている。
被害者のブラウスは薄黄色。	○被害者のブラウスは薄黄色。
スカートはネズミ地にコバルトの細かいチェック。	×スカートは紺色。

は精神的な拷問《ごうもん》と言われても仕方がない。それに容疑者がそんな方法に応ずるわけがない。黙秘権さえある世の中だからな。それでぼくは次の方法をとった。霜井に対して犯行の現場の模様を話してやったが、少しずつ実際とは違えて話したのだ。ぼくのつくったこの表を見たまえ」

そう言って、香春は、便箋《びんせん》二枚をつなぎあわせた紙をひろげた。

「この表で、」

　と、香春は説明した。

「ぼくの話で、○印のあるのは実際のとおりの話、×印は、実際とは変えて違った話だ。と同時に――」

　と、警部は、はじめて少し声を改めた。

「×印の個所では霜井の顔に、懐疑《かいぎ》、意外、思考、否定の表情がわずかでも出たところだ。ぼくはじっと彼の顔を注視していた。すなわち、死体はうつ伏せに倒れていた、と言ったら、霜井は変な顔をしていたよ。ハンドバッグは着物の下にあった、と言った時は疑わしそうな顔つきになった。スカートは紺色だと言ったら、考えるような表情になった。そのかわり、○印のところは、いかにも疑問なしといったような顔だった。むろん彼はこれらの表情を露骨に出したのではない。しかし、ぼくはさりげない顔をして、彼の反応をじっと観察していたのだ。一口に言うと、彼は○印の所では肯定を示し、×印は否定を反応したのだ。この否定は犯行現場を知っている人間が不用意に暴露した潜在観念なのだ。ミュンスターベルクは、犯人自身に過誤をしゃべらせる論だが、ぼくは犯人に代わって同じ観念による過誤をしゃべったのだ」

「すると、灰皿のピースの吸殻のことをわざと言わないでいるのは、これからまた、そんな実験に使うのですか？」

髭の濃い安藤警部補は、興味深そうにきいた。

「いや、あれもすんだよ。ぼくがそれをきかなかったものだから、霜井は何か落ちつかぬような不安そうな面持《おももち》をしていたよ。君、あの男は、やっぱり黒だね。ただ残念なのは物的証拠が一つも押さえられないことだ。なんとか——」

香春は窓の方を向いた。すっかり夏になった強い光線があった。

「なんとか二十万円のシッポを摑《つか》みたいものだね」

状況証拠だけではどうにもならなかった。物的証拠が一つもない。状況などは裁判になればどんな言い方でもできる。霜井正雄を送致しても、検事は釈放するかもしれない。

勾留《こうりゅう》期間が終わりそうになった。捜査本部は霜井の黒を確信していた。が、どのように彼を洗っても、物的証拠が摑めなかった。いわゆるキメ手がない。

会議の結果、霜井を釈放することにした。しかも、霜井が真犯人であるという見込みは捨てなかった。

霜井正雄は香春警部やみんなの前に呼びだされた。

「霜井君、長い間、ご苦労だったな」

と、警部は慰めた。

「法律による君の勾留期間がもう切れるのだ。われわれは君を釈放することにした。ぼくらは残念なのだ。しかし、それはこちらの愚痴だ。まず、おめでとうを言わしていただく。ご苦労をかけてすまなかった」

そう言ってから、

「煙草が吸いたいだろう。何がいいかい？」

ときいた。

霜井は、来たな、と思った。今になって、やっと来た。用意は以前からしてあった。変な作為を働かせないこと。あくまで自然のままだ。現場にピースの吸殻があったから、〝いこい〟とか〝新生〟とか〝パール〟とかピース以外の煙草を要求すると、かえって作為となろう。平気でピースと言うべきだ。無作為の作為である。

「ピースをいただきます」

声も咽喉につまらず、ふだんの口調で言えたのがうれしかった。最後の勝利が眼の前に来ている。ここで敗北してはならない。

「これを吸いたまえ」

香春は、やはり無感動な顔をしてピースの箱を開き、二本を長く突きだして霜井にすすめた。霜井正雄はその一本を抜きとり、口にくわえた。警部が一本をとり、マッチを擦《す》って火をさしだした。煙を吸って、久しぶりに肺に滲《し》みこむうまさに霜井は満足した。あえぐように、二三度つづけて煙を吐いた。

警部は机の引出しをあけて、一枚の書類をとりだした。それを黙って読んでいる。霜井は短くなった吸殻を灰皿に落とした。火が消えないで、薄い煙が細く上がっていた。

香春は眼を、やはり書類の上にさらしていた。霜井は何かを待たされている気持になった。自分がピースを要求したことを、この細い、眠たげな眼つきをした警部はどう考えているのであろうか。

ふと、霜井は、この吸殻を取って唾液を調べられるのではないか、と、ちょっと心が冷えた。が、血液を調べるなら、そんな必要はない。直接に身体から採取すればよいのだ。どっちにしても、自分がA型であることが決定的な証拠にはならない——。

ひょいと香春が顔を上げた。眼を、灰皿に燃えている煙草にやった。

「君は、吸った煙草を、よく消さないで捨てる性質《たち》らしいな」

彼は、ひとりごとのように言った。

あっ、これか、なるほど、と霜井は思った。犯行の現場に残した灰皿の煙草も、たしかに、よく消さないでおいた。それが、自分のくせだ。そのくせを香春は実験したのか。

が、こんなくせの者は、世の中にざらにあるだろう。何も自分だけに限った特異なものではない。霜井は心にそう言いきかせたものの、これは確かに彼に不利なデータを一つ取られたことになった。

眠そうな眼をして、この男は何を考えているかわからない、と霜井は内心ですこし恐れはじめた。早く、このえたいの知れないところから脱出して、釈放されたいものだと念じた。

警部は、自分が読んでいた書類を、霜井の前に出して見せた。

「君を釈放するについて、君の言ったとおりのことが嘘《うそ》でないという書類をこちらに貰いたいのだ。この供述書は、便宜上、君の供述どおりをこちらで書いておいたから、よく読んで間違いなくそのとおりだったら、署名して判を押してくれたまえ。印鑑がなかったら拇印《ぼいん》でもよろしい」

霜井は、自分が最終の出口に来たことを感じた。その書類を読んだ。彼が言ったとおりが記載してある。雨宮スミ子とは関係があったこと、当日の晩は新宿を四時間歩いていたこと、犯行にはまったく関知しないこと。繰りかえして三度読んだ。別に文章に詭計《きけい》はなさそうだ。

ペンを握り、霜井正雄と自分の署名をした。

「印鑑がなかったら、拇印でもいい」

警部が重ねて同じことを言った。

「いや、印鑑を持っています」

これに判を押せば、万事はすむのだ。自由は保証されるのである。二十万円はいつでも手に握れる。恋人との結婚費用には、もう手配はいらないのだ。

さすがに霜井正雄は胸がおどった。ポケットの奥にしまいこんだ印鑑サックをとりだした。皮製の立派なものである。ぱちんと音たてて金具をあけると、荘重な緋《ひ》のビロードの中からよごれた粗末な木製の認印が転がり落ちた。いかにもサックとは不似合な、ぴったりしない、ちぐはぐな、見すぼらしい印鑑であった。

霜井は、あわてて落ちたその判コを拾い、署名の下に捺印《なついん》した。それから、その印鑑をふたたび立派な容器におさめると、大切そうにポケットの奥にしまいこんだ。

「君は、ずいぶん、その判コを大事にするんだね」

香春がなんでもなさそうな口調で言った。

この判コは霜井を留置する時に、他の所持品と一緒に警察側が預かっており、香春自身も、とうぜん見ているのだが、今、霜井が釈放に当たって受けとったその判コを使用するのを眺めて、ふと気づいたままを言った。

霜井は、はっとした。とつぜん、足もとの穴に落ちたような動揺を覚えた。そのとつぜんに変化した表情に、香春の眠そうな眼の奥が光った。

香春自身も霜井の不意な表情に、びっくりした。自分が何気なく言った一言《ひとこと》が、このように霜井に不安な表情を与えたのだ。強い反応である。しかも、予期しない反応であった。

なぜ、そんなに、ぎくっとなって、不安な顔をするか？

「君は、ずいぶん、その判コを大事にするんだね」

と言った平凡な言葉が、なぜ、霜井には刺激となって、この反射を示したか？

香春は、ゆっくり手を伸ばして、彼の手からその印鑑を取りあげた。霜井の顔色がいよいよ青ざめた。

不自然なくらい大切にしている印鑑から、預金・貯金・証券などの連想観念が起きるのは、長い時間を要しない。失われた二十万円への線がそこにある。

それからの追及と捜査は、警部や警部補たちよりも、銀行をシラミつぶしにしてまわる刑事たちの足であった。

霜井正雄は、〝阿部〟にして預金すべきであった。銀行の預金台帳に〝霜井〟の手がかりがある。

市長死す

1

田山与太郎は九州の或《あ》る県の小さな市の市長であった。人口十万、北部に海を持った旧《ふる》い市である。

田山市長は六十五歳であった。もと陸軍中将という変わった経歴である。しかし今度の戦争には、実戦には出ていない。終戦まで、朝鮮南部の戒厳司令官をしていた。

その田山与太郎が二年前に、その市の市長に当選した経緯や、地方政治的な手腕がどうであるかというような事情は、これから述べることには、あまり関係がない。

市長は、陳情のために、年に五六回は東京に出張してきた。たいていは、市会議員が三名か四名、一緒についてくるのであった。

八月の初めに、田山市長は、港湾問題の陳情でまた上京してきた。このときは港湾委員をしている市会議員を三名と、秘書一名を連れていた。

いつも定宿にしている目黒の蒼海ホテルに六日間滞在して、だいたいの用件もすんだので、明日は九州に帰任するという前の晩であった。

市長は、その夜、議員三名を歌舞伎座に招待した。ちょうど、新国劇が初めて歌舞伎座に出演している時であった。それは新国劇を前から好きだったから、その進出を祝う意味もあった。

五時から始まる第一幕が終わったのは七時十五分であった。次の七時四十分まで二十五分間の幕間《まくあい》がある。三名の市会議員は地下食堂で酒を飲んでいた。市長は酒が飲めない。彼は杯《さかずき》を五六杯交わしただけで、酔ったと言って、休憩室に立っていった。折りからテレビが映っていたので、市長はそこにある椅子《いす》に腰かけた。しばらく休んで酔いの醒《さ》めるのを待つつもりだったらしい。

「君は、食堂に行って一緒に飲んでくれ」

と市長は、ついてきた秘書に言った。それは市会議員たちの相手をしてくれ、という意味でもある、と取ったので、秘書は市長を残して素直に食堂へおりた。秘書が去る時、市長は白髪の後頭を椅子にもたせて、テレビを見ていた。

それでも、二幕目が開いた時は、市長もふたたび市会議員たちと一緒に客席に戻っていた。ところが、妙なことに、市長はこの時から、しきりと何か考えるふうをしていた。額に手をやって眼を閉じたり、天井の方をじっと見たりして、舞台をよそにいかにも思案にふけっているようすであった。折りから「お岩と伊右衛門」で、決して退屈な舞台ではないのである。

秘書は、そのことに気がついて、変だなと思っていた。もともと新国劇が好きな人で、一幕目は夢中になって観《み》ていたのだ。それが今、急に思案顔になって、舞台にも、ろくろく眼が落ちつかないのである。何か、陳情のことで気になる用事でも思いだしたのかな、と秘書は市長のようすをそれとなしに見ながら考えていた。

すると市長は、とうとう席から立ちあがった。横の議員の一人に耳打ちしたのは、急ぎの用を思いだしたから、お先に失敬する、という言葉であった。この時にはまだ翌日の予定には触れていない。

市長は秘書をつれて宿舎のホテルに帰った。彼は部屋にはいると、秘書に向かって、

「ぼくは明日、私用だが、急に用件が起きたから、志摩川《しまがわ》温泉に行ってくる。君は予定のとおりに、皆と一緒に九州に帰りたまえ」

と言った。

秘書は突然のことでびっくりした。市長が明晩の急行で出発することは市のほうに電報してあるし、その帰任を待って市議会が開かれようとしていた。重要な用事が山積しているのだ。それを市長は承知で、なんの急用か知らないが、西とは方角違いの

志摩川温泉に行くとはどういうことであろうか。そこは東京から北へ三時間の山間だった。

「いや、忙しいときに悪いと思うが、ぜひ行ってこなければならぬのだ。二日間でよい。助役には、ただ遅れるということだけ打電してくれ。それから一緒に九州に帰るはずのあの議員さんたちには、ぼくが朝出発したあとに、適当に君から言っておいてくれ」

軍人上がりだし、仕事には几帳面《きちょうめん》な人だったが、どういうわけか、その晩は、何がなんでもその用事をしてこなければ、仕事には手がつかない、と主張しそうながむしゃらなものがあった。

白髪だが、顔は童顔の、血色のよい落ちついた人だった。それがあくる朝の八時半ごろ、大急ぎで車を呼ばせてホテルを出ていったのである。

三名の議員と秘書は、予定のように夜の列車で九州に帰った。

「市長は私用で二日遅れる」と説明したが、三日経《た》っても四日を過ぎても帰ってこなかった。連絡をつける方法もなかった。あのとき、秘書は連絡のことをいちおう市長にきいたとき、市長はなぜか渋い顔をして、

「まあ、いい。すぐ帰るのだから」

と、あまり言いたくないようすだった。だから、それ以上きけなかったというのだ。

〝市長、雲がくれ〟と地元の新聞が騒ぎかけたとき、六日めに、

「田山市長は、当地の志摩川に転落して急死された」

という電報が、志摩川温泉の警察署から市役所に届いた。

2

志摩川温泉は、渓谷に臨《のぞ》んで旅館がならび、付近は国立公園になっており、東京から北へ三時間で行けるところなので、有名である。

田山市長の死体引取りに九州から来たのは、市会議長と議員一名と秘書と、市長の実弟であった。

土地の警察側では死体を無事に一行に引き渡した。市長自身の過失死であることが認定されていたのである。彼は、三十二尺の巌上から墜落し、川辺に塁々とたたまれている巌石に頭蓋骨《ずがいこつ》を砕いて即死したのであった。

「市長さんが泊まられたのは臨碧楼《りんぺきろう》という旅館です。なんでも、その不幸な事故は午後十時以後に起こったらしいのです」

署長が、調査に当たった警部補を横に置いて説明した。

「というのは、十時ごろ、市長さんは女中にメロンを運ばせて食べている。それ以後は、女中は誰もよりついていないので、朝五時ごろ、魚釣りの男に死体が発見されるまではわからないのです。部屋の両側の隣室は防音装置がよくできていて、泊まり客には何もわかりません。ただ市長さんは宿の浴衣《ゆかた》は着ていたが、蒲団《ふとん》の中にはいった形跡はなかった。だから十時以後、十二時ぐらいまでの間ではないかと、われわれは思っています」

「巌《いわ》の上から墜落したということですが、市長はそんな夜更《よふ》けに、なぜ巌の上に行ったのでしょうか?」

市会議長が質問した。署長は、

「それはこれから現場をご案内させますから、おわかりになると思います」

と答えた。

警部補が一同を誘った。臨碧楼というのはこの温泉地では中程度の旅館である。いったい、この志摩川温泉は貫流する志摩川を底にして両方から渓谷が迫っている。それで百にあまる旅館は両側の谷の傾斜に沿って積みあげるように建てられているのである。川の両岸は切りたったような断崖《だんがい》で、この位置の旅館はたいていは巨巌の上にある。

建築されてあった。巨巌の上に家があるというのは、見た眼にも南画ふうの面白い効果があった。また眼下に急流を見おろして眺望も申しぶんない。臨碧楼も、そういう巌石の断崖の上に建築された旅館であった。

臨碧楼では、宿の主人が、たいそう恐縮して一同を迎えた。

「どうも私どもの行きとどきませぬことから、とんだことになりまして申しわけございません」

主人は四十ぐらいの痩《や》せた男であった。

主人は市長が泊まった部屋を一同に見せた。二階の八畳、四畳半、六畳と三部屋つづきのこの家ではいちばんいい部屋であった。六畳だけは洋風になっていて卓子セットが置いてあり、一坪ばかりの寝台があった。

「いいところだな」

と、市会議長が眼を細めて晴々しい顔つきをした。

部屋は川を真上から見おろす位置にあった。真向かいには水力電気の発電所が見え、左右の方角は川をはさんでとりどりの意匠を凝《こ》らした建物が並んで眺められ、白い橋がかかっていた。それらを引きたてて山峡《やまかい》が青く展《ひろ》がっていた。

「市長さんは、ここから過《あやま》って落ちられたのです」

警部補が指さした。突き出た露台の端である。白いペンキ塗りの手すりはあったが、一部が切れている。それは、そこから巌石に段を刻んで川の方に降りるようになっているからだ。断崖だから急斜な段であった。

「お客さまでよく川の方へ降りたがる人が多いものですから、こういうものを作ったのです。昼間はよく見えるので大丈夫ですが、夜間はやっぱり危険でした。もっとも外灯が点《つ》いているのですが、十一時を過ぎると消してしまうことになっています。市長さんは外灯の消えた後に露台に出られて、この手すりの切れ目から足を踏みはずされたことと思います」

主人は丁重に説明した。なるほど、その外灯は露台を照らすように横の岩の上に立っていた。

「すると、市長がここから落ちたのは、十一時以後ということになりますね?」

市会議員が口を出した。この男は三十二三の年齢《とし》ごろで、背が低くて色が黒く、はなはだ垢《あか》抜けのしない顔をしていた。

「われわれもそう思っています」

と、警部補が答えた。

一同は露台から下を覗《のぞ》きこんだ。急流が白い泡を噴《ふ》いて流れていたが、その距離感は、人によっては、下降に引きこまれそうな瞬間の眩暈《めまい》を覚えるほどの高さをもっていた。

「兄貴もかわいそうなことをしました」

実弟が弔うように呟《つぶや》いた。

「あれは何を釣っているのですか？」

市会議長が、この場と調子の合わないのんきな質問をした。

川の向かい岸に、腰まで水の中にはいって竿《さお》を持っている人間の姿が二三人見えた。

「鮎《あゆ》やヤマメです」

警部補が教えた。

「よく釣れますか？」

「よほど慣れた人でないとだめですね」

「あの人たちは商売人ですか？」

「好きで釣っている土地の人もいますが、釣った魚を旅館に売りつけている商売人もおります」

このとき旅館の主人が何か言いたそうにしたが、思いとどまったようすで黙った。

現場実検は終わった。

そのあとで、旅館では一同に昼飯を出したが、たいそうなご馳走《ちそう》であった。それは詫《わ》びの気持でもあるのだ。

市長の死体は荼毘《だび》に付して、遺骨は実弟が抱えて帰途につくことになった。田山市長には妻子がなかった。子は生まれず、妻は十五年前に病死したまま、独身でいた。

「それにしても、市長はなぜ、予定を変えて忙しい中を志摩川温泉なんかに来たのだろう?」

これが九州から来た人々の疑問であった。宿の主人の証言によると、

「市長さんは散歩ぐらいで特別な外出もなく、訪ねてくる客もなかった。部屋でぼんやり過ごしていた」

というのである。

3

一カ月ほど過ぎた。

「ね、議長さん」

と、色の黒い垢抜けのしない顔の若い議員が言った。商売は醬油《しょうゆ》醸造業だった。

「田山市長はなぜ志摩川温泉に行ったのでしょうね？　ぼくはそれをこの間から一生懸命に考えているんです」

「そりゃ、わしにもわからんね。まさか、志摩川あたりに隠し女を連れてきていたのでもあるまい。市長に情人《いろ》があることは聞かなかったな、笠木《かさき》君」

笠木と呼ばれた色の黒い議員は、首を傾けた。

「聞きませんでしたな。評判の、堅い人でしたからね。しかしぼくらは市長の全部を知っているわけじゃない。ぼくは市長の日記を見せてもらいたいと思っているのですがね」

「そんなものを書いていたのか？」

「弟さんがそう言っていました。保管しているそうです。それを読んだら、市長が志摩川温泉に行った秘密がわかるかもしれませんよ」

「うむ。ま、それもそうだが、市長は殺されたわけでもないしな。過失で死んだんだから、なぜ志摩川温泉に行ったかということは、それほど詮索《せんさく》せんでもええじゃないか」

「いや、ぼくは知りたいですな。その理由がとても知りたいですよ」

と、笠木議員は主張した。

「それで、ぼくひとりが日記を読むのもなんですから、あなたも因縁で立ち会ってください」

立ち会ってくれと言っても、結局は笠木議員が主となってその日記を借りて、読むことになった。彼は、K大の文科を出ている。ときどき、詩のようなものを地方新聞にのせて、議員仲間にわらわれている。

日記は大学ノートの大判に細字で書かれて何十冊かあった。初めから読んでいくのは大変なことだった。

笠木は三十何冊めまで読んだが、別段なことはない。字は楷書《かいしょ》に近い整ったもので文章も簡潔だし、非常に読みやすかった。初め大変だと思ったが、あんがい助かった。

昭和十九年一月の項に、

「待命の身を召し出だされ、本日、南鮮戒厳司令官に補せらる。戦局危急、齢《よわい》ようやく老いて死所を得たり。朝鮮軍司令官に隷《れい》す」

とあった。二月には、

「香月軍司令官以下の見送りを受けて京城《けいじょう》駅より出発、湖南線に沿いて南下す。漢江は氷結すれど、南鮮にいたれば小川といえども水をたとう。温暖の気候知るべし。夕暮、裡邑《りゆう》に着す。ただちに仮司令部にはいる」

とある。裡邑というのが司令部の所在地らしい。笠木は朝鮮地図を引っぱりだして調べたら、全羅南道の中央部に在《あ》った。

それから終戦までは、日記は戦争の所管事務のことばかりでたいした記載はなかった。ただ次の一項は参考になった。

「司令部は農林学校の建物を用う。将校は在留内地人の家屋に分宿す。予は湖月亭に泊す。湖月亭は当地において内地人の経営する唯一《ゆいつ》の旗亭なれど物資欠乏のため営業せず。予のため、女中三名、すこぶる周旋するところあり。女中頭芳子《よしこ》は勝気なる女に見ゆ」

これで見ると閉店同様な湖月亭が田山司令官の宿所だったらしいが、乾燥したこの日記文の中に〝女中頭芳子〟の感想があるのは笠木に興味があった。

笠木はそれから日記を繰《く》ったが、この女名前が出るのはここだけであった。それだけに彼はこの日記の叙述の奥を想像した。

しかし、まだ出てきそうな気がする。ないか、ないか、と読みすすんでページを繰っているうちに終戦の当時になった。

「大詔を拝し、将兵流涕《りゅうてい》。司令部、歔泣《きょきゅう》の声に充《み》つ」

「各地に朝鮮人の暴動あり」「ソ連軍、北鮮に進駐の報、京城より来《きた》る」「内地人の不安増大し、司令部に来る者多し」

　こういう動揺の記事がしばらく続いた後、八月二十三日に、

「副官山下中尉をして内地へ密航脱出せしむ。彼は木浦《モクポ》より朝鮮漁船を買収して出航せるもののごとし。託するに司令部の官金八万円と芳子を以《もっ》てす。官金は福岡の西部軍司令部へ、芳子は郷里の佐賀県神埼町の実家へ送致せしむよう命ず」

　とあるのだ。

　やはり、あった、と笠木は手を打った。芳子の名が出てきた。官金と一緒に芳子だけを副官に護送させた意図は何か。そこまで来るのに日記には何も触れていないが、つまり、書けない部分の交渉が想像されるのである。

「米兵、近日来るという。予は戦犯として刑死を覚悟す」

「在留内地人婦女子の危禍をはなはだ憂患す。保護手段すでにわが手より失う」

　とあるように、田山司令官は、いちはやく芳子だけを安全な内地に送ったのだ。公金よりも芳子が主だったかもしれない。

　己《おの》れは刑死を覚悟し、芳子だけを逃がした心情について、この簡単な日記がたくさんな想像を笠木に与えた。彼はメモを取った。

　それからノートをさらに繰った。日記は細々《こまごま》とその後を記《しる》している。米兵は来たが、

予想したような戦犯としての逮捕にはならなかった。無事に内地に送り帰された。上陸したところは山口県の日本海側の仙崎というところであった。その足ですぐ福岡に向かった。西部軍司令部に山下副官に託した八万円の現金が無事に届いているかどうかを確かめにいったのである。

ところが軍司令部の残務整理班で調べてもらったところが、そんな金は届いていないことがわかった。

「不可解なり。予は山下中尉の人物を信用せり、渡航の途中にて不測の難に遭遇せし乎《か》」

山下というのは、よほど信頼された副官であったのだろう。日ごろ、信用していたから、こんな大事な役を命じたに違いない。田山はまだ彼が持ち逃げをやった悪漢だということは考えなかったらしい。が、心の一部では不安があったのかもしれない。

「急遽《きゅうきょ》、佐賀県神埼町の芳子の実家を訪う。老父の語るところを聞きて事の意外に驚倒す」

やはり不安は的中した。芳子は確かにいったんは帰宅した。これで途中で災難に遭《あ》ったかもしれぬという心配は杞憂《きゆう》となった。そのかわり、芳子は三十前後の将校服を着た男を連れて帰り、三晩泊まったことがわかった。芳子は男を山下と呼び、結婚するのだと言い、四日めに二人で出ていったまま、消息を絶った。これが、〝芳子の老父の語るところ〟だった。

山下という副官は、田山から預かった金と女とを奪って遁走《とんそう》したのである。

4

「議長さん」

と、笠木議員は、うすよごれた顔を出した。

「市長の日記を読んで、えらいことがわかりましたよ。市長は木や石ではなかった。女がいましたよ」

「え、ほんとか？」

市会議長は眼を輝かした。

「これを見てください」

それは日記からメモしたものであった。笠木は簡単に議長のために説明した。

「ひどい奴《やつ》がいたものだね。市長もかわいそうだな。ずいぶん、その二人を捜したろう？」

議長は一通り聞きおわると言った。

「そりゃ、むろん、猛烈な捜し方です。そら、この個所では、その山下という中尉の原籍地を広島県の奥まで尋ねていっています。山下はいません。これも朝鮮から、ちょっと帰っただけだとわかりました。もちろん、行方《ゆくえ》は知れずです。疲労困憊《ひろうこんぱい》、ほとんど身体を動かす気力なし、と広島の田舎の宿でこの日記を書いていますね。失望している気持がわかりますね」

「ふうん。それから、どうなんだい？」

「なかなか執念深いですよ。ずいぶん捜索していますね。草の根を分けても、というところでしょう。あの汽車の不自由な時代に、大阪や東京に行っています」

「大阪や東京に心当たりでもあったのか？」

「山下は八万円拐帯《かいたい》していますからね。それを資本にヤミ事業でもやっていやしないかというので、都会を捜したらしいのです。しかしみな、むだでした。だが、そのくやしさはつのるばかりで、そら、こんなことを書いていますよ」

その抜粋《ばっすい》は、

「たとえ地中に隠るとも、日本の内よりは出《い》ずまじ、必ず見いだして膺懲《ようちょう》せずんば熄《や》まず」

とか、

「胸中の瞋恚《しんい》火となりてわれを焼く。終夜、反転して眠る能《あた》わず」

といった日記中の文句が十いくつもメモに集められている。

「こりゃ凄《すご》いな。復讐《ふくしゅう》にとり憑《つ》かれたわけだな。あのおとなしい市長がねえ。人は見かけによらないものだな。しかし、わが市の市政に彼が現われたのは昭和二十五年ごろからだから、そのころはもう諦《あきら》めたのかな。どうだい、それ以後はないだろう？」

「もう以前ほどではないですがね。しかし、それらしく思える文句がないでもないのですよ。なかなかこれほどの打撃は忘れられないでしょう」

「ふうん」

議長は煙草《たばこ》の青い煙を吐きだした。

「それで、君の見込みは、市長の謎《なぞ》の志摩川温泉行《こう》とこの過去の事件とは、何か関係があるというのかい？」

「それですよ、議長さん」

と、笠木議員は眼をこすった。

「ぼくはなんだか臭いと思いますね。だって、どう考えてもそこに行く理由はないですからね」

「すると、なにかい、市長は昔の恋人と不埒《ふらち》な副官とが志摩川に来ていることを知ったというのかね？」

「私の想像では、」

若い醤油屋の議員は、たいして自信のあるふうでもない声で言った。

「そうでしょうね、きっと。少なくとも志摩川温泉が、その二人に関係の深い土地でしょうね」

「しかし、それが市長にどうしてわかったのだろう。誰か知らせたのかね？」

「さあ」

「ぼくも、あのとき市長と同行して上京した議員たちから聞いたが、市長が志摩川温泉に行ったのは、じつに突然だったそうだ。歌舞伎座を見物していたのが、途中から中座して宿舎に帰り、秘書にだけ告げて翌日の朝の列車で志摩川温泉に発《た》ったそうだ。あの几帳面な市長が、前から志摩川に向かう予定だったら、そのように言わぬはずがない。何か急に思いたって、あわてて出発したという印象は、なぜだろう。しかも芝居の第一幕目までは、全然、その気ぶりもなかったのだ。市長はあの二人が志摩川温泉にいると知っていたら、もっと早くからそわそわして、その日の朝からでも、午《ひる》からでも、その徴候を見せるはずだがな」

それは、そうなのだ。笠木もそのことは考えたが、うまい理屈はなかった。彼は秘書にきいてみたのだが、市長は、その時の上京中、はっきりした予定の人物以外には誰とも会わず、訪問客もなく、公務関係以外の手紙も来なかった。つまり、田山市長は誰からもなにも知らされた形跡はなかった。

「それにだ、」

市会議長は煙草をくゆらしながら、いい気になって言いだした。

「かりに、志摩川温泉にその二人が来ているのだったらだよ、市長のようすは変ではないか。彼は外出もせず、宿の部屋の中でぼんやりしていた。誰も訪ねてくる者がなかった。これは、おかしいね。君の想像だと、市長は志摩川温泉でもっと動きがありそうだがな」

その点は、笠木も当惑しているところであった。市長は旅館の内に引っこんで、誰とも面会していない。もし市長が、山下と芳子が志摩川温泉にいることに見当をつけてきたのだったら、もっと捜索的な活発な行動があるはずだった。それなのに、いかにも病後の静養のように、部屋に閉じこもって、独《ひと》りでぼんやりしていたというのはなぜなのか。

笠木議員は、うすぎたないハンカチで顔を拭《ふ》くと、椅子から立ちあがった。

5

田山市長の不慮の死が、彼自身の過失によるか、あるいは別な疑惑を考えてよいか、そこまでは醤油屋の笠木にはわかっていない。

しかし、市長の温泉行の理由が氷解しないかぎり、彼の厳上からの墜落死を素直に受けとれないのだ。日記を読んで、一つの事実を知ってからは、ことにそうであった。

しかし、いろいろ考えてみたが、笠木にははっきりしたことが充分にわからなかった。ここまでは、間違いないとわかっておりながら、それから先の路《みち》が霧の中に曖昧《あいまい》にぼやけているのだ。

暑いのに市議会が開かれた。新市長が決まるまで、助役がその役目を代行している。一人の議員が立って何か質問した。冗漫な内容であった。暑さと両方で、議場はダレている。

議長だけは、態度を崩さずに、高い席にすわっていた。不自由なものだな、と笠木議員はワイシャツのボタンまでこっそりはずして、腹に風を入れながら思った。

議長の顔をぼんやり眺めているうちに、笠木は、ふと一つの考えが湧《わ》いてきた。とつぜんに水底の沈殿物が、ぽっかりと水面に浮かびあがったような、そんな思考の湧きかたであった。

田山市長が志摩川温泉に行くことを思いたったらしいのは、歌舞伎座の二幕目からだった。そのことは議長もいつか言った。それなら、その辺を手探れば、糸の端は摑《つか》めないか。

笠木議員は議場を放棄して、総務課に行った。田山市長の秘書だった課員をこっそり別室に呼んだ。

「君の考えでは、田山市長が志摩川温泉に行くことを思いたったのは、歌舞伎座に行ってからだと思うかね？」

「そうです。それも二幕目が始まってからですよ。一幕目までは何も変わったようすはありませんでしたから」

前市長秘書は答えた。

「その辺を、もっと詳しく知りたいな」

「一幕目が終わったとき、みんなで食堂に行ったのです。市長は酒が飲めないものだから、先に切りあげて休憩室に行ったのです。私もそこまでは従《つ》いていたのですが、市長が君は食堂に行って議員さんと飲んでくれと言われたので、そこから離れました」

「ちょっと。そのとき、市長はどうしていた?」

「椅子にすわってテレビを見ていました。なんのテレビか私はろくに見ませんでしたが」

「その休憩室で、誰かと話してはいなかったかね?」

「いいえ。もっとも私はすぐにそこを出たから、あとのことは知りませんが」

「うん。それから?」

「二幕目が始まってから市長も席に来たのですが、それからが変でしたよ。ちっとも落ちついて芝居を見ないで、考えこんだようすをしたり、そわそわしたりしていましたが、とうとう思いきったというふうに、先に帰ると言いだしたのです。それから宿舎に帰ると、いきなり予定を変えて、急用があるから志摩川温泉に行くと言いはじめたのです」

礼を言って、笠木は総務課を出た。近所の食堂にはいって冷たいビールを注文して、ゆっくりと考えはじめた。

問題は一幕目と二幕目の間。つまり幕間の休憩時間に、田山市長に何かが起こったのだ。それで彼は急に志摩川温泉に行く気になったのだ。

何かとは何か？　田山市長を志摩川温泉に行かせた何かである。しかもそれは突発的だった。

誰かが市長に何かを話したのかな？　いや、そんなことはありえない。市長には、東京に知人はない。まして彼の個人的な深いところを知った者はいない。それならなんだろう。

市長はテレビを見ていた。テレビに何かあったのかな？　そんな、ばかな。

ふと思ったことだが、それが意外な重要性を笠木に悟らせた。彼が、はっとするくらいであった。そうだ、その時のテレビを調べてみようではないか。

笠木は、田山市長と一緒に歌舞伎座に行った議員にきいてみると、当時のプログラムをまだ持っていた。あまり美しいので記念に保存していたというのだ。

笠木は、そのプロを片手に東京に電話を入れた。歌舞伎座では、先月のことだから、いぶかしくは思ったらしいが、それでも彼の問いにはていねいに答えた。その結果わかったのは、第一幕の終わりが七時十五分、二幕目のはじまりが七時四十分、ということであった。幕間の休憩時間は二十五分である。

笠木は、土地の新聞社に出かけた。知った記者に頼んで、保存用の東京の新聞の綴《とじ》込《こ》みを見せてもらった。

「いやに勉強ですね。何をお調べですか？」

「いや、ちょっと」

田山市長が観劇に行った日付けの新聞を捜して繰った。あった。笠木の指はラジオ欄の下のテレビの時間をさがす。

NHKは七時三十分から、ニュースの時間だった。四十分から演芸である。二つの民放は歌謡曲で、これは問題からはずしてよい。田山市長の音痴は知れわたっている。

笠木はニュースの画面が気になった。田山市長が見たのは、きっとニュースであろう。市長はそのニュースで何かを見た。何かを見たから、急に決心をしたのであろう。

笠木は東京に行ってみたくなった。三四日かかって商売のほうに手順をつけ、二週間ぐらいの滞在なら大丈夫という目鼻をつけた。

「議長さん、ぼくは東京に行ってきますよ」

「へええ、田山市長のことを調べるのかい。熱心なものだな。病膏肓《やまいこうこう》にはいったかたちだな」

「なに、遊びに行くのです。それでも、何か少しわかったらお知らせしますよ」

東京に着いて、暑い中を歩いてNHKのテレビ課に行った。

用件を頼むと、係りの人は親切に会ってくれた。引きうけてくれるかどうか危ぶんだが、頼んでみると、気軽く先方では承知した。倉庫からその時のフィルムを取りだし、映写室で映してくれた。室内が暗くなる。スクリーンにタイトルが出た瞬間から、笠木は身体《からだ》を堅くして、眼を凝らした。

〝涼を求めて〟という字幕が消えると、山や海の風景が映りだした。人間たちの動きを面白く撮《と》っている。実際のテレビではやわらかい女の声で、ユーモラスな解説が流れるはずであった。

渓谷が映る。水の流れ。鮎を釣っている人。渓流と巌石。それから層々とした旅館の建物風景がつづく。笠木に見覚えのある景色だった。出た、と笠木は心で叫んだ。まさに志摩川温泉が出たのだ。田山市長がテレビで見たのはこれだった。市長はこれを見て志摩川温泉に行ったのだ。むろん、遊びに行ったのではない。このニュース映画から市長は何かを発見したのである。

6

笠木は、市長の〝発見〟の正体を知ろうと、そのニュースを三回も繰りかえして見せてもらった。盆踊りのような踊りの場面があったり、宿の浴衣を着た客がぞろぞろ歩くところを写している。その背後《バック》には土地の人の動きも見える。田山市長はこれらの人間のどれかに、山下中尉と芳子を発見したに違いないのだ。どの人間であろうか。

　その場面は映写時間にして二分にも足りなかった。いやに人間がうろうろ動いていて、さだかにわからない。こんなに多くの人がちらちらしていても、市長には山下と芳子の弁別ができたのであろう。彼にとっては片時も忘れていない憎悪《ぞうお》の顔なのだ。

　笠木は三回もくりかえして映写してもらったが、とても見覚えられるものではない。彼は思いきって、もう一度、無理を言った。

「この温泉客が浴衣を着て、ぞろぞろ歩いているところですね、ここを一コマ、切って頂戴《ちょうだい》できませんか。たいへん厚かましいお願いですが、じつは人間一人の死因をこれで追及したいと思うのです」

　そのニュースが用済みだったためであろう。係りは笠木の言うとおりに、二三種、違った場面を一枚ずつ鋏《はさみ》で切ってくれた。

　笠木は心から礼を述べてそこを出た。カメラ店にはいって、そのフィルムのキャビネ型の引伸ばしを頼んだ。翌日の夕方まで、笠木は東京でのんびりと遊んだ。

　印画の焼付けは約束どおりできていた。三枚。温泉に来たたくさんな男女の客。このうちのどれが〝山下〟と〝芳子〟であろう？　まず、年齢的に若い人は除外できる。

すると写真に写っているそれらしい年配の男女は、五六人ぐらいであった。このどれかが、市長の眼にとまった彼らなのだ。

笠木は、その写真を鞄《かばん》の中に入れて翌日の午前中に上野駅を発った。

志摩川駅に着いたのは一時ごろであった。どこの温泉地でも見るように、駅前には客引きが旗を持って一列にならんでいた。

「どこかご指定の旅館がございますか？　なければよい旅館をご案内いたします」

笠木を見て、一人が進みよって言った。

「いや、臨碧楼だ」

臨碧楼の客引きが走ってきた。

笠木は歩きながら、待てよ、と思った。田山市長は、この駅に降りて、客引きからこんなふうに言われたとき、臨碧楼と指定したのであろうか。それとも客引きの言うままに連れこまれたのであろうか。市長はこの土地に初めてだったから、おそらく客引きの案内であろう。笠木はあとで宿の主人に確かめてみようと思った。

前回に市長の遺体を引取りにきたから、臨碧楼の主人は笠木の顔をよく覚えてくれていて、部屋に挨拶《あいさつ》にきた。

「よくいらっしゃいました。前回は行きとどきませんで」

「また来ました。どうも亡《な》くなった市長のことが気にかかるもので」

「そうでしょうとも。私のほうでもなんとも申しわけないのです。あれからさっそく、露台は柵《さく》をつけて閉鎖しました」

「そうですか。ところで、お宅に、こういうお客さんが泊まったことはありませんか？」

笠木は鞄から写真を出して見せた。

主人は三枚ともていねいに見ていた。

「どうも私には記憶がありません。若い者や女中たちにたずねてみましょう」

「それから市長はお宅を名指してきたのでしょうか、それとも駅前の客引きに案内されたのでしょうか？」

「それも私にはわかりかねますから、きいてみます」

主人はそう言って退《さが》った。一時間も経たぬうちに彼は返事を持ってきた。

「どうも、みんな見覚えがないと言っていますね。けれど、毎晩、変わるお客さまですから、あるいは手前のほうでお泊めしたお客さまがあるかもしれません」

それに違いないが、その返事では手がかりがなかった。

「それから、市長さんは、やっぱり駅前の案内人がお勧《すす》めして、こちらに見えたのだそうです」

　では、田山市長がこの宿に泊まったのは特別な理由があったのではなく、志摩川温泉ならどの旅館に泊まってもよかったのだ。ということは、この土地自体に用事があったわけであろう。

　笠木は、市長が墜落した場所を、もう一度見たいと思った。主人は、また一緒に案内してくれた。露台は、なるほど柵が打って出られないようになっていた。なお、念を入れて、この露台から川の方へ降りていく降り口にも、新しい柵でふさいであった。この処置がもっと早く取られていたら、市長は過って足を踏みはずすこともなかったであろう。

　笠木はそこから展望した。この前に皆と一緒に来たときも、渓谷美を利用したいい眺望だと思ったが、今見てもその感想は褪《あ》せなかった。前面に発電所の建物があり、放水路からも水が流れて、川に合流していた。その付近は川の中心ほど流れが急でなく、腰まで水にはいった魚釣りの姿が三人ほど見られた。すべては、前回に来たときと同じ風景であった。

「あの人たちは夜釣りもするのですか？」

「そうです。夜は鰻《うなぎ》釣りをやっています」

すると、笠木の頭には、市長が露台から川の方へ降りていこうとしたのは、その夜釣りを見にいこうとしたのではないか、という考えが、ちらりと浮かんだ。が、市長がそれほど釣りに興味を持っていたかどうか、彼はよく知らなかった。すると、宿の主人が、少し声を低めて言った。何か重大なことを言いだすとき、人間がよくする囁《ささや》きかたであった。

「前に皆さんでいらしたときに、申しあげようと思ったのが、つい、言いそびれたのですが、市長さんは、あの魚を釣っている連中の或る男に、ひどく関心をもっておられました」

「え、なんですって？」

笠木は、びっくりした。

「それは、どの男ですか？」

「あれです」

主人が指さしたのは、三人の人物の中の真ん中で、彼は最も深い個所に、身体を半分沈めていた。シャツが真っ白に見えるだけで、遠くて顔は見えなかった。

「黒崎という男ですがね。素姓《すじょう》がよくわからないのですよ。ああやって、昼も夜もここに来て釣っています」

座敷に帰り、女中に新しい茶を運ばせて、宿の主人は話しだした。

「黒崎と自分では言っていますがそれもどうかわかりません。この土地に来たのは三年前です。ああして鮎やヤマメや鰻を釣っては旅館に売って生活しています」

「細君はいるのですか？」

笠木は、すぐにそれをきいた。

「女房は二年ぐらい前に死にました。それから、ずっと独りです。この温泉場からはずれたところにいるそうですが、どこに住んでいるのかよくわかりません。なにしろ変わった男です」

「どう変わっているのですか？」

「あんまり人と交際をしたがらないのです。釣った魚を旅館に売りにきても、商売だけの話ししかせず、値段が安いと思ったら、黙ってすうと出ていきます。まあ、無口というのでしょうか、笑った顔を見たことがありません。陰気な男ですよ」

「年齢は？」

「さあ、老《ふ》けているようですが、四十ぐらいではないでしょうか？」

それなら終戦時は三十前である。年齢もだいたいズレていないようだ、と笠木は思った。

「それで、市長がその男に興味をもったというのは、どういうことですか？」

「ここに来られた時に、市長さんは露台に出てしきりと魚釣りの姿を見ておられましたが、あの黒崎のことを私にきかれました。ちょうど、私がいたものですから。市長さんがここに滞在されたのは三日間ですが、私は、市長さんが熱心に黒崎の姿に見入っていられたのをたびたび見かけましたよ」

「それで、市長はその黒崎という男と直接に話したことはありませんか？」

主人は首を傾けていたが、

「私は見ていませんが、市長さんはよく川原を散歩しておられましたから、会ったかもしれませんね」

主人が去って、笠木はひとりになると、煙草をふかして考えた。

これはたいへんな思い違いであった。自分は、市長が見たテレビのニュースの中の〝山下〟と〝芳子〟は温泉客とばかり思いこんでいたが、そうではないのだ。あの画面の中には、たしかに魚を釣っている人間を見せていた。市長が見たのはそれだったのだ。

そうとわかっていたら、その部分のフィルムを焼きつけてくるのだったが、いまは間に合わない。いずれ東京に帰って、もう一度ＮＨＫに出直して頼んでみようと思った。

　笠木は、鉛筆をとって、ありあわせの紙の裏に、いたずら書きのように文字を書いた。

（A）田山市長はテレビで偶然、魚釣りをしている山下らしい男を発見した。（B）それで彼に会うために志摩川温泉に急行した。（C）この宿に来て、しきりに魚釣りを見ていたのは、はっきり黒崎が山下かどうかを確かめるためであろう。宿の主人に黒崎のことをいろいろきいている。（D）はっきり彼が山下であると市長にわかった。それは、市長がさらに黒崎に近づいて知ったであろう。二人は何かを話した。そのことに目撃者はないが想像はできる。その結果、市長は夜釣りをしている山下に会いにいくことになった。人目に立たぬためには夜がよかった。（E）市長は川の方へ降りていくのに、いつものように露台から降りた（宿の玄関から出て普通の道を行けば非常な回り道である）。外灯が消えていたので、足を踏みはずして不幸な墜落となった。外灯の消灯後だから、それは十一時以後だった。——

　笠木は書いた文字を鉛筆の先で軽く叩《たた》きながら、だいたいこんなことであろうと考えた。あとは黒崎という男に会ってみることだ。

　しかし、こういうことが判明しても、結局、田山市長の死は、彼自身の過失による死であることに変化はない。犯罪は介在しなかった。黒崎が、女と官金を奪って逃げた山下中尉のなれの果てだとわかっても、市長の死の下手人ではないのである。

翌日、笠木は黒崎という男に会うために、旅館を出かけた。温泉場の朝は、泊まり客が帰るため、鞄をもった姿が目立つ。彼らのいそいそとしている姿には、どこか旅の歓楽を送った朝のわびしさがついていた。

団体客をバスの停留所まで送って、旅館の女が三四人、引きかえしていた。笠木は、ふとその一人の後ろ姿が目についた。顔は見えない。気になったのは歩き方である。少し外股《そとまた》で、片足を引きずったような歩き方だった。その女は臨碧楼にはいった。

笠木は、最近、そんな歩き方をする女に、どこかで会ったような気がした。それも雑踏する中で見たような憶《おぼ》えがある。どこで会ったか、その時は、どうしても思いださなかった。

笠木は橋を渡って、発電所の下に行った。今日も、二三人の釣り師が来ていた。

「こんにちは」と笠木は声をかけた。

「黒崎さんは来ていませんか?」

釣り師たちは、いっせいに振りむいた。

「黒崎は来てないよ。奴は昨夜の汽車で東京へ行ったよ」

と一人が答えた。

東京へ！　笠木はとっさに、彼が逃げた、と感じた。

「何か急用でもできたのですか？」

むだとは思ったがきいてみた。

「遊びにいくと言っていたよ。奴のことだから、当分、ここへ戻ってきそうもないな」

「へええ、そんなに金持ですか？」

「なに、素寒貧《すかんぴん》だが、妙なことがあるもんだと話していたところだ。無口な変人だから、なんにもおれたちには、言わなかったがね」

笠木は考えこんだ。彼の頭脳は何かを解こうと懸命だった。

「黒崎さんは夜釣りをいつもやっているのですか？」

すると釣り師たちは笑いだした。

「奴ぁ鳥目だから、夜はやらないね。おてんとうさまが沈んだら、さっさとおしまいさ」

笠木は邪魔してすまなかったと言って立ちあがった。わからない。黒崎という男が夜釣りをしないとは意外であった。宿の主人も知らなかったらしい。では、田山市長が旅館の露台から十一時をすぎて川原に降りようとしたのは、彼に会うためではなかった。彼は夜は川にいないから、会う約束はしないはずだ。

今の今まで、鉛筆書きの（D）項を推察していた笠木はまいった。それでは、市長が夜の露台に立ったのは、たんに志摩川温泉の夜の情緒を見るためであったか。しかし、それにしても、黒崎は昨夜急になぜ東京へ走ったのだろう？

わけがわからなくなった。臨碧楼に戻って、ちょうど玄関を上がろうとした時に、折りから配達されたばかりの郵便物が五六枚ほど置いてあった。その上になっている封筒の宛名には〝臨碧楼、浜岡繁雄様〟の文字があった。笠木はちらりとそれを眼の隅に入れて、部屋に帰った。茶を一杯飲んだ。

湯につかって、思案しようと思い、タオルを持って廊下に出たとき、ひとりの女が向こうから歩いてくるのに出会った。彼女は笠木に会釈《えしやく》してすれ違った。彼はその姿を見送った。それは、片足を引きずるような外股で、特徴のある歩き方だった。

7

笠木議員が市会議長に宛《あ》てた手紙。——

「こちらに来る時、何かあったらお知らせしますと言いましたが、たいへんなことがわかりました。田山市長は過失死ではありません。殺害されたのです。三十二尺の巌上から突き落とされて頭蓋骨を砕いたのでした。

私はその犯人に気がつき、こっそり警察署に行って話しました。そら、いつか市長の遺骸《いがい》を引取りにきた時に、あなたも会ったことのある警部補です。彼は私の言うことに基づいて調査し、その犯人の逮捕状を請求しました。警部補の取調べで犯人はついに犯行を自白しました。どうして私がその犯人を知ったか。詳しいことは帰ってお話ししますが、要点だけを書いておきます。

当地に来ての市長の行動は、或る男の話によって信じていました。その男は、市長の泊まった旅館の主人でしたから、すっかり安心していました。たとえば、駅であったことなら駅員の話、バスの中の出来事なら車掌か運転手の話、デパートなら近くの売場の店員の話、そういう人たちの話なら、頭から或る信憑性《しんぴょうせい》をもって聞くでしょう。職業的なものと、完全に第三者の立場の人という信頼性です。その同じ心理が働いたのです。旅館の主人が言うことだから間違いはないとね。市長が駅で案内人に誘われて臨碧楼に投宿したことも、部屋に閉じこもっているのが多かったことも、志摩川の魚釣り師に市長がたいそう興味をもったことも。

この釣り師というのは黒崎という男で、素姓の知れない男です。私はうまく一杯くいました。てっきりこの男が〝山下〟だと思ったのです。それに私が話を聞いた翌日に訪ねていったら、昨夜のうちに東京へ行ってしまったというから、いよいよそうだと思いました。が、この小細工は犯人の失敗でした。

犯人はその黒崎が他の釣り師のように、夜釣りをするものと思いこんでいました。その話は、市長が夜遅く露台から川へ降りていこうとした理由を私に想像させたのです。犯人は自分では何も意見は言わず、データだけをならべて、こちらに結論を想像させるように仕向けたのは巧妙です。そのほうが効果的ですから。しかし、ほかの釣り師にきくと、黒崎は鳥目で夜は外に出ないことがわかりました。犯人はそれを知らなかったのですよ。市長が夜、露台から川の方へ降りていこうとしたのは、黒崎と話をつけるために密《ひそ》かに会う（市長はよく昼間、川原に散歩に行ったから、黒崎とその約束をしたかもしれないという想像で）ためだったという仮定は、その事実によって崩れました。私の組みたてた市長と黒崎とを結んだ仮説は雲散霧消です。

すると黒崎はなぜ、その晩にあわてて東京に行ったのか、私は彼が逃げたととっさに思ったのですが、金のない彼にそんな行動ができるのは、誰かが彼に金をやったからだと思いあたりました。つまり、私が彼に会いにいくことを予想して、会わせないために、彼を東京へ逃がしたのです。これは逆に、黒崎が〝山下〟でない証明になりました。

その男の計算では、私と黒崎とを会わせるより、彼を行方不明にしていつまでも思わせぶりにしておいたほうがよかったのです。その男が、こんな小細工をするのは、市長が誰を訪ねてこの志摩川温泉に来たかを知っていたからです。つまりほかでもない、彼自身が〝山下〟なのです。

もっとも、このことを考えついたのは、この宿の女将《おかみ》の歩き方を見てからですよ。それは外股で、片方の足をひきずっているような歩き方です。私は前に、こういう歩き方をした女に人ごみの中で会ったような記憶がありましたが、どうしても思いだせませんでした。ところが二度めに廊下ですれ違って、湯にはいった時、はっと思いあたりました。それはテレビのニュースで見たのです。あのニュースはＮＨＫで三回もくりかえして写してもらったから、印象がはっきり残っていたのですね。志摩川温泉で、人がぞろぞろ歩いている場面でしたが、それと一緒にそんな歩き方をする女が旅館から出てくるところが映っていました。私が人ごみの中で会ったと勘違いしていたのは、それでした。女の出てきた旅館には、たぶん〝臨碧楼〟の看板があって、画面に出ていたのでしょう。

偶然、歌舞伎座でテレビを見ていた田山市長の目についたのは、この特徴のある歩き方をする女だったのです。それこそ、市長が朝鮮で戒厳司令官をしていた時に愛人として持っていた女です。市長がその特徴を忘れるはずがありません。彼女こそ内地に脱出する山下に託してそのまま逃げられた〝芳子〟なのです。市長は素早く、彼女が出てきた旅館の看板を見たことでしょう。

市長が、第二幕目から、落ちつきを失ったのは、テレビで昔の愛人を見てからでした。とうとう市長は帰任の日程を変更して志摩川温泉に行ったのです。そしてまっすぐにテレビで見た臨碧楼に行ったでしょう。駅前の客引きに誘われたという臨碧楼の主人の話は嘘《うそ》です。

私は、市長が志摩川温泉に行ったのは、ニュースで山下か芳子を見たからだと想像したのは当たりましたが、はじめは温泉客かと思い、つぎは魚釣り師と思いました。二つともはずれて迷って、最後にやっと当たりました。ここから出発してみると、臨碧楼の主人浜岡繁雄は山下副官の変身ではないかと考えるわけです。すると、彼の言動が理屈に合っていきました。

臨碧楼主人の元中尉は、今までの取調べではつぎのようなことを自白しています。

その日、臨碧楼に着いた田山市長は、こっそり、その旅館の主人になっている山下に会いました。それはおたがいの身分を考え、女中たちに気づかれぬよう、山下の部屋で会ったのでした。市長は、いちおう、山下を面詰《めんきつ》しましたが、結局、芳子を自分に戻してくれと頼んだそうです。市長は芳子が忘れられなかったのでした。今までの憎しみや恨みは忘れるから、芳子だけを返してくれと迫りました。市長はそこにすわって手を突いて、泣きだしたそうです。

山下は、いちおうそれを承知しました。しかしそれは言いのがれで、彼にその意思はありません。三日めの晩に、いよいよ大詰めの話しあいになりました。田山市長は、激しく実行を請求しました。二人は口論になりました。それが、あの露台の上です。折りから十一時をすぎて外灯の消えたのが、市長にとって不運でした。山下は芳子を失いたくないのと、横領した官金を資本に今日を築いた己れの過去が知られているのは、この男だけだと思うと、暗闇《くらやみ》になった露台から突き落としたのです。老市長はじつにたあいなく巌上から落ちていったそうです。詳細は私が帰ったころに、取調べの結果がわかるでしょう。

私が委員をしている港湾委員会がもう始まっているでしょうね。今晩の列車で発ちます」

張込み

1

柚木《ゆき》刑事と下岡《しもおか》刑事とは、横浜から下りに乗った。東京駅から乗車しなかったのは、万一、顔見知りの新聞社の者の眼につくとまずいからであった。列車は横浜を二十一時三十分に出る。二人はいったん自宅に帰り、それぞれ身支度をして、国電京浜線で横浜駅に出て落ちあった。

列車に乗りこんでみると、諦《あきら》めていたとおり、三等車には座席はなく、しかもかなりの混《こ》みようである。二人は通路に新聞紙を敷いて尻《しり》をおろして一夜を明かしたが、眠れるものではなかった。

京都で下岡がやっと座席にありつき、大阪で柚木が腰をかけることができた。

夜が明け放れて太陽がのぼり、秋の陽《ひ》ざしが窓硝子《ガラス》ごしに座席をあたためた。柚木と下岡は、欲もトクもなく眠りこけた。

柚木は、岡山や尾道《おのみち》の駅名を夢うつつのうちに聞いたように思ったが、はっきり眼がさめたのは、広島あたりからだった。海の上には日光が弱まり赫《あか》くなっていた。

「おたがい、よく眠ったなあ」

とさきに眼をさまして洗面所から帰った下岡が煙草《たばこ》を喫《す》いながら笑った。岩国で駅弁を買い、昼食とも夕食ともつかぬ飯を食った。

「君はもうすぐ降りるんだな」

と柚木が話しかけた。

「うん、次の次だ」

と下岡が答えた。絶えず車窓に見えていた海は暮れて黝《くろず》んでしまい、島の灯がちかちか光度を増していた。二人ともこんな遠い出張ははじめてだった。

「君は、これからまだまだだなあ」

と言って下岡が柚木の眼を見た。柚木は、ああ、と言ってなんとなくその眼を逸《そ》らした。灯台の灯が点滅していた。

小郡《おごおり》という寂しい駅で下岡は降りた。彼はここで支線に乗り換えて、別の小さい町に行くのだった。下岡は発車まで窓の下に立っていてくれて、列車が動きだすと、

「やあ、元気で。ご苦労さん」

と手をふった。見知らぬ小駅の夜のホームに立って、しだいに小さくなっていく同

僚の姿が、柚木の胸に寂寥《せきりょう》を投じた。

柚木はこれから九州に向かうのである。門司に渡って、さらに三時間乗りつがねばならない。下岡が、君はこれからまだまだだなあ、と言ったのは、そのことであった。それは長い旅への同情でもあるが、柚木のこれからの捜査への気づかいでもあった。

柚木は、ひとりになると、文庫本の翻訳の詩集を読みだした。彼は同僚たちから文学青年と笑われているので、独りの時でないとこんな本は読まないことにしていた。

その事件は一カ月前に東京の目黒で起こったことである。ある重役の家に賊がはいり、主人を殺し、金を奪《と》って逃げた。当時は犯人の手がかりもつかめなかった。捜査は難航していた。それが三日前、偶然に路上の職務質問にひっかかって犯人が挙げられた。二十八歳の男で、山田という某土建業者の飯場《はんば》にいる土工であった。

はじめは単独犯行だと言い、新聞にもそのとおりに出た。が、二日前になって共犯があると言いだした。

「やろうと言いだしたのは私のほうですが、殺したのは、そいつなんです。同じ飯場で一緒に働いていた石井久一《いしいきゅういち》という男です」

調べてみると、自白に間違いないことがわかった。そこで石井の身もとを洗った。原籍地は山口県の田舎で、現に、兄弟も親戚《しんせき》もある。三十歳で独身。故郷は三年前に出て、東京で働いていた。はじめは商店の住みこみ店員だったが、のちに失職して、さまざまなことをしてきたらしい。日雇人夫や血液を売ったりした。飯場にはいってきたのは、最近であった。

「無口な男で、東京がイヤだと言っていました。胸を患《わずら》っているようで、おれはどうせ自殺するんだと冗談のように言っていましたがね。それでも、故郷に帰りたいとよく呟《つぶや》いていましたが、旅費もないしね。飯場じゃ食わせてもらうだけです」

山田の自白から、すぐ石井の原籍地の警察に手配をたのんだ。返電は、石井は戻っている形跡はないとあった。しかし、立ちまわる公算は充分ある。その手当てに捜査課から誰か現地に向かうことになった。これはいわば定石である。下岡刑事がその役を当てた。

ところが、山田は石井についてこんなことも言った。

「あいつは、いつか、近ごろ昔の女の夢をよく見る、と言っていました。私が、その女はどうしているのかときいたら、ひとの女房になって九州の方にいる、その住所もわかっている、と言いました。それだけの話で、女の名前も何も聞いていません」

しかし、それは念のために石井の原籍地の警察に打った照会電報でわかった。向こうの警察で調べてくれたのだ。女はたしかに当時石井と恋仲であったが、彼が東京に出奔したあと一年ばかりで、九州にわたり他家に嫁に行ったという。女の名前も縁づき先も知らせてきた。

捜査課では、これをめぐって意見が二つに割れた。一つは石井がその女が忘れられずに女の家に立ちまわるのではないか、というのと、三年前に別れた女にそんな未練があるだろうか、ことに女は他人の妻となり九州に行っていればなおさらだという説とであった。

柚木は、前説を主張した。

柚木には石井が、昔の女の夢を見る、と言ったり、肺を侵されていることや、冗談まじりだが自殺したいと言っていたことなどが頭から離れなかった。犯行もやけで捨身なところがあった。心を躍らせて東京に出てきた男が、失業したり、日雇人夫になったり、血を売ったり、土工になったりして果ては胸を病む絶望を考えた。

「石井はどこかで自殺するかもしれぬ。昔の女には必ず会いにくる」

柚木の出したこの線に、賛成者は少なかったが、消極的ながら課長の支持を得た。それで下岡は石井の故郷に、柚木はその女のいる九州に出張することになったのである。

新聞社は犯人として捕まった山田のことは知っていたが、彼が自白した共犯者の石井のことは知っていなかった。警視庁では、東京電で地方新聞に騒がれ、三時間違いで犯人に逃げられて未《いま》だに解決できない事件がある。それに懲《こ》りて、今度は石井のことは、新聞社には秘密にしておいて、柚木と下岡が東京を発《た》つ時も、そのほうへは気づかれぬようにしたのであった。

2

夜遅くS市に着き、柚木は駅前の旅館で寝た。東京から直行した身体《からだ》は疲れ果てていたが、それでも一晩じゅうを泥《どろ》のように眠ると、朝は元気が出ていた。

まずS署に行って署長に会い、捜査協力の依頼状などのはいっている書類を封筒のまま出した。

署長は司法主任を来させた。全面的に協力するから係りを何人でも出すと言ってくれたが、柚木は断わった。いちおうのワタリだけつけておけばよい気持だった。必要なときはお願いすると礼を述べて出た。柚木には自分なりに思うところがある。

彼は署長にも司法主任にも言った。

「この事件はこの土地の新聞記者には絶対に勘づかれないようにしてください。その女は石井とは関係のない人妻です。女にとっては、今どき石井に来られるのは災難なんです。もし新聞に書きたてられて、せっかくの家庭が滅茶滅茶《めちゃめちゃ》になっては気の毒ですからね」

女の夫は何も知ってない。女も夫に告白したことはないだろう。それはそれでいいのだ。善良で、平和な市民生活を営んでいる。女はその家庭生活に安心しきっている。そこにとつぜん、前に交渉のあった男が凶悪犯人として女のもとに立ちまわってくるかもしれぬと夫にも世間にもわかったら、どんなことになるか。過去が牙《きば》をならして立ち現われ女を追いつめるのだ。

柚木は町を歩いた。電車もない田舎の静かな小都市である。堀《ほり》がいくつも町を流れている。

S市△△町△番地、横川仙太郎《よこかわせんたろう》。同さだ子。——女の名前と夫の名と住所だった。裏通りであった。低い垣根《かきね》のある平屋。門標に〝横川〟とあった。主人はここの地方相互銀行に勤めている。それらしい小さくてこぎれいな家であった。よく見ると郵便受けに家族の名を書いた紙が貼《は》ってあった。仙太郎、さだ子、隆一、君子、貞次。女は後妻なのだ。

人の影も声もなかった。

柚木はぐるりを見まわした。斜め向こうに、〝肥前屋〟と書いた目立たない小さな旅館があった。あつらえむきだった。

宿の二階から横川の家はまる見えであった。垣根の内側はコスモスがいっぱい咲きみだれている。狭い庭ながら掃除がゆきとどき、盆栽が幾鉢《はち》かならべてあった。主人の横川の趣味であろう。庇《ひさし》にかくれて内部《なか》は見えないが、座敷の端と縁側が見えた。

さっそくに宿と滞在の交渉を決めた。刑事の出張費は安い。この宿が安直なのは都合がよかった。

柚木は障子を細目にあけたまま、すわりこんだ。眼はいつも横川の家に注がれていた。

割烹着《かっぽうぎ》の女が姿を出した。縁先に蒲団《ふとん》をひろげて干している。柚木は視線を凝らした。二十七八の中肉の女。眼がぱっちりとして大きい。さだ子であろう。平凡な主婦の印象である。恋愛の経験の想像も感じさせない女である。

六つぐらいの男の子が現われて、女にまつわりついている。末子であろう。継母子の間はよくいっているらしい。何を話しているのか声は届かない。しずかな秋の陽と同じように、よそ目には、おだやかな家庭風景である。

この様子では、石井からまだ〝連絡〟はないようだ。あったら、女がこんなに平静でいられるはずがないと思った。

　ひる近くなった。さだ子は編物器を縁近くに持ちだして毛糸を編みはじめた。一心にうつむいて手を動かしている。がちゃがちゃと器械の音だけが聞こえた。

　一時ごろ、十五六の男の子と十二三の女の子とが学校から帰ってきた。継子《ままこ》の長男と長女。さだ子は編物をやめて奥にはいった。食事の用意のためであろう。しばらくして、姿をまた現わした。ふたたび編物器にとりついて、一時間以上つづいた。男の子は野球のグローブを手に持って出ていき、女の子も遊びに出た。

　さだ子は雑誌を持ってきて眺《なが》めだした。読んでいるのではなく、付録の編物図案模様でもさがしているらしい。ときどき眺めて考えたりしていた。

　それから奥の方へ立っていったままで四時ごろまで姿を見せなかった。現われたときは買物籠《かご》を手に提げて裏口から通りに出てきた。夕食の買物であろう。顔がはっきり見えた。整っているが、乾いた顔である。年齢よりは老《ふ》けた身装《つくり》をしていた。どこか元気がない。

　四十分ばかりで彼女は帰ってきた。買物籠には新聞紙で包んだものがはいっている。片手には五合瓶《びん》を抱えていた。亭主は晩酌《ばんしゃく》をするらしい。

　その亭主は六時近くに帰宅した。瘦《や》せて背がひどく高かった。うつむいて歩く癖らしく、猫背《ねこぜ》であった。わずかな間に見ただけだが、頬骨《ほおぼね》が高く、皺《しわ》がある顔だった。背を屈《かが》めてわが家の玄関の中に消えていく。

夫婦の年齢が開いている。男はどうしても五十近くであろう。三人の子もある。そんな家に初婚の女がどうして来たか。あるいは女の過失が、そのような結婚の場より他に得られなかったのか。柚木はそんなことを考えたりした。

柚木は、晩飯を運んできた女中をつかまえてさぐりを入れた。

「退屈だから、外ばかり眺めていたが、あのコスモスのある家の奥さん、よく働くな」

「でけんばんた、よその奥さんばこんなところから目をつけんしゃっては」

と女中は土地の言葉で言って笑った。

「ばってん、よか嫁ごさんでしょ。あいで後妻さんですもんな。容貌《きりょう》もよか、気立てもほんによか人ですもん。そう言うちゃ悪いばってん、横川さんにはもったいなかごとありますたい」

「なんでもったいないのかね?」

と柚木は言葉尻を捉《とら》えた。

「そら、亭主さんは四十八ですばい。嫁ごさんより二十も上ですけんな。それに吝嗇《けち》な人で、財布は自分で握って、嫁ごさんには毎日百円ずつ置いて銀行に出んしゃるそうです。嫁ごさんの来んしゃったころは、米櫃《こめびつ》に錠がかかって、毎日亭主さんが米を計って出してやったそうですけんな。自分な晩酌ばやっても、嫁ごさんな映画一つやったことが無かそうですたい」

「それじゃ、夫婦仲はよくないだろうな」

「そいが、あなた、嫁ごさんがよかけん、べつに喧嘩《けんか》もなかとです。まま子ばってん、よう子供も可愛《むぞう》がりんしゃるしな、あげな奥さんはほかにそう無かばんた」

3

痩せた亭主は朝八時二十分に家から銀行に出勤した。長身の背を前屈みになって歩いていく。眉《まゆ》をひそめ皺を刻んだ横顔を見せて、気むずかしげな顔つきであった。

妻のさだ子が門のところにたたずんで見送った。朝の太陽がその顔を白くしている。どこか疲れて見えるのは柚木の気持からか。石井とのことがあったとは考えられないほど、情熱を感じさせない女である。二人の子供は父親より前に学校に行った。

朝の掃除がはじまる。座敷、廊下、玄関、庭。二時間はたっぷりかかる。吝嗇な夫は掃除にも口やかましいかもしれない。しかし、この家には、世間なみな平和がまだあった。

午前十時、郵便配達夫が来た。二三通の手紙かはがきかを郵便受けに投げ入れていった。あの郵便物の中に、この平和を破るものがはいっているかもしれない。その郵便物の端が白く郵便受けからはみだしている。柚木は誘惑を感じた。しかし無断で検《しら》べることは許されない。それには捜査令状が必要であった。

が、石井からの〝連絡〟はどの方法であるだろう。郵便か、電報か、人を使っての伝言か。この家には電話がない。どこか近所の電話を借りて、さだ子を電話口に呼びだすか。それとも本人が訪ねてくるだろうか。柚木はいろいろな場合を想定してみる。

庭の掃除の途中で、さだ子は郵便受けのところに来て郵便物をとりだした。立ちどまって手紙の裏をかえして見ている。興味はないらしい。

はがきが一通。裏を一心に読んでいる。柚木は息を詰めた。読みおわってさだ子は家の内にはいったが、変わった様子はなく、洗濯物《せんたくもの》を干しはじめた。違ったらしい。

それから編物。下の子が遊びから戻った。一時ごろに学校に行った子供が二人帰ってくる。昼飯。あと片づけで奥に引っこんだまま。四時になると買物籠を提げて現われ市場に行った。あまり元気のあるほうではない。四十分ぐらいで帰ってきた。それから姿を見せない。夕食の支度であろう。六時前。背の高い夫が前屈みになって帰ってきた。相変わらず気むずかしげな顔で歩いている。

日が暮れた。橙色《だいだいいろ》の電灯が家の障子に明かるい。ラジオが流れている。近所のラジオかもしれない。人影が障子をときどきよぎる。平穏な、家庭の団欒《だんらん》がある。柚木は東京にのこした自分の家庭を思いだして、旅愁のような憂鬱《ゆううつ》を感じている。

九時ごろに雨戸を閉めた。これもさだ子の役らしい。真っ暗な家になった。垣根のコスモスがそれらしく夜目にわかる。暗いが、平和な家がこれから眠るのだ。これで、今日は無事にすんだらしい。

朝になった。猫背の主人が長身をまげて、八時二十分かっきりに門を出ていく。妻の掃除がはじまった。十時。郵便屋が来た。柚木は眼を光らせたが、今日は素通りである。編物。二時には子供が学校から帰った。四時にはさだ子が市場に出かけた。六時前には、背の高い男が、ゆっくりゆっくり歩いて帰ってきた。この男は間違いなく、この時間に帰宅するらしい。

何事も起こらなかった。今日もこれですむのだ。

柚木は仰向《あおむ》けになって考えた。見込みが異《ちが》ったかもしれない、という危惧《きぐ》が心を落ちつかせなかった。

（三年も前に別れて、しかも人妻になっている女に未練があるものだろうか）

と捜査会議で柚木の意見に反対した同僚の言葉が胸に浮かんでくる。あるいはその意見が勝ったかもしれない気がした。

（しかし石井は死ぬ決心でいる。彼はほかに女もいない。逃げまわっている彼がこの女に会いにくるかもしれないという見方を捨てることはできない）

まだ三日めではないか、と柚木は心に言いきかせた。石井は何万円かを持って逃げているはずだ。被害者が必要があってその日に銀行から出したばかりの現金を犯人二人が奪《と》ったのである。彼はまだどこかに逃げているが、金がなくなるまでには、必ず、さだ子のところに会いにくるはずだと思う。女の嫁入り先の住所も知っている。女の夢を見ると述懐したというのは何を意味しているか。別れたとはいえ女に心が残っているのではないか。世に敗れて追われている彼は、もう一度女の愛情にたとえ五分間でも甘えたいのだ。この見込みに自信はあった。が、やはり不安はつきまとう。

思いきって、さだ子ひとりの時に会って事情を打ち明けようかと思ったが、やはりよした。こんな場合、女がこちらの側の味方をすることは、まず、あるまい。みすみす犯人を逃がす手伝いをさせるようなことが今まで多かった。

朝になった。八時二十分、亭主が出勤。掃除。今朝も郵便屋は素通りだ。編物。洗濯。買物。六時前、猫背の主人が戻った。

きまりきった単調な繰り返しである。あるいは単調な日々の繰り返しだから平穏無事なのである。今に、石井の出現という災厄《さいやく》がこの均衡を破るだろう。

四日め、変わりはなかった。

五日め、同じ猫背の亭主は正確に出勤し、さだ子は単調に掃除、洗濯、編物をしている。この家の不幸の突発を待つ感じ。柚木は焦慮を押えるのに苦労した。

天気がよい。陽があかるく道に照っている。通る人も少ない道である。抜けたように張りあいのない、眠ったような町であった。そういえば、まだ町通りに藁《わら》屋根の家があった。

道には、土地の人が立ち話をしている。郵便局の簡易保険係が自転車をとめて、近所を二三軒集金に回っていた。そのあと手鞄《てかばん》をもった洋服の男が、一軒一軒を訪問して歩いている。何かの集金人か、物売りかもしれない。横川の家にもはいっていった。彼が物売りなら成功するはずはなかった。一日百円ずつ吝嗇な夫から貰《もら》っているさだ子に余裕があるはずがないのだ。はたして彼はすぐ玄関から出てきた。そのまま、ぶらぶらと歩いて町角を曲がった。

青年が三人で声高に話しながら通った。土地の訛《なまり》でよく意味がとれないが、強い音階が耳にのこった。この通りは、いつも二十分間ぐらいは人通りが絶えていた。単調すぎて、瞼《まぶた》がだるくなるようだった。

さだ子が出てきた。白い割烹着だが、スカートがいつもの色と変わっているのを柚木は気づいた。セーターも着かえている。腕時計を見た。十時五十分。市場の買物ではあるまい。それなら早すぎる。

柚木は階段をかけおりた。こんな場合のため宿料はいつも前渡しにしてある。あいつだ。柚木の頭の中には、さっきの集金人か物売りらしい洋服男の姿が閃《ひらめ》いていた。

4

柚木が道路に出た時は、さだ子の姿は見えなかった。彼は、たかをくくって足早に歩いていった。すぐ追いつけるものと思ったのである。

ところがこれが間違いだった。道は三叉路《さんさろ》になっていた。右の道に市場が見えた。妙なことに柚木の頭は、さだ子の割烹着姿と市場とをくっつけてしまった。彼女が毎日、この姿で市場通いをしていたのを見つづけたことが頭にそれをつくっていたのである。

柚木は躊躇《ちゅうちょ》なく右へ曲がった。市場は細い路《みち》が店をはさんでいくつもあった。女の客が多い。白い割烹着がうろうろしている。柚木の眼は血眼になった。いない。

柚木の心があわてている。

「駅はどっちの方に行ったらいいのですか?」

と人をつかまえてきいた。わかりにくい教え方であった。

やっと駅に出た。本能的に掲示の時間表のところに行って見上げた。今が十一時二十分。一時間前に上りが一本あっただけで、以後の発着はない。柚木は、ほっとした。

それから、ゆっくり待合室などを見まわした。いなかった。待合室は閑散で子供が遊んでいる。汽車はもう一時間しなければ出ないのである。

駅前に出た。陽だまりに鳩《はと》が群れている。

柚木は煙草《たばこ》を口にくわえた。

バスがきた。客をぞろぞろ降ろした。空になると走り去った。眼を追うと向こうの方に発着所があり、三台ばかりバスがならんでいた。白い車体に赤いきれいな筋がはいっていた。

なぜ、これに気づかなかったか。柚木は駆けるように急いだ。

バスに乗る客がならんでいた。彼は眼を走らせた。いなかった。

柚木は切符売場に行った。硝子《ガラス》張りのしゃれたボックスだった。車掌と運転手が三四人横に腰かけて雑談していた。柚木は警察手帳を出した。

「今、出たバスはどこ行きですか?」

「白崎《しらさき》行きです」

と車掌の監督のような男が警察手帳を見ながら少し堅くなって答えた。

「その車に割烹着の女は乗りませんでしたか?」

割烹着をまだ着ていたかどうか自信がなかった。

「さあ」

監督が車掌の溜《たま》り場まで行ってきいてくれた。出札掛りは気づかないと言った。

監督が一人の女車掌と戻ってきた。その表情を見て、柚木はわかったのだと思った。

「さっきの白崎行きのバスに割烹着の女の人が乗ったのを見ました。でも、その人は連れの人に言われて割烹着を脱いでいました」

と女車掌は言った。

「連れの人?　それは男かね、女かね?」

と柚木は眼を光らせてきいた。

「男の人でした」

「どんな男?」

「さあ。よく見ませんでしたが、三十前後の男だったと思います。紺のような洋服をきていました」

「そうだ、紺の洋服だった。手提鞄を持っていたろう?」

「持っていました。黒ではなく、茶色でした」

そうだ、そのとおりであった。

「どこまで切符を買ったかわからないだろうな?」

それはわからなかった。

「そのバスは、終点には何時に着くんですか?」

「十二時四十五分です」

腕時計を見ると十二時五分前だった。今からハイヤーをとばせば、そのバスが終点につくまでに追いつくかもしれなかった。

柚木は駅前に引きかえして、構内タクシーに乗った。行く先は白崎までバス道路に沿って走れと命じた。

道路は道幅も広くていい道だった。町を出はずれると両側が広い田圃《たんぼ》で山が遠かった。道の両方に櫨《はぜ》の樹《き》が多く、真っ赤に紅葉して美しかった。

しかし、進むにしたがって、平野は狭まり、道は上がり坂となって丘陵地帯にはいった。林の中に櫨が赤い色をひろげていた。部落をいくつも行きすぎた。

途中ではついにバスに追いつけなかった。白崎は小さな町である。バスはとまっていて、運転手と車掌は休憩していた。客はみな降りて姿はなかった。

柚木は歩みよってきいた。

「男は三十前後で紺の洋服に茶色の手提鞄を持っていて、二十七八ぐらいの女と二人連れだが、どこの停留所で降ろしたか覚えているかね?」

「あれだろう?」

と運転手が煙草を口から捨てて女車掌に言った。少女はうなずいて答えた。

「その人たちは、草刈《くさかり》という停留所で降りました。ここから五つめあとがえったところです」

なぜ覚えているのかというと、その男女が部落のある方の道に行かずに、山の温泉の方に登っていったので、乗客の誰かがそれを見て、卑猥《ひわい》な冗談を言って笑わせた。それで印象に残っているると説明した。その温泉はSからも直通のバスが出ているが、この山を越しても行けると言った。

柚木はその足で郵便局に行き、S署の署長あてに応援をたのむ電報を打った。

5

道は丘陵を緩い勾配《こうばい》で上がっていた。その両側には落葉がいっぱい溜まっている。森林の黄蘗《きはだ》色に、楓《かえで》が朱をまぜていた。

柚木はその道を歩いて登っていた。あの二人の行く先の見当がついた以上、あわてることはなかった。ただ、向こうが歩いていったというので、こちらも歩いて追うだけのことだった。どこで彼らの姿を発見するかわからないからである。ただ、彼らの終点がわかったということは、気の楽なことだった。

腕時計を見ると一時半だった。秋の陽《ひ》でも、山道を歩くと肌《はだ》が汗ばんだ。人には出会わなかった。モズが鋭く啼《な》く。

杉、檜《ひのき》が多かったが、榧《かや》、シデ、椿《つばき》も少なくなかった。楠《くすのき》の大木には山藤《やまふじ》が蔓《つる》を巻き、高いところにアケビがさがっていた。

聞きなれぬ鳥《からす》の声を聞いて見上げると、鳥が群れて枝をわたっていた。が、鳥ではなく鵲《かささぎ》であった。

峠にかかって展望がひらけた。振りかえってみると遠くに平野が広がっていた。刈入れがすんで一面の田は黝《くろず》んだ色だった。野積みの稲束が点になって撒《ま》かれていた。道の傍には道標を兼ねた看板が立っていた。〝川北《かわきた》温泉〟。その下に、旅館の名が三つ書いてある。肥州屋。悠雲館《ゆううんかん》。松浦館。あの二人が行くのはどの宿であろうかと柚木はちょっと考えてみる。

道は下りとなった。しかし丘陵の起伏がつづいていた。芒《すすき》の穂が光って乱れている。高い山が皺《しわ》を見せて近くなっていた。

とつぜん、銃声が起こった。銃声は澄んだ空気を裂いて森や丘を震わせた。柚木は弾《はじ》かれたようになった。しまった、と思わず口から声が出た。足はその方角へ向いたが動きはしなかった。なぜかつづいて起こる二度めの銃声を期待した。が、それきり何事もなかった。鳥が群をなして飛び去った。

柚木は、石井久一が、いつのまに拳銃《けんじゅう》を所持したのかと思った。かなりな大金を持っているので、どこかで拳銃ぐらい買ったのかもしれない。そのことはうかつにも考えてもみなかった。

が、今の銃口はどちらに向けて撃たれたのであろう。女にか。彼自身にか。柚木が二度めの銃声が聞こえるかもわからないととっさに思ったのは、男が女を撃ち、次に自分の胸にむけて引金をひくことをすぐ考えたからだ。が、一発だけでは、どちらが倒れたかわからなかった。

柚木は今までの道からはずれて、小径《こみち》を歩きだした。枯れた灌木《かんぼく》がしげり、葉の少ない雑木林《ぞうきばやし》が行く手にあった。銃声はその林の奥から聞こえたように思えた。

すると人の歩いてくる足音が聞こえた。柚木は身を灌木の群の間にかくそうとした。が、それよりも先に、一匹のセッターが走って現われた。猟犬は柚木を見ると急にとまって吠《ほ》えたてた。犬を呼ぶ声がした。声の主もつづいて林の中から出てきた。それは皮の猟服を着こみ、猟銃を肩にもった中年の紳士であった。

「どうも、失礼」

と猟服の男は、犬を叱《しか》って柚木に詫《わ》びた。

銃声の正体を知って、柚木は安心した。それから行きかける男を呼びとめて、質問した。

「失礼ですが、女連れの男を見かけませんでしたか。紺色の洋服をきた鞄をもった男ですが」

男は警戒の眼つきをした。

「いや、警察の者です」

その言葉で、相手はうなずいた。

「見ました。この林を出はずれたところを歩いていました。そのとおりの服装の男でした」

今度は柚木が礼を言った。男は犬をつれて黙って離れた。柚木は林を抜けた。それらしい姿は見えなかった。

このとき、柚木には、さきほどなぜ二つの銃声を期待したかという自分の心への疑問が起こった。石井が自殺するかもしれないという危惧はあったが、情死は考えていなかった。それがなんの用意もなく、つづいて二つめの銃声が起こるのを待ったのは、瞬間に、そういう予感が走ったのであった。

そう気づくと、石井が女を死の道連れにするのではないかという考えが、はっきりしてきた。自殺を覚悟しているとしたら、石井が死への同伴者としてさだ子をえらぶ心理が理解されないでもなかった。柚木は最初の、石井がたんに最後の別れに女に会いにきたという考えを訂正せねばならなかった。

三四軒の百姓家があるところに出た。子を負っている老婆が白い眼をして立っていた。柚木が二人のことをきくと、

「あちらへ行きんしゃったばな」

と道を指した。その道はさらに森の中にはいっている。森を抜けると、なだらかな丘がもりあがっていた。丘は落葉した雑木林に蔽《おお》われて視界は限定されていた。道に兎《うさぎ》でも出そうであった。

人の声が聞こえて近づいてきた。柚木は薪《まき》を背にかついだ村の青年の三人に出会った。

「ああ、用水池のところを歩いとったやな」

と彼らは答えた。

池と聞いて柚木は心が騒いだ。彼は足早に教えられた方角へ小径を伝った。

ようやく遠い向こうに二人の姿を発見した。池の水面は見えなかったが、堤の上に彼らはすわっていた。堤には櫨の樹が数本、見事な紅葉をしていて、その枝をひろげた下に、二人はすわっていた。男の洋服の紺色と女のセーターの橙色とが一点に寄りあっていた。

柚木は気づかれぬように少しずつ近づいていき、芒などの枯草の中に身をうずめた。二人の話し声はそこまでは届かなかった。

男の膝《ひざ》の上に、女は身を投げていた。男は女の上に何度も顔をかぶせた。女の笑う声が聞こえた。女が男のくびを両手で抱えこんだ。

柚木はさだ子に火がついたことを知った。あの疲れたような、情熱を感じさせなかった女が燃えているのだった。二十も年上で、吝嗇《けち》で、いつも不機嫌《ふきげん》そうな夫と、三人の継子《ままこ》に縛られた家庭から、この女は、いま解放されている。夢中になってしがみついている。

柚木は枯草の中に寝ころんで空を見た。青く晴れた空だ。うすい鰯雲《いわしぐも》がかかっている。落葉の匂《にお》いを味わう。煙草《たばこ》は喫《す》えないのだ。

何分かたった。柚木は首を起こした。二人は立ちあがっていた。女が男の背後にまわって洋服についた草をとっていた。それから櫛《くし》を出して男の髪を撫《な》でてやった。二人は寄りそって歩きだした。男の茶色の鞄を、女が持っている。片方の手は男の腕にまきつき、もつれるようにして歩いていた。

柚木が五日間張りこんで見ていたさだ子ではなかった。あの疲労したような姿とは他人であった。別な生命を吹きこまれたように、躍りだすように生き生きとしていた。炎がめらめらと見えるようだった。

柚木は、石井に接近することができなかった。彼の心が躊躇《ちゅうちょ》していた。

6

川北温泉は山間の温泉場で、旅館は四五軒ぐらいであった。裏の渓流《けいりゅう》はS市を流れている川の上流だった。この川に沿って、Sの町からここまでの直通バスの道路があった。

柚木は、道ばたに立って渓流を眺《なが》めながら煙草を喫っていた。景色に飽いたら、その辺に腰をかけてポケットから詩集を出すつもりだった。古いジープがSの方からのぼってきた。柚木はそれに手をあげた。ジープからS署の刑事たちが四五人降りてきた。

「ご苦労さまです」

と柚木は挨拶《あいさつ》した。

「警視庁の柚木さんですね。遅くなりました。で、犯人《ホシ》はどこですか？」

と、いちばん年配の眼の大きい刑事がきいた。柚木は前の旅館を指した。

「ここです。さっき内にはいったところです」

松浦館という看板の出ている旅館だった。

「すぐ踏みこみますか?」

と刑事がきいた。

「今、浴場にはいっているはずです。女がいるんですよ」

「へえ、シャレてやがるな」

ぐるりの他の刑事たちが声を出して笑った。

「しかし、ホシには関係のない女です。情婦というのでもないのです。この女のほうは私が適当にします」

刑事たちはわからない顔をしていたが、柚木がそう言うので黙っていた。

刑事たちは申しあわせて配置についた。旅館の前に二人、裏の川岸に二人がたたずんだ。

柚木は二人の刑事と宿にはいった。眼の大きい刑事が帳場の男に何かささやくと、男は少し顔色が変わった。すぐに立って、

「こちらですから、どうぞ」

と低い声で言って案内した。女中たちは、普通でない空気に不安そうに見送った。

部屋にはいった。

「今、湯です。女のかたは婦人湯です」

と番頭が言った。

安ものの懸軸《かけじく》のある床の間には、男の茶色の鞄《かばん》が置いてあった。それをそのまま柚木は刑事に渡した。

洋服ダンスをあけると、男の紺の洋服が下がっていた。柚木は素早くポケットに手を入れて、内のものをみんなハンカチに包んで、これも刑事に渡した。別に凶器らしいものは見あたらなかった。それから柚木は部屋を出て、浴場の方へ行く磨《みが》きこんだ廊下を歩いた。

宿のお仕着せの丹前をきた三十ぐらいの男がタオルをさげて歩いてきた。そのまますれちがうには廊下はせますぎた。柚木は身体を壁に寄せて避けた。相手は宿の者かと思っているらしく平気で通りすぎようとした。髪をきれいに分け、顔からは湯気が出ていた。

「石井」

と柚木が呼んだ。男が、はっとして振りむいた。その手を強く握って、

「石井久一だな。そうだろう」

と柚木は言いおわらぬうちに手錠をかけた。石井は瞬間にあばれるような気配をみせたが、棒立ちになり首を垂れた。

「見ろ、おまえの逮捕状だ」

と柚木は出したが、石井は、

「わかってます」

と細い声で言って眼をくれなかった。湯気はまだ皮膚から立っているのに、顔は真《まっ》蒼《さお》であった。柚木は石井にぴったり寄りそうようにして部屋に帰った。そこに待っていた眼の大きい刑事が立ちあがった。

「よう」

と彼は言った。

柚木は石井を送りだすと、ひとりで部屋に残った。煙草を出して喫った。懸軸の絵を眺めた。腕時計を見た。四時五十分。

さだ子の夫が、長身の猫背《ねこぜ》で、眉《まゆ》に皺《しわ》をよせながら、こつこつと歩いて帰ってくる
六時前にはまだ一時間ほどある。

入口の襖《ふすま》が開いた。さだ子である。柚木を見てびっくりし、部屋が異《ちが》ったかと惑ったふうをした。宿の着物がまた別人のようになまめかしく見せた。

「奥さん」

と柚木が呼んだ。

さだ子が表情を変えた。柚木は警察手帳を出した。

「石井君は、いま警察まできてもらうことになりました。奥さんはすぐにバスでお宅にお帰りなさい。今からだとご主人の帰宅に間に合いますよ」

女は棒立ちに立っている。眼を据《す》えて、口を利《き》かない。が、息が喘《あえ》いでいた。

彼女が宿の着物を脱いで、自分のセーターに着かえるには、まだ時間がかかるだろう。

柚木は黙って女に背を向け、窓の障子をひらいた。渓流を見おろした。見ながら思った。

――この女は数時間の生命を燃やしたにすぎなかった。今晩から、また、猫背の吝嗇な夫と三人の継子との生活の中に戻らなければならない。そして明日からは、そんな情熱がひそんでいようとは思われない平凡な顔で、編物器械をいじっているに違いない。

声

一部　聞いた女

1

高橋朝子《ともこ》は、ある新聞社の電話交換手であった。

その新聞社は交換手が七八名いて昼夜勤が交代であった。三日に一度は泊まりが回ってきた。

その夜、朝子は泊まり番に当たっていた。三名一組だが、零時を過ぎると、一名を残して二人は仮眠する。これも二時間交代だった。

朝子は交換台の前にすわって、本を読んでいた。一時半になったら、三畳に蒲団《ふとん》をのべて眠っている交代者を起こす。その時間まで十分《じゅうぶん》あった。

一時間以上あれば二、三十ページぐらい読める。その小説が面白いものだから、朝子はそう意識しながら読んでいた。

その時、電話が外部からかかってきた。朝子は本から眼を離した。

「社会部へ」

とその声は言った。声には聞き覚えがあったから、すぐつないで、

「もしもし、中村さんからです」

と、出てきた眠そうな声のデスクの石川に伝えた。それから眼をふたたび小説の世界に戻した。その間に、電話は切れた。

それから二ページと進まないうちに眼の前の赤いパイロット・ランプが点《つ》いた。社内だった。

「もしもし」

「赤星牧雄さんの家にかけてくれ、東大の赤星牧雄さん」

「はい」

ききかえさなくても、声でわかっていた。社会部次長の石川汎《ひろし》である。さっきの眠たげな声とは打ってかわって活気があった。

――朝子は、社内の三百人くらいの声はたいてい知っていた。交換手はいったいに聴覚がよいが、朝子は特に勘がよいと同僚から言われた。二三度聞けば、その声を覚えてしまった。

先方が名前を言わないうちに、誰々さんですね、と言いあてた。数回しか掛けたこ

とのない相手のほうがびっくりした。

「君は、よく知ってるなあ」

と向こうでは感嘆した。

しかし、社員たちは、じつは、それが迷惑なこともあった。外部からかかってくる女の声も、交換手たちは覚えてしまった。

「Aさんの恋人はH子さんというのね。しわがれて鼻にかかった声ね」

「Bさんのは Y子さんね」

恋人といえない酒場の女からの借金の催促まで覚えられてしまった。もちろん、交換手たちはこのようなことを他人に話すような不徳義はしない。いわば、それは職業上の秘密であった。ただ、交換室の中で、それが退屈しのぎの少しばかり興《きょう》がられる話題として、ささやき交わされるだけであった。彼女たちは、声の持主の微妙な癖、抑揚、音階などを聞きわけていた。

朝子は、いま石川の言いつけで厚い電話帳を調べた。アの部、アカ、アカと指先で滑りながら、素早く赤星牧雄の活字を当てた。４２の６７２１。口の中で呟《つぶや》く。

ダイヤルを回した。信号の鳴っている音が送受器から耳をくすぐる。

壁の電気時計をふと見ると零時二十三分であった。信号が鳴りつづいている。寝静まった家中に響いているベルを朝子は想像している。

誰かが眼をさまして送受器をはずすまで、まだ時間がかかるだろうと思っている矢先、あんがい早く先方が送受器をはずした。

あとで、朝子は警察の人にきかれた時、電話をかけてから、先方が出るまで十五秒ぐらいだったと答えた。

「なぜ、時間を見たのですか？」

ともきかれたが、それは、

「こんな深夜に電話などかけて、先方の迷惑のことをちょっと考えたのです」

と答えている。

その時、送受器ははずれたが、すぐに応答はなかった。もしもし、と三四度呼んで、やっと返事があった。それは、先方が送受器は耳につけたが、応答したものかどうか、迷っていると思われるような、妙な何秒間かの沈黙であった。

さて、その返事は男の声で、

「はい。どなた？」

と言った。

「もしもし。赤星牧雄さんのお宅ですか？」

そう言って電話を切りそうだったので、朝子はあわてて言葉を重ねた。

「もしもし、東大の赤星牧雄先生のお宅ではございませんか?」

「違うったら」

相手は高くないが、じゃけんな声で言った。あら、電話帳の番号を見間違ったのかしら、それとも回す番号を誤ったのかしら、と朝子は思い、ごめんなさい、とあやまろうとした時に、

「こちらは火葬場だよ」

と相手は、太い声だが、どこかキンキンした響きをもつ調子で言った。

2

それが嘘《うそ》であることは朝子にはすぐわかった。電話を間違えて掛けた時、刑務所だとか火葬場だとか税務署だとか気持のよくない場所をでたらめに言う悪戯《いたずら》には、朝子は慣れているはずなのだが、このときは少し腹が立ったので、

「失礼ね。火葬場なものですか。つまらぬことは言わないでください」

「違うよ」

と言いかえした。すると相手は、

「悪かったな。だが、真夜中にあんまり間違った電話をかけるなよ。それに……」

それに、とあとを言いかけて電話は突然切れた。それは本人が切ったというよりも、誰か横から切ったという唐突な感じであった。

この小さなやりとりは一分間とかかっていなかった。が、黒いインキでも引っかけられたように厭《いや》な気分に突きおとされた。交換手という職業には、相手の顔が見えないために、ときどきこういう腹の立つことがある。

朝子は閉じた電話帳をもう一度繰って調べた。なるほど違っている。それは一つ上の番号と見誤ったのである。こんなことは滅多にない。

今晩はどうかしているわ、あんまり本に夢中になっていたせいかな、と思い、正常に赤星牧雄氏の家を呼んだ。

ところが信号は行っているのだが、今度は相手がなかなか出ない。

「おい、まだ出ないか?」

と石川は催促してきた。

「まだです。夜中だから寝てるんでしょう。なかなか起きないらしいわ」

「困ったな。ずっと鳴らしてみてくれ」

「何よ? こんなに遅く」

朝子は石川を知っていたから、そんな口のきき方をした。

「うん。えらい学者がさっき死んだんだ。それで赤星さんの談話を電話でとりたいのだ」

朝刊最終版の締切は一時なので、石川の急《せ》きこみようがわかった。

五分間も呼び出しをつづけ、相手はやっと出た。朝子は石川のデスクにつないだ。

それで交換台には話し中のしるしの青いランプが永々と点いている。石川が話をしきりと聞いているのであろう。青い灯を見ていると、朝子はこの間、小谷茂雄《こたにしげお》からもらった指輪の翡翠《ひすい》の色を思いだした。

それは二人で会った時、銀座のT堂で買ったものだ。はじめ茂雄がつかつかとその店にはいろうとしたので、朝子がしりごみして、

「こんな一流の店で買うと、きっと高いわよ」

と言ったが、茂雄は、

「大丈夫だよ。結局、品のいいのがトクなんだよ。少しぐらいの高い値段は仕方がないさ」

と取りあわずに内にはいった。朝子は、その晴れがましい店内の様子に心がちぢん

だ。だから高価な正札の中でもできるだけ廉《やす》いその指輪を買ってもらったのだった。それさえも普通の店よりは、ずっと高かった。

いったいに茂雄はそんなところがあった。名もないような三流会社に勤めていて、安月給をこぼしているくせに、流行型の洋服を月賦で新調したり、絶えずネクタイを買い替えたり、映画でも有楽町あたりの高級館に朝子を誘って二人で八百円を払ってはいったりした。始終借金をしているらしい。そんな見栄坊《みえぼう》なところが朝子には気になったし、性格の不均衡《アンバランス》な面も不安であった。

結婚を約束した間柄《あいだがら》というのは、あんがい、言いたいことも言えないのであろうか。朝子はそれを自分の気の弱さにしている。結婚までは仕方がないのだ。そういう弱さが女にはある。それは、相手の男を愛しているからでもあろう。夫婦の家庭生活にはいったら、自分がそれを直すのだと気負った意志を漠然《ばくぜん》と結婚の向こう側の未来に持っている。

茂雄の白い顔と、光の鈍い眼を見ていると生気を感じない。彼には不平はあるが、希望も野心もその口から聞けなかった。朝子は、茂雄にそのことで何となく心もとなさを感じている。

眼の前の青い灯がぽつんと消えた。石川の長い電話が終わって、切れたという合図である。朝子は気づいたように壁の電気時計を見上げた。一時半まで七分。交代者を起こす時間だった。

電話帳が開いたままになっていた。朝子はさっき間違えてかけた42の6721の持主の名前をふと読んでみる気になった。唾《つば》を吐きかけられたような不快はまだ消えていなかったのだ。

赤星真造　世田谷区世田谷町七ノ二六三

赤星真造。何をする人であろう。この地名の界隈《かいわい》は、朝子も、女学生のころの友だちが住んでいて、遊びにいったことがあるから知っている。それは白い塀《へい》が定規のように区画をつくって並び、植込みの奥に大きな屋根が見える邸町《やしきまち》であった。あのような上品な場所に、電話の声のような、下品な男が住んでいるのかと思うと朝子はちょっと意外な気がした。が、世間にちぐはぐなことが多いのは戦後に平気なことでもある。そう改まった感想をもつほど、その時の電話の声は、無教養な低さと厭らしさを持っていた。

厭らしさといえば、太い声なのにどこかキンキンした響きをもつ、二つの音階がずれあったような、妙に不調和な音であった。

その朝、十時に朝子は勤務を終わって、家に帰った。帰っても午後までは眠れないのが彼女の癖である。掃除をし、洗濯《せんたく》をして床についたのが一時であった。

眼が醒《さ》めた時は、天井から下がった電灯が点《とも》っていた。硝子《ガラス》障子の外はすっかり暮れている。枕元《まくらもと》には夕刊が置いてあった。それは母がいつもそうしているのだ。

朝子は眼ざましに夕刊を広げた。

——世田谷に人妻殺し

深夜、留守居の重役宅

トップの三段ぬきの活字が朝子の睡気《ねむけ》を払った。読むと内容は次のようなことであった。

「世田谷区世田谷町七ノ二六三、会社重役、赤星真造氏が昨夜から親戚《しんせき》の不幸先に通夜《つや》に行って、今朝の一時十分ごろタクシーで帰宅してみると、一人で留守居の妻の政江さん（二九）が絞殺されていた。届出によって係官が調べてみると、家内は相当に荒らされて、物盗《ものと》りのあとがはっきりしている。犯人は単独か、二人以上の共犯かわからないが、あとの場合が考えられている。犯行時間は、零時五分まで近所の甥《おい》に当たる学生が友人と二人で来ていてくれたが、あまり遅いので帰っているから、それ以後から発見の一時十分までの間と見られている」

朝子は読むと思わず声をあげた。

3

朝子は捜査本部になっている世田谷署に出頭した時に、係りの捜査主任に、

「どうして、その声が犯人ではないかと考えてここへ来たのですか?」

ときかれた。

「はい。新聞によると、午前零時五分から一時十分の間は、亡《な》くなられた奥さんが、あの家に一人だったことになっています。わたしが電話を間違えて、そのお宅にかけたのは零時二十三分でした。そのとき、男の声で返事があったのです。それで変だと思い、もしや犯人か、それに関係のある人ではないかと考えたのです」

「どんなことを話しましたか?」

それで朝子は、そのとおりを話した。

係官は、相手の電話が話の途中に切れて、あたかもそれが傍《そば》に別な人間がいて、電話機を指で押さえて切ったような印象だった、ということに非常に興味を覚えたらしかった。

それでそのことをもう一度念を入れてききなおし、他の係官たちと小さい声で話し

ていた。あとでわかったのだが、それが単独犯か二人以上かの、重要な暗示となったのだ。

「あなたの聞いたその声は、どんな声でしたか?」

係官は、そうきいた。甲高い声、低い声、中音の声、金属性の声、だみ声、澄んだ声、そういう声の種類に分けて、どれにあたるか、どの要素とどの要素が強いのかたずねられた。

そう質問されると朝子は困った。口ではうまく言えない。太い声だったと言っても、あまりに単純すぎる。太い声にも千種二千種の段階はあろう。ところで、質問者は、〝太い声〞という言葉を聞けば、一つの概念を作りはしないか。それが困る。たとえば〝かすれた太い声でした〞と言えば、ややこちらの感覚を相手に通じさせることはできるが、〝かすれた〞というほどの特徴のない時は、どう表現したらよいか。感覚を言葉で正確に伝えるのが無理なのではないか。

朝子の当惑した顔を見て、係官はいあわせた人たちをあつめて、何か短い文章を読ませてしゃべらせた。彼女が、〝太い声〞と答えたものだから、そういう声の持主ばかりだった。男はたいてい、太い声だということを朝子は改めて知った。

被実験者たちは、てれたような顔をしながら声を出して文章を読んだ。朝子は、全部を聞きおわって、似ている人もあるが、よく考えると、だいぶん違うと言った。そう返事をするより仕方がなかった。似ているといっても、まるで違ってもいるのだ。

「それでは」

と、係官は別なきき方をした。

「あなたは交換手だから、声は聞き慣れていますね？」

「はい」

「あなたの社の人の声は、何人くらい聞きわけられる？」

「さあ、三百人くらいでしょうか」

「そんなに？」

と質問者は、びっくりしたように隣りの人と顔を見合わせた。

「それなら、その三百人について、いちばんよく似た人の声を考えてごらん？」

それは、うまい思いつきである。三百人もあれば、どれか近い声はあろうから、具体的に知る方法といえた。朝子も、なるほどと思った。

ところが、その具体的なことが、反対に類似という考え方を邪魔した。AはA、BはBとそれぞれの声の個性を具体的に知っているだけに、差異がかえって明瞭《めいりょう》になった。そうなると、不思議に、あの声が朝子の耳の記憶から曖昧《あいまい》になってゆきそうだった。

あまり、いろいろな声を質問されて思いだしたから、そのたくさんの声の中に埋没されてゆきそうな、そんな薄れ方を感じた。——

結局、捜査当局は、朝子から〝太い声〟という単純な証拠を聞いただけで、たいした収穫にはならなかった。

しかし、これは各新聞社の興味を惹《ひ》いて、「殺人現場から犯人の声、深夜偶然に聞いた電話交換手」といった見出しで、朝子の名前を出して、派手な扱いにした。彼女はしばらくの間、いろいろな人にきかれたり、冷やかされたりした。

その事件があって、ひと月たち、ふた月経過した。そのたびに、新聞のその記事は、小さくなり、片隅《かたすみ》にちぢまった。

半年近くなって、事件は犯人の手がかりがなく、捜査本部は解散したという記事が、久しぶりに少し大きく出ていた。

4

それから一年して、朝子は社を辞め、小谷茂雄と同棲《どうせい》した。

夫婦になってみると、朝子が茂雄にたいして持っていた以前からの不安は、事実となって現われた。

　茂雄は怠惰で仕事も気まぐれな勤めかたをした。会社での不平が口癖である。

「あんな会社、いつでも辞めてやる」

　酒がはいると、よく言った。他に移れば、もっといい給料がとれるのだと力《りき》んでいた。

　しかし、茂雄がそんなに広言するほど、彼には実力も才能もないのだ。朝子はそれが夫婦になって、はっきりわかってきた。

「どこに勤めても、今どきは同じことよ。少しくらい不平があるからといって、怠けるの、いやだわ。勤めだけは、ちゃんとしてちょうだい」

　朝子が励ますと、茂雄は、うなずく代わりに鼻先で笑って、

「おまえにはわからんよ。男がどんな思いで働いているか、想像できんだろう」

と返事した。

　そして、ほんとにそれから三カ月後に辞めてしまった。

「どうするのよ」

と朝子が泣くと、何とかなるよ、と言って煙草《たばこ》をふかしていた。茂雄は気の弱いくせに、小悪党ぶるところがあった。

　それから半年の間、ひどい貧乏が襲った。茂雄が口で言ったような、よい勤め先は

どこにもなかった。彼はあせった。実力も技術もないだけに、そうなると惨《みじ》めである。日雇労働ができる身体ではなく、へんな見栄《みえ》があるからその心構えもなかった。ようやく新聞広告か何かで見つけた、ある保険会社の勧誘員になったが、茂雄のような性格の人間に、うまく勤まるはずはなかった。歩合金は一銭ももらえずにやめてしまった。

しかし、それから、茂雄に言わせると、〝運が向いてきた〟というのだが、彼は新しい仕事にありついた。それは保険の外交をしている時に知りあった人たちだと言っている。薬品を扱う小さな商事会社をその人たちと設立したのだが、茂雄は労力出資というかたちで参加したというのであった。

〝労力出資〟というのは、どういうことなのか朝子にはよくわからない。が、とにかく茂雄は毎日、ひどく景気のいい顔をして出勤していく。会社は日本橋の方にあると言うが、朝子は行ったことはない。

しかし月末になると、茂雄はちゃんと給料を持って帰って渡した。かなりな金額だった。奇妙に封筒には社名の印刷もなく、伝票もなかった。月給袋に慣らされた朝子にはそれがちょっと奇異だったが、そういう慣習もあるのかと思った。とにかく、久しぶりに金がはいったのが何よりうれしかった。

夫婦の生活は愛情が根本だというけれど、やはり経済的な安定が基礎なのではなかろうかと彼女は思う。貧乏であえいだ半年の間、朝子は何度、茂雄と別れる決心をしたかわからなかった。懶惰《らんだ》な夫に愛想をつかして、必ず争いの後には無断で逃げだすことを考えたものだった。

それが給料が毎月はいるようになって、二人の間は平和をとり戻した。金の有無によって夫婦の愛情が左右されるのか、と朝子は変に思うが、事実、彼女の気鬱《きうつ》までおさまっている。

会社は儲《もう》けているのか、茂雄の給料は三カ月目に少し上がり、その翌月、また上がった。

借金も返し、少しくらい衣類や道具も買える余裕になった。

「朝子、会社の人をうちに呼んで麻雀《マージャン》をするが、いいかい？」

と茂雄が言ったとき、朝子は喜んだのだ。

「うれしいわ。だけど、こんなきたない家で恥ずかしいわ」

なに、それはかまわないと茂雄は言った。それでは、せいぜいご馳走《ちそう》しますわ、と朝子は勇んだ。夫の勤め先の大事な人たちだと思うと、どのようなことでもしてあげたい。

その翌晩、三人が来た。四十をこした年輩のが一人、あと二人は三十二三と見えた。どんな人かと思ったら、あんまり品はよくなかった。会社を経営しているというから朝子は彼女なりの観念をもっていたのだが、会ってみると、ちょっとブローカーのような感じであった。

四十くらいのが川井といった。あとの二人は村岡と浜崎と名乗った。

「奥さん、どうもお邪魔してすみません」

川井はそう挨拶《あいさつ》した。頭が少し薄くなっていた。頰《ほお》の骨が出て、眼が細く、唇《くちびる》が薄かった。村岡は長い髪を油でかためて後ろへ撫《な》でつけ、浜崎は、酒で焼けたような赤い顔をしていた。

彼らは徹夜で麻雀をたのしんだ。牌《ぱい》と麻雀台は、いちばん年若な村岡がかついで持ってきた。

朝子は、一晩中眠れなかった。夜中の十二時ごろには、ライスカレーをつくって出した。

「奥さん、ご面倒をかけますな」

年かさな川井は、そう言って、頭を下げた。細い目に愛嬌《あいきょう》があった。飯を出したあと、茶をいれる。それがすんだら朝子は寝てもよかった。一時に近い時刻なのである。

ところが、それから、なかなか寝つかれなかった。せまい家なので、朝子は隣りの部屋の蒲団《ふとん》の中にはいるよりほかなかったが、締めた襖《ふすま》ごしに音がまるで聞こえる。向こうも、朝子に遠慮して、声を低くしているのだが、感興に乗ってくると、

「ええい、くそ!」

とか、

「畜生」

とか言う。笑う声、点数を計算する声が、ときどき大きくなる。それは、まあ、いいとして、どうにも耳について やりきれないのは、牌をがらがら掻《か》きまぜる音であった。これが神経にさわって、苛立《いらだ》つのである。

朝子は、床の上で何度も寝返りした。耳をふさぐようにするが、気にかけまいとすればするほど、神経を休ませなかった。

あけがたまで、一睡もできなかった。

5

麻雀というものは、よほど面白いものであろう、それからも、たびたび、茂雄は、川井、村岡、浜崎の三人を連れてきた。

「奥さん、お邪魔をして悪いですね」

「すみませんね、今晩もお願いします」

そう言われると、朝子は、悪い顔はできなかった。ことに、夫が世話になっている会社の人と思えば不機嫌《ふきげん》な表情は見せられなかった。

「ええ、どうぞ。わたしの方はちっともかまわないんですのよ」

しかし、夜中になると、夜食を出さねばならない。それは、まあ、よい。そのあとが悪いのだ。チイとかポンとかいう掛け声、忍びやかだが笑う声、牌を崩して掻きまぜる音、それが耳について仕方がない。眠ろうとしても眠れない。せっかくうとうととしようとするときに、ガラガラと牌の音が耳にはいる。神経が少しも休まないのである。

朝子は、それが、あまり続くので、茂雄に苦情を言った。

「ねえ、麻雀もいいけれど、こうたびたび押しかけられてはたまらないわ。ちっとも眠れなくて神経衰弱になりそうだわ」

茂雄は、不機嫌な顔をして叱《しか》った。

「何だ、それくらい。ぼくは川井さんに拾われているのだ。君だって給料がいいって感謝しているじゃないか」

「それは、そうだけれど」

「それ見ろ。それが宮仕えのかなしさだ。麻雀をやろうと言われれば、ぼくだって嫌《いや》でもつきあわねばならないんだよ」

それから彼は、少し慰めるように、

「ねえ、辛抱してくれよ。連中を家へ引っぱってきたのはぼくから言いだしたのだ。連中は喜んでいる。君の感じもいいって言ってるのだ。毎晩じゃないのだから我慢してくれよ。そのうち、別な家でするようになるよ」

朝子は仕方なしにうなずいた。何か言いくるめられたような気がする。言いくるめられたといえば、川井はじめ三人の正体がわからなかった。茂雄に説明をもとめると、笑って、あまり詳しく言おうとしない。会社のはっきりした営業種目も理解できなかった。

しかし、それを、はっきり茂雄に追及することを、朝子は心のどこかで恐れている。無収入の時のひどい苦労が骨身にこたえているのだ。現在のわりのよい給料による生活の安定が破綻《はたん》を恐れさせている。それを追及することは、我と生活を失うような、漠然《ばくぜん》とした不安を予感するのである。

結局、あまり信用はおけないが、茂雄の言葉に無理に納得しているかたちだった。が、自分の気持をごまかしているような不快さは、盗汗《ねあせ》のように皮膚にべとべとしていた。朝子は麻雀のない日でも眠れなくなった。それで少し薬を飲んでみることにした。

――それから三カ月もたったころである。

やはり麻雀のある日だった。年輩の川井と若い村岡が二人で先に来たが、浜崎は遅れていた。

茂雄を交えて三人でしばらく雑談していたが、今日はどうしたことか、酒やけして赤い顔の浜崎が、いつまでたっても姿を見せない。

「浜崎の奴《やつ》、何やってやがるんだろう。しようがねえなあ」

と長い髪を油でかためて光らせている村岡は、もう苛々していた。

「そうあせるなよ。あせると負けるぞ。そのうちに来らあな」

川井は細い眼をして村岡を見、薄い唇を動かして慰めていたが、じつは彼もじれている。

「どうしたんでしょうな、いったい」

茂雄も浮かぬ顔をした。すると、川井が、

「どうだ、浜崎の奴が来るまで三人麻雀をやろうか？」

と言いだした。

「やろうやろう」

と退屈しきった村岡がすぐに乗った。

三人で麻雀がはじまった。けっこう、面白そうにチイとかポンとか言っている。

「ごめんなさい」

と女の声が表で聞こえた。朝子が出ると近所の食料品店のおかみさんだった。

「お宅に電話ですよ。浜崎さんという方からです」

どうもありがとう、と朝子は言って奥を見ると、

「浜崎の奴、電話なんかかけやがって、何だろう」

と牌をつまみながら川井が呟《つぶや》いている。

茂雄は、朝子にどなった。

「今手が放せないから、おまえ行ってこい」

朝子は駆けだして、食料品店に行った。電話は店の奥にある。店主が不機嫌な顔をしていた。

礼を言って、はずしてある送受器を耳にあてた。

「もしもし」

昔の習慣どおりの、馴《な》れた言い方だった。

「もしもし。あ、奥さんですか、ぼく、浜崎」

「はあ――」

朝子は思わず、送受器の手が固くなった。

「川井さんに言ってください、今日は抜けられない用事ができたから、そちらに伺えません、そう言ってください。もしもし――」

「――はい」

「わかりましたか？」

「はいはい。――そう申します」

送受器を置いたのも夢中だった。いつその店を出たかもわからない。

今の声、浜崎の声、三年前のあの声だった！　深夜、偶然、殺人現場の電話から聞えた耳朶《じだ》に記憶の声！　忘れられぬ声。

6

朝子《ともこ》は、浜崎の電話の伝言を川井に言うのも上の空だった。逃げるように裏口に走った。

動悸《どうき》が打っていた。

声がまだ耳にへばりついている。幻聴のように消えない。まさしくあの時の声だ。自分の耳を信用してよい。自信があった。皆から勘がよいと讃《ほ》められた耳である。職業的に発達した聴覚だった。送受器からはいる声なら、万人の個性をすぐつかんだ。

そうだ、と朝子は気づいた。

浜崎の声は、今までずいぶん聞いている。麻雀に来るごとに聞いている。その時、どうして感じなかったか。なぜ、その声がわが耳の傍を風のように抜けていたか。それはナマの声だったからだ。送受器《レシーバー》を通過しないジカの声だったからではないか。

ナマの声と電話の声とは、耳に来る音感がずいぶん違う。よくその人に馴れたら同じに聞こえてくるが、初めはそうではない。二つの声は音質すら違って聞こえる。朝子が麻雀の時に聞く浜崎の声が、あの時の深夜の声と気がつかなかったのは、それがナマの声だったからである。電話機に乗って、はじめてその声がわかった。――

三人は麻雀をやめた。

「どうも面白くねえ。三人麻雀なんてえのは興味半減だな」

川井は煙草に火をつけて立ちあがった。

「浜崎の奴、しようがねえな」

村岡が牌を函《はこ》の中に掻き入れながら舌打ちした。茂雄は、朝子の姿がないので、

「朝子、朝子」

と大きな声で呼ぶ。

川井がふと不審そうに、その声を咎《とが》めた。

「君の奥さんの名は、とも子さんというのかい？」

茂雄は単純に、てれた顔つきをした。

「どんな字？」

「朝晩の朝です」

川井の眼が急に沈んだ。何かききたそうにした時、朝子の姿が現われたので、急に言葉を引っこめた。

「あらもうお帰りでございますの？」

川井は朝子のその顔を細い眼の隅《すみ》でさりげなく見た。いつもより蒼《あお》い彼女の顔色を見取ったかもしれない。

「一人が欠けたので脂《あぶら》が乗らないのですよ、奥さん。どうも失敬しました」

年輩者らしく川井は例のように如才がない。村岡と二人で出て行った。朝子は狭い

玄関でそれを見送った。いつもそうしている。しかし今日は硬い表情であった。二人の客は一度も振りかえらずに去った。

「どうしたのだ?」

茂雄が朝子の顔を覗《のぞ》きこんできいた。

「どうもしませんわ」

朝子は顔を振った。この夫には話せない。話せない何かを茂雄は身に持っていた。はっきりわからないが、それは妻の直覚である。いわば、夫は向こう側にいた。この夫に打ち明けることは、恐れたものに筒抜けになりそうな危惧《きぐ》を感じた。酒やけした浜崎の赤い顔が眼の先にちらついてならない。

奇妙なことに、その日を限りとして川井たちは麻雀をしに来なくなった。

朝子は茂雄にきいた。

「みなさん、どうなすったんですか?」

「おまえ何か変な顔でもしたんじゃないか?」

茂雄は腹立たしそうな表情をしていた。

「あら、どうして?」

思わずどきんとした。

「川井さんから、あんまり君のところでばかりやるのは悪いので、次からよそでする
と言われたよ」
「わたしは何も変な顔なんかしませんわ」
「日ごろからおまえがうちで麻雀するのを嫌がっていたから、顔に出たんだよ。それ
で川井さんは不愉快になったんだよ」
茂雄は、ぷりぷりして、預かった麻雀道具を担《かつ》いで出ていった。
やっぱり何かある。ぱったり来なくなったのは何か？
朝子は、あることに思い当たって、はッとした。もしや、自分が気づいたことを彼
らが知ったのでは！　彼ら——浜崎も川井も村岡も同類なのだ。
だが、どうして、それを知り得よう。自分の思いすごしではないか。やはり他所へ
場所を移す気になったのではなかろうか。
が、その気休めは翌《あく》る日、茂雄が言った何気ない言葉で砕けた。
「川井さんがね。おまえが朝子《ともこ》という名前なのに興味をもってね、前に××新聞社の
交換手をしていたことはないかときくんだよ。そうだ、と言ったら、とても面白がっ
ていた。あの深夜の殺人者の声を聞いたという新聞記事を覚えていたんだね。へえ、
あの時の交換手が奥さんだったかと感慨深そうだったよ。何しろ新聞に出た君の名前

まで記憶していたのだからな」

朝子は顔色が白く変わった。

7

そのことがあって四五日過ぎた。

その四五日が、朝子を瘦《や》せさせた。疑惑と恐怖が襲う。夫には言えなかった。ここまで来てもやっぱり言えない。夫には影があった。為体《えたい》の知れないものがあった。それが彼女の告白を妨げた。ひとりで知った秘密に懊悩《おうのう》した。誰にも言えないだけに、それは内攻した。

「そうだ」

と彼女は思いついた。誰かに向かってこれを話したい。滅多な人には言えなかったが、まさにその相談相手を思いだした。

「石川汎《ひろし》さんに話してみよう」

あの時の社会部の次長《デスク》だった。ある偉い人が急死して、談話をとるため朝子に電話をかけさせた人である。朝子が当直の夜だった。そのとき殺人者の声を聞いた。石川さんに関係がないとは言えない。勝手に理屈をつけた。この人に相談するほか、ないのだ。

あれから三年も経《た》っている。石川さんがあのポストにいるかどうかわからないが、とにかく新聞社に訪ねていった。昔の職場だ。なつかしい。玄関の受付にはいってきくと、石川さんは転勤していると知らされた。

「転勤？」

「九州の支社です」

九州へ。遠い。あまりに遠くへ行ったものだ。朝子は、がっかりした。せっかくの望みは絶えた。また元のひとりぼっちである。

彼女は近くの喫茶店へはいって、コーヒーを一ぱい注文した。昔、よく来た店である。給仕に知った顔は一人もなかった。皆、変わっている。何もかも彼女を残して変わった。

その変わっている世間で、あの時の声が今ごろになって彼女を追いかけてきたのは、何という因果か。声の主は酒やけした赤い顔の男であった。何度も会っている男であった。あの声が、この人とは気づかなかった。

ぼんやり考えて、コーヒーを喫《の》んでいる時に、朝子は不意に疑問を起こした。待てよ、この聞きいた浜崎の声は、果たしてあの時の声と同一であったか、どうか。自分は頭からそれと思いこんでいる。しかし、今、ふと、疑いだしてみたら、その自信が崩れそうだった。

耳には自信があった。勘がよいことでは、皆からほめられたものだ。しかし、それは三年も前だ、三年間も職場を離れていることが聴覚の自信を不安にさせた。

もう一度、浜崎の電話の声を聞いたら！

そうだ、そうすれば、はっきりわかる。あの時の声と同じかどうかが。もう一度、聞きたい。浜崎の声をもう一度、聞く方法はないか。そしたら、はっきり確かめられる！

朝子は、そのことばかりを考えて、家に帰った。夫の茂雄は、まだ帰っていなかった。疲れた。すわりこんで、ぼんやりしていると、近所の食料品店の主婦が声を表からかけた。

「奥さん、お帰りですか？」

はい、と玄関に急ぐと、

「電話ですよ、名前は申されませんが奥さんに出てもらえばわかると言っています。もう何度もかかってきましたよ」

主婦は仏頂面《ぶっちょうづら》をしている。すみません、と言ってとびだした。川井かもしれない。

最初に頭に閃《ひらめ》いたのはそれだった。もし川井なら浜崎が一緒にいる。もしかするとその声を聞けるかもしれない。——

「もしもし」

送受器を耳につけた。

「ああ、奥さん」

やはり紛れもない川井の声。

「すぐ来てください。ご主人が急病です。なに、ご心配はいりません。盲腸かもしれない。手術は簡単なのです。来てくださいますか?」

「参ります、もしもし、場所は?」

「文京区の谷町二八〇です。都電を駕籠町《かごまち》で乗りかえて、指ケ谷町《さすやちょう》の停留所で降りてください。そこで私が待っています」

「あ、もしもし。浜崎さんはいらっしゃいませんか?」

夫の急場に、何ということを。そんな余裕があるのかと朝子は、自分の心におどろいた。いや、これは夫の急病より大切かもしれないのだ。——

「浜崎は」

相手の川井の声が瞬時、そこで途切れたが、

「今、おりません。すぐ帰ってきますよ。奥さん」

声に少し含み笑いがあった。その笑いの意味を朝子は気がつかない。

「参ります、そちらにすぐ伺います」

朝子は電話を切って、息をついた。

行ってみれば、確かめられる。何とかして浜崎の声を実験するのだ！

二部　肺の石炭

1

東京都北多摩郡田無《たなし》町といえば、東京郊外も西のはずれで、西武線で高田馬場から四十五分もかかる。中央線からも離れているため、何となく田舎じみた町だが、近ごろの東京都の人口過剰の波はこの辺にも押し寄せてきて、最近では畑地がしだいに宅地に変わって、新しい住宅が建つようになった。

このあたり一帯は、まだ武蔵野の名残りがあって、いちめんに耕された平野には、ナラ、クヌギ、ケヤキ、赤松などの混じった雑木林《ぞうきばやし》が至る所にある。武蔵野の林相は、横に匍《は》っているのではなく、垂直な感じで、それもひどく繊細である。荒々しさはない。

「林といえば主に松林のみが日本の文学美術の上に認められていて、歌にも楢林《ならばやし》の奥で時雨《しぐれ》を聞くというようなことは見あたらない」と言って、独歩は武蔵野の林の特色を最初に認めた。

その朝、日時でいえば十月十三日の午前六時半ごろ、新聞配達のひとりの少年が田無から柳窪に向かう小さい道を自転車で走っているとき、ふと、傍の雑木林に眼を投げた。林の葉も、下の草もだいぶ黄ばみかけていたが、少年の眼は、その草の間に何やら花のある模様のものを捉《とら》えた。

少年は自転車をとめて、叢《くさむら》に近づいた。薄いグレイ地にえんじの格子縞《チェック》のワンピースが草の中にひろがっていた。朝の空気に、その色彩は妙に冷たく、新鮮であった。少年は、黒い髪と白い足とがそれから出ているのを見て、夢中で自転車にとりついて走りだした。

一時間後には警視庁から検屍《けんし》の一行が来ていた。黒と白とで染め分けた警視庁の三台の車は物々しかったが、ひっそりした武蔵野の径《みち》では人通りもなく、群集の人垣《ひとがき》もできなかった。ただ近くの人がまばらに遠くから立って眺《なが》めていた。付近は新しい住宅が畑の中にぽつぽつと建っているその間に百姓家がある。そういう場所であった。

女は二十七八歳、痩《や》せ型で、細く鼻筋の通った美しい女であった。顔は苦しそうに歪《ゆが》んでいたが、どういうものかその顔全体が薄黒く汚れていた。咽喉《のど》には痣《あざ》のような鬱血《うっけつ》が、べたりとあった。扼殺《やくさつ》されていることは誰の眼にもわかった。

着衣はあまり乱れていなかった。その辺りの草も、そんなに踏み荒らされている形跡はなかった。女の抵抗は微弱のようだった。

ハンドバッグはなかった。はじめから持っていなかったか、どこかで紛失したのか、犯人が持ち去ったのか、いずれかであろう。持っていなかったとしたら、あんがい、被害者は近い所に住んでいたのではないか。服装からみても、それほど改まった外出着ではなかった。

警察でもそう考えたから、遠巻きのようにして立っている付近の人に、被害者の顔を見てもらった。こわごわのぞいた実見者は、この近くでは見覚えのない顔だと言った。

「しかし、身もとは早く知れそうですね」

警視庁捜査一課の畠中係長が、石丸課長に話していた。畠中係長は、早く起こされて寝が足りないように、眼をしょぼしょぼさせていた。石丸課長は屈《かが》みこんで、女の左指にはめられた翡翠《ひすい》の金指輪を見ていた。

死体が剖見のために病院に運びだされたあと、石丸課長はまだその辺に立って、あたりの景色を眺めていた。

「このあたりまで来ると、武蔵野の面影《おもかげ》が残っているね」

と彼は言った。

「そうですな。たしか独歩の碑も、この近くだと思いましたが」

畠中係長も、犯罪を忘れたように、雑木林のつづく景色を見て答えた。

「ところで畠中君、君の家のほうでは今朝早く雨が降らなかったかい？」

と課長が、ふとその辺の地面を見まわしてきいた。

「いいえ。降りませんでしたよ」

「ぼくの家は鶯谷《うぐいすだに》だがね、明けがたに雨の音を夢のように聞いたが、起きてみたらやはり地面が濡《ぬ》れていたよ。君の家は、たしか——」

「目黒です」

「あの辺は降らなかったのかな。それでは通り雨だったんだな。この辺も降った様子はないね」

課長は靴《くつ》の先で乾いた地面を叩《たた》いた。

その日の午後には、死体の剖見の結果がわかった。

被害者の年齢は二十七八歳。死因は扼殺。死後十四五時間経過しているから、犯行は前夜の十時から午前零時ごろの間と推定される。外傷なし。暴行を受けた形跡はない。内臓の解剖所見では、胃に毒物の反応は見られない。肺臓には石炭の粉末が付着していた。

「石炭の粉末？」

と畠中係長は口走って、石丸課長の顔を見た。

「この女は、石炭に関係のある環境で生活していたのでしょうか？」

「さあ」

解剖医は、

「鼻孔の粘膜にも石炭の粉末の付着がある」

と説明した。

2

被害者の身許《みもと》は、その日の夕刻にわかった。それは事件が夕刊に出たので、その夫というのが警視庁に届けたのである。

さっそく、死体を見せたところ、

「妻に間違いありません」

と確認した。

まずその男について質問すると、会社員で小谷茂雄と名乗り、三十一歳、住所は豊島区日ノ出町二ノ一六四であると言った。

「奥さんはいつごろから見えなくなりましたか?」

とたずねると、次のように答えた。彼は色の白い痩せ型の好男子で、服装も流行のものを身につけていた。

「家内は朝子といいます。二十八です」

それで被害者は小谷茂雄妻朝子、二十八歳とわかった。

「昨日の夕方、六時ごろ家に帰ってみますと家内がおりません。はじめ買い物かと思っていましたが一時間たっても戻らぬので、近所を尋ねましたが、家内が四時ごろ出て行く姿を見たという人がありました」

それは五六軒隣りの食料品店のおかみさんで、小谷茂雄が尋ねている様子を知って自分から出てきたのであった。

「小谷さん、あんたの奥さんは、電話がかかってきて、四時ごろ、そそくさと出かけて行ったよ」

「電話が？」

茂雄は、思いがけないことなので、びっくりしてききかえした。

「誰から？」

「それは、あたしが取り次いだのだけど、奥さんに出てもらえばわかると言って名前は言わなかったよ。奥さんを呼ぶと、奥さんは何か先方と話していたが、すぐに話がすんでしまって、帰っちまったね。それからすぐ奥さんが急いで出ていくのを見たよ」

茂雄には見当がつかなかった。

「どんな話をしていましたか？」

「あたしも店が忙しいからね、よく聞いていないが、何でも都電の指ケ谷へ行くような話をしていたようだったね」

都電の指ケ谷に行く。話はいよいよわからなかった。そんなところは、今まで彼ら夫婦には縁もない場所である。茂雄は帰って、置手紙がどこかにないかと捜したが、それもなかった。いったい、誰が妻を呼びだしたのだろう。名前を言わずに、電話口に呼ぶのは、よほど親しい男に違いない。自分が知らない秘密が妻にあるのだろうか。

小谷茂雄は、そんなことを思い惑いながら妻の帰って来ぬ一夜を明かした。今朝からどこにも出かけずに一日中いらいらして、家にいると夕刊の記事を見た。年齢や服装で妻であることを知った、というのであった。

「この翡翠の指輪も、ぼくが四五年前に買ってやったものです」

小谷茂雄はそう言って、変わりはてた妻の指にはまっている指輪をさした。

電話のことはひどく係官の興味をひいた。

「奥さんに、そういう呼び出しの電話をかける人間に、心あたりはないかね？　よく考えてみたら？」

「それは、ぼくもずいぶん考えたのですが、全く心あたりがありません」

「今までそんな電話がかかったことがあったかね？」

「ありません」

「死体の発見された田無町の付近には、何か土地的な関係があるかね？」

「それも全然ないのです。そんなところに家内がどうして出かけたか、不思議です」

「むろん奥さんは外出のときハンドバッグを持っていたろうが、現場には見あたらないのです。家の中にもないでしょうね？」

「ハンドバッグは持って出ています。四角い鹿皮《しかがわ》製のもので色は黒、金色の止め金がついています」

「現金は、どのくらい、はいっていますか？」

「さあ、千円にたりないと思います」

「奥さんは他人から恨まれていることはなかったかね？」

「ありません。それは断言できます」

この時、畠中係長が、

「君の家では石炭を使いますか？」

と質問した。

「石炭なんか使いません。燃料はガスだし、風呂《ふろ》は銭湯に行っていますから」

「近所に石炭屋のような商売の家は？」

「それもありません」

それでだいたいのことは訊《き》きおわったので、彼の勤め先など書きとめて、質問を打ち切った。

そのあとで当然なことに、捜査の関心は、被害者朝子を呼び出した謎《なぞ》の電話にかかった。その電話を取り次いだという食料品店のおかみさんに、捜査本部へ来てもらうきいてみると、小谷茂雄が話したとおりのことであった。畠中係長は、そこのところをもっと突っこんだ。

「指ケ谷の都電の停留所に行くといったのは、小谷の細君から言ったのかね？」

「いいえ、そうじゃないのです。奥さんが、先方の言うことを確かめるように、指ケ谷の停留所に行けばいいんですね、と念を押していたのです」

「ふむ。そのほか、何か聞かなかったかね？」

「なにしろ四時ごろで店が忙しいときですから」

とおかみさんは答えた。

「それだけが、ちらと耳にはいっただけで、あとは聞き取れませんでした」

「そういう呼び出しの電話は前にはなかったですか？」

「そうですね」

おかみさんは、太った二重顎《あご》に指を当てて考えていたが、

「そういえば、前に一回ありました」

「え、あった？」

聞いている者は、膝《ひざ》をのりだした。

「ええ、もっとも奥さんにではないのです。旦那《だんな》を呼んでくれということでしたが、奥さんが代理に出たのです」

「先方は名前を言ったかね？」

「ええ、その時は言いました。浜、浜なんとかいう名でした。前のことで忘れましたが、浜という名がはじめにあるのは確かでした」

3

その電話のことは、刑事がふたたび、小谷茂雄にたずねて、わかった。

「浜崎芳雄という男で、小谷と同じ会社の者です。その電話は、その日、小谷の家ではじまる麻雀《マージャン》に都合が悪くて参加できなくなったという断わりの電話だったそうです」

刑事が茂雄から聞いたとおりを報告した。

「ほう、麻雀をやっていたのか、その連中の名前はわかっているだろうな？」

「これです」

手帳にはさんだ紙片には、川井貢一、村岡明治、浜崎芳雄と書いてあった。

彼らは小谷と同じ会社の者であった。前にはよく小谷の家で一緒に麻雀をやったものだが、近ごろは仕事が忙しいのでやめている。朝子は彼らをよく知らない。ただ家で麻雀をするときに、客として扱っているだけである。だから、その一人の誰かでも朝子を電話で呼びだすほど親しくないし、そんなことは考えられない。朝子が夫に無断で、その呼び出しに応じてゆく理由は絶対にあり得ない。

「そう小谷は言っています」

と刑事は報告を終わった。

「その会社というのは、どんな種類の会社だね?」

石丸課長が畠中係長にきいた。

「薬品を扱う会社というのですが、小谷によくきいてみると、二三流の製薬会社の製品を問屋に卸しているブローカーらしいですな。会社というほどでもないでしょう」

課長は考えていたが、

「それは一ぺんあたってみるがいいな。その、川井、村岡、浜崎というのも、一通り洗う必要があろう。念のため、昨夜のアリバイも調べてみるがいい」

「そうですな。その必要は、ありますな」

係長は、すぐ部下の刑事たちに指令した。

「ところで」

と係長は、茶をのみながら、課長の顔を見た。

「小谷の言うことが本当なら、その連中が彼の細君を呼びだしたとも思われんが、どうでしょう」

「小谷の言うのは本当らしいな。しかし、彼らの誰かが細君に呼び出しをかけた理由が、それでない、とは、まだ言えないな。もっと、はっきりするまではね。いったい、指ケ谷には何があるんだろう？　誰かの住所が、そこから近いのかな？」

誰かの、と課長は言ったが、それは川井、村岡、浜崎の三名をさしていることは明《めい》瞭《りょう》だった。それは、あとで刑事たちが三人の住所表を持ってきたときに、すぐとびつくようにして見たのでわかった。

「なるほど、川井は中野、村岡と浜崎は渋谷の同じアパートだね。うむ、指ケ谷の近くには誰も住んでいない」

近くどころか、みんな方角違いの所ばかりだった。

「畠中君、指ケ谷の方面はよく調べているだろうな？」

「それは、今、一生懸命にやらせています。都電の停留所で待ちあわせていたという見込みで、その近所にそれらしい女を見たという者はないか、都電の車掌や乗客の目撃者も捜しています。それから指ケ谷町を中心とした、白山、駒込、丸山、戸崎町など一帯の聞き込みに歩かせています」

「そうか。それなら、ぼくらもちょっと指ケ谷まで行ってみようか」

課長はそう言って立ちあがった。

車の中で課長は話しかけた。

「畠中君、朝子はどこで殺されたのだろうね」

「どこで？」

課長の横顔に振り向いた。

「田無の現場ではないのですか？」

「扼殺は厄介《やっかい》だね、血液が流れていないから、現場の認知がややこしい」

課長はお国の関西弁を出した。窓からはいっている向かい風に消されまいと苦心して火を煙草につけて、あとをつづけた。

「死体となって発見されたあの場所で殺されたとも言えるし、よそで殺してはこんできたとも言える。君、被害者の肺には石炭の粉末が付いていたという剖見だったね。つまり、朝子は死ぬ前に石炭の粉末を吸っているのだ。ところが、田無の発見された現場には、石炭の砕片《かけら》もなかったぜ」

「しかし、肺に石炭の粉末が付いていたからといって、殺されるときに吸ったとはかぎらないでしょう。その何時間も前か、あるいは前日に吸っていたかもわかりません」

係長はいちおう反論した。

「君、女ってものは、顔がよごれたと思ったら、すぐに洗面するものだよ。鼻孔にも石炭の粉が付着していたというではないか。こんなのは気持が悪いから、顔をあらうとき、タオルか何かの先を鼻孔に入れて拭《ふ》くはずだよ。つまり、朝子という被害者は、顔を洗う時間がないうちに殺されたのさ。だから死の直前ということになるね」

「なるほど。すると他所で殺して運んだことになりますね」

「まだわからないがね。そんな見方もあると思うのだ」

「それでは、被害者の足どりが、いよいよ大切ですね」

まもなく車は、指ケ谷の都電の停留所についた。二人はひとまず扉《とびら》の外に出て地上に立った。そこは勾配《こうばい》になっていて、水道橋の方からきた電車は、大儀そうに坂をのぼっていく。

課長は、その辺を見まわしていたが、

「君、あそこに行こう」

と歩いて電車通りを横切った。せまい坂道をのぼってゆくと、道端に八百屋お七の地蔵堂などがあったりして、高台に出た。そこからは谷のような一帯の町が見おろせた。

「この辺には工場はないね」

と課長は眺《なが》めまわしながら言った。煙突は一本も見えない。谷を埋めつくした甍《いらか》の波が、秋の陽《ひ》の下に鈍く光っていた。

畠中は課長の心がわかった。彼は石炭のある場所を捜しているのである。

4

それから二日ばかり過ぎると、いろいろなことがわかった。

まず、被害者の朝子の足どりについては、指ケ谷一帯を捜索したが、何らの聞き込みも得られなかった。その第一の原因は、朝子が出てゆくのを食料品店のかみさんが見たのが四時半ごろであるから、指ケ谷停留所に着いたのは、五時から五時半ごろの間と推定される。この時間はラッシュアワーでたいそう混雑しているから、それに紛れて誰も気がつかなかったのであろう。都電の車掌たちからも反響はなかった。

すると、朝子が指ケ谷に到着したと思われる十二日の五時乃至《ないし》五時半から、田無町で死体となって現われた十三日の午前六時半までの間、どこで過ごしていたか。もっとも死体の偶然の発見が六時半だから、それ以前どのくらい、そこに放置されてあったかわからない。仮りに剖見どおり殺されたのが十二日の午後十時以後、十三日の零時ごろまでとしたら、生存中の六七時間を、彼女はどういう場所で過ごしたのであろう。その足どりがさっぱり取れなかった。それで、それを逆にして、もし、彼女が生存中に、現場付近に来たとしたら、何かの乗り物は利用したに違いないから、田無に近い駅を調べることにした。東京方面から田無に来るには、西武線の高田馬場から出る電車で、〝田無〟に降りるのがもっとも近く、次は池袋から出る西武線で〝田無町（現在のひばりケ丘）〟に降りるか、中央線の武蔵境に降りてバスで行くかどちらかである。しかし、田無、田無町、武蔵境の各駅の駅員は、全部、朝子らしい女を見たことについては記憶がないと言っている。タクシーで飛ばしてくることも考えられるので、都内のタクシー会社全部に当たったが、心あたりがあるという運転手は出てこなかった。

今度は、朝子をどこかで殺し、その死体を現場に運んだとしたら、もっと局限される。これは電車、バス、タクシーなどの利用は絶対に不可能であるから、自動車なら自家用車か、タクシーの運転手の共謀を必要とする。なにしろ、人間一個の死体を車にのせるのだからごまかしはできないし、運転手の共謀が絶対条件になる。もしそうだったら、運転手が警察に目撃者となって申し出てくる気づかいはないのであった。次に、被害者の鼻孔と肺臓に付着していた石炭の粉末の検査の結果がわかった。それはR大の鉱山科の試験室に頼んだのだが、特殊な顕微鏡で検《しら》べた結果、反射率が六・七〇だった。これは非常に進んだ炭化度だそうで、日本では北九州の筑豊《ちくほう》炭坑か北海道の夕張から出る石炭であることがわかった。

ところで、一方大変なことが知れた。

川井、村岡、浜崎の十二日の夕方から十三日の午前中にかけての行動を調べてみると、村岡は渋谷の飲み屋で飲んで、五反田の友人の家に泊まったことが立証されたので問題の外に置くとして、川井と浜崎は北多摩郡小平《こだいら》町の鈴木ヤスの家に十二日の午後七時ごろ来た事実があった。

「なに小平町だって?」

と、それを聞いた石丸警部も畠中係長も同じように叫んだ。無理はない、小平町は、死体の発見された田無町の西はずれから、さらに西へ二キロの地点であった。

「鈴木ヤスというのは何だ、いったい?」

それは川井貢一の情婦で、川井は月に四五回、泊まりにくるという。最近、川井は彼女のために十三坪くらいの家を建ててやり、そこでの生活は全く夫婦と同じで、近所の交際もしていると調べた刑事は言った。

「どうもおかしい」

畠中係長は首を傾《かし》げた。それで、もっとよく当夜の彼らの行動を洗わせた。

その結果と、あとで当の川井と浜崎と鈴木ヤスという三十すぎの女とを捜査本部に呼んで質問しているから、その申し立てと一致した内容を、手っ取り早く、筋だけにして書くと次のようになるのであった。

十二日午後三時から川井と浜崎とは新宿で映画を見て、六時ごろ館を出た。二人が小平町の鈴木ヤスの家についたのが七時前であった。(この申したてにしたがって刑事は裏付けの調査をしたが確証は得られなかった。映画館はともかくとして、午後七時といえば、日も暮れて、小平町のはずれにある鈴木ヤスの家の付近は、近所の家が早くも雨戸を閉めていて、真暗で、人通りもあまりない。二人の姿を見た者はなかった)

七時ごろ、川井は、近所の人三人を誘って立川市にかかっている浪曲をききにいった。これは鈴木ヤスが日ごろ世話になるというお礼心である。浜崎も同行した。浪曲が閉場《はね》たのが九時三十分。タクシーで帰った。十時すぎに鈴木の家の前に着いた。

この時、川井は鈴木の家で用意するから、今晩は一緒に飲んでくれと言った。近所の人は辞退したが、川井が執拗に勧めるので承知した。彼らはいったん、家に帰っていると、二十分後に、川井自身が「用意ができたから」と言って迎えにきた。三人の男が鈴木ヤスの家に行くと、いろいろな馳走《ちそう》が出ていた。そこで五人で飲みはじめたが、浜崎だけは、「用事があるから」と言って十一時ごろ帰った。川井と近所の三人は、ついに朝の三時半ごろまで飲みつづけ、三人は川井の家に泊まった。川井はヤスと隣室に寝た。

七時ごろ、近所の三人の細君がそれぞれ夫を迎えにきたが、この時、ヤスが寝巻の上に羽織を引っかけながら出てきて、

「川井はまだ寝ていますが、ちょっとご挨拶《あいさつ》させます」

と言って、細君連があわてて手を振るにもかかわらず川井を起こした。川井は眠そうな顔を出して、どうも、と言って頭を下げた。(これは近所の三人の男とその細君の証言で確かめられた)

5

「浜崎が十一時に鈴木ヤスの家を出ている」

石丸課長も畠中も、これは注目した。朝子の推定死亡時は、十時から零時の間となっている。鈴木の家と死体の在った現場とは、二キロと離れていない。

「浜崎といえば、被害者が電話で最初に聞いた男ではないか？」

課長は畠中に言った。

「そうです。麻雀に行けないとことわった男です。朝子が小谷の代理に電話へ出て聞いたのですね」

「どうも一回でも朝子と電話で話したことがある、というのが気にくわないね。これはもっと調べてみよう」

浜崎芳雄は三十三歳で、鈍い眼をした、顔の扁平《へんぺい》な、背の低い男であった。ものの言い方も妙に気だるいような感じで、知能程度はあまり高いとは思えなかった。

彼は質問にはこう答えた。

「川井さんのところ（鈴木ヤス宅）で酒をちょっと飲んで、用事があると言って先に出たのは新宿二丁目に行きたかったからです。〝弁天〟という家に、私の好きな女がいるからね。国分寺から中央線に乗って新宿で降りて〝弁天〟についたのが十一時四十分ごろでした。女の名前はA子というのです。そこで泊まったのですが、久しぶりに来たのに、A子のサービスが悪いので、喧嘩《けんか》して朝の五時すぎに〝弁天〟をとび出しました。それから千駄ケ谷まで電車で行って外苑のベンチで二時間ほど眠り、八時ごろに渋谷のアパートに帰りました」

この供述にもとづいて、刑事が新宿の赤線区域にある〝弁天〟に行って、A子について調べたところ、確かに間違いないことがわかった。

「あら、機嫌《きげん》の悪かったのは浜ちゃんだわ。何だかぶりぶりして、まだ外の暗い五時ごろに出ていったのよ」

A子はそう言った。この時、刑事は大切な質問をするのを忘れていたことを、あとで思いあたった。

すると浜崎の行動は十一時に小平町の鈴木の家を出て四十分後に新宿の〝弁天〟に着いていることが明瞭だから、小平から二キロ離れた田無に行って朝子を殺す時間的な余裕がない理屈がわかった。また〝弁天〟では、翌朝の五時までA子と一緒にいたから、その間に抜けて出ることは不可能だった。

「すると、これはアリバイがあるから、いちおう嫌疑は薄いね」

「そうですな」

畠中は課長の言葉に気のない返事をした。

「しかし、朝子が面識のある人間に殺されたのは確かですね。これは絶対間違いないですよ」

それは、そうなのだ。電話で呼びだされたのだから相当深く知りあった人間であろう。だからこそ、指ケ谷あたりから、田無くんだりまで、おとなしくついて行ったのであろう。

「いったい、朝子はどこで殺されたのだ?」

課長が爪《つめ》を嚙《か》んで言った。

ああ、課長は石炭の粉のことを言っているのだと係長は思った。係長は、ふと考えついた。

「課長、都内の工場の貯炭場を調べさせてみましょうか?」

「そうだな」

と課長はすぐ賛成した。被害者の鼻孔と肺に残った石炭が彼には忘れられない。都内の工場の貯炭場をいちいち調べて歩くとなれば、たいへんな労力と日数がかかる。いったい、どれくらい、工場があるだろう。それに、はたして貯炭場に殺人事件の手がかりとなるような痕跡《こんせき》が残っているであろうか。——そんなことを思うと、何だか頼りない気になってくるが、やはり、やってみたかった。

はたして、その仕事は刑事たちを動員して三日目になったが、容易に目鼻がつきそうになかった。

すると、山を見上げて佇《たたず》んでいるような思いの石丸課長にとって、全く思いがけない吉報がはいった。天の与えというのは古臭い言葉であるが、石丸課長は全くそう思った。

報告は、田端署管内の派出所に十三日の朝、ハンドバッグの拾得品が届けられてある、というのだった。黒色の鹿皮製、函型《ボックス》。内容はロウケツ染の布でつくった女持ちの蟇口《がまぐち》に七百八十円の現金、化粧具、紙などで、名刺などははいっていない。小学四年生の女の児《こ》が通学途中に田端機関庫の貯炭場で拾ったといって届けてあったものだ。駐在所の巡査は、この事件には関係ないものと思って、捜査本部には報告しなかったという。それを貯炭場調べをして歩いている刑事の一人が駐在所に寄って聞きだしたものである。

さっそく、現品をとり寄せ、小谷茂雄を呼びだして見せると、

「たしかに家内のものです」

と確認した。

「田端の方に、奥さんは何か縁故でもあるかね?」

ときくと、小谷は、

「いや、田端なんて全く心あたりがありません」

と呆然《ぼうぜん》とした顔をしていた。

石丸課長と畠中とは、田端の貯炭場に行った。そこには、ハンドバッグを拾ったという女の児が、母親と一緒に警官に連れられて待っていた。

「お嬢ちゃんが拾ったところは、どこ?」

と畠中がきくと、

「ここ」

と女の児は指さした。

機関車の入れ換えのために十何条も走る線路の西側に巨大なクレーンがあり、その下に機関車用の石炭の山があった。その山は少し崩れて、石炭がばらばらと構内の木《もく》柵《さく》のあたりまできている。木柵に沿って錆《さ》びた廃線があるが、これは道路から近いのである。女の児は道路を歩きながら見たのであろう、ハンドバッグが落ちていた地点というのは木柵と廃線の間であった。そこには石炭の崩れた砕片のようなのが、かなり堆積《たいせき》していた。

6

石丸課長と畠中は、そこに佇んで見まわした。クレーンが石炭の山を崩して貨車に落としていた。東側は絶えず機関車の入れ換え作業が行なわれ、汽笛と車輪の音とがうるさく聞こえ、それに走っている国電の響きまで混じっていた。

廃線の西側は、駅の倉庫がならび、その裏手が線路に並行した道路になっていた。道路上はトラックがしきりと走った。あたりは構内特有の騒々しい活気に満ちていた。

「ねえ課長、この騒音も、深夜にはぴったりと静まるでしょうね」

「そうだ。ぼくもそれを思っていたところだ」

被害者の推定死亡時は午後十時から午前零時の間である。その時間はこの辺りは薄気味悪いくらい静寂に沈んでいるであろう。犯人は、どうして朝子をここまで無抵抗に連れてきたか。

そうだ、すべて無抵抗にことが運んでいる。電話で呼びだしたのも、指ケ谷に来させたのも、この田端機関庫の貯炭場に深夜連れ出したのも、被害者がその途中で抵抗した痕跡がないのだ。いかにも柔順についてまわったという感じがする。犯人は呼びだした五時ごろから朝子を七八時間も引きずりまわしているから、よほど彼女は犯人を信頼していたのであろう。

課長は、少女がハンドバッグを拾った地点を中心にして、地面を見ながらあるきまわっていたが、十歩ばかり歩いたところで立ちどまった。

「畠中君、これを見たまえ」

と指さした。

そこは木柵からはみ出した石炭の崩れが一めんに敷いてあったが、その一部分が少しだが乱れていた。ちょうど、何かの物体で撫《な》で崩したという感じであった。

「事件から五日もたつからね。原形がこわされたかもしれないね」

課長の言葉の意味は、次の行動でわかった。彼は左側にならんでいる構内倉庫の端にある事務所に行って、硝子《ガラス》戸をあけた。三人ばかりの駅員が雑談していたが、いっせいにふり向いた。課長は警察手帳を出した。

「十三日の朝、この辺に、何か変わったことはありませんでしたか？　たとえば人が格闘したあと、というようなものは？」

人が格闘したあと、という言葉を使ったので、それはすぐ先方に通じた。

「そうおっしゃれば、その日の朝でしたか、われわれが八時半ごろ出勤してみると、その辺の石炭や土がひどく散らかっていました」

その辺というのは、課長が指さしたところだった。彼は、その時の状態をこう説明した。

「その跡は、ちょうど、男女二人がふざけたあとという感じでしたね。それでここにいるA君がいまいましがって、散らかった石炭屑《くず》や土を箒《ほうき》で掃いたのです」

心ないことをしてくれたと思ったが、追っつきはしない。Aについて、その時の状態を聞き取ることで満足しなければならなかった。

石丸課長が待たしてある車まで引きかえすと、ハンドバッグを拾った少女が母親とまだ、ぽつんと立っていた。課長は、ふと何かを思いついたように、少女に近づいて頭をなでた。

「そうそう、お嬢さん、拾ったとき、ハンドバッグは濡《ぬ》れていましたか?」

少女はちょっと瞳《ひとみ》を宙に向けて考えるようなふうをしていたが、

「いいえ、濡れていなかったわ」

と、はっきり返事した。

「よく考えてくださいよ、ほんとうに濡れていなかった?」

と重ねてきくと、少女は、

「だって、あたしが交番に届けるとき、両手で抱いて行ったんですもの」

濡れていないから、そういう持ち方をしたのだ、と言いたげな答えであった。

課長は車内にすわると、運転手に、

「ここからいちばん近い道順を通って、田無町に行ってくれ」

と言う。運転手はしばらく考えていたが、やがてハンドルを回した。課長は腕時計を見た。

課長は流れて行く町なみに、ちらちら眼を逸《そ》らしていたが、横の畠中に、

「これで殺人現場はわかったね」

と言った。

「決定ですか?」

と畠中が、自分も同じ考えだが、念を押す意味できくと、課長はポケットからふくれた封筒を出して、中身をのぞかせた。いつのまにか、課長はあの現場の石炭の屑や粉末を封筒の中へ採取していた。

「すべては、これが決定するよ、君」

と微笑を口辺にうかべた。

車は駒込から巣鴨、池袋、目白を通って昭和通りに出て西に走り、荻窪の四面道《しめんどう》へ抜けて青梅《おうめ》街道へ出会した。それまで、車は、じぐざぐに道を拾って曲がりくねっていたが、青梅街道に出てからは、坦々《たんたん》と舗装した道を西へ一直線に走る。車はいかにも安心したように疾駆した。

課長が運転台のメーターを覗《のぞ》いてみると、五十キロの数字を針がさしていた。

やがて田無の町にはいり、そこを抜けると朝子の死体が横たわっていた見覚えの雑木林の地点に停車を命じた。課長はすぐ時計を見た。

「田端から五十六分かかったね」

と課長は言った。

「これは昼間だし、夜のタクシーやオートバイは六十キロぐらいで飛ばすから、まあ四十五分だろうな」

田端で殺した朝子の死体を、ここまで運んでくる時間を言っているのであった。

課長と畠中は車から降りて、両手を広げ武蔵野の清澄《せいちょう》な空気を揃《そろ》って深く吸いこんだ。

7

石丸課長は庁内に戻ると、二つの調査を命じた。

一つは十三日朝の降雨は、何時から何時まで田端付近にあったかを中央気象台に問いあわせること。

一つは封筒の中に採集して帰った貯炭場の石炭屑について、その炭質の化学検査をR大の鉱山科試験室に依頼することである。

この二つを命じて、課長は煙草《たばこ》を喫《す》いながら考えていたが、やがて机の上に紙を置いて鉛筆で何か書きだした。

そこへ、畠中がはいってきた。課長の様子を見て、

「お仕事ですか？」

と途中で立ちどまった。

「いや、いいよ。どうぞ」

と言ったが、書く手もとはとめなかった。畠中はその辺の椅子《いす》にかけた。

「課長、今まであまり触れませんでしたが、今度の事件の殺人の動機は何でしょうね？」

畠中は、課長の手もとをぼんやり見ながら言った。

「そうだな、どうかね？」

と石丸は鉛筆を動かすことをやめなかった。

「物盗《ものと》り、これは完全に消えましたね？」

「うん、それはないね」

「あとは、怨恨《えんこん》、痴情ですが。いろいろ調べさせていますが、これが非常に弱いのです。朝子という女は、小谷茂雄と一緒になる前に新聞社の交換手をしているのです。そのころにさかのぼって洗いましたが、男女関係はありません。たいへんおとなしい性質の女で、評判もよく、殺害されるほどの怨恨をうけるとは思われません。しかも、この犯罪は断じて被害者と知りあいの人間が犯人ですから、迷うのです」

「そりゃ、ぼくも同じ意見だ」

と課長は、はじめて顔を上げた。自分の意見を述べるためというよりも、書きものが終わったからであろう。

「まあ、動機がよくわからねば事実からほぐしてゆくより仕方がないさ。君、これを見たまえ」

と畠中の方へ、いま書いたばかりの紙を渡した。係長は、それを両手に持って見た。

それは一覧表のようなものだった。――

(1) 小谷朝子。十二日午後4時ごろ、誰かに電話に呼びだされる。まもなく、外出する。電話では指ケ谷に行く様子であった。十三日の朝、発見まで14時間の実証不明だが、剖見によって死亡時が10時から0時までであるから、田端貯炭場を殺人現場とすれば、次のようになる。4時半ごろ自宅を出る。――5時ごろ指ケ谷停留所到着（推定）――この間、5～7時間ばかり所在不明時、――10～0時、田端にて殺害さる――この間7～8時間不明なるも、誰かが死体をその間に移動させる――6時30分、田無町にて死体発見。

(2) 川井貢一。十二日午後3時より6時まで浜崎芳雄と新宿の映画館。（第三者の証明なし）――6時より7時映画館を出て、浜崎とともに小平町の鈴木ヤスの家に着く。（鈴木ヤスのほか証明なし）――7時半より浜崎、付近の三人とともに立川市の浪曲をききにゆく。9時半に閉場。皆とともに小平町の鈴木方の前に帰り、10時10分に別れる。この時、三人に自宅へ招待する旨《むね》を言う。（近所の三人の証明なし）――この間、20分間、浜崎と鈴木ヤス方にヤスとともにいる。（浜崎、ヤスの他に証明なし）――10時30分。川井は近所の三人の自宅にそれぞれ招待を勧誘に現われる。三人を同行して鈴木方に帰る。10時50分ごろ。（三人の証明）――翌朝、未明の3時半まで一同とともに飲酒。それから三人を自宅に宿泊せしむ。彼は隣室にはいりヤスとともに就寝。（三人の証明）――7時30分まで睡眠――朝7時30分ごろ、鈴木ヤス宅に在って近所の三人の細君たちに顔を見られる。

(3) 浜崎芳雄。十二日午後3時より6時まで川井貢一と映画館。（第三者の証明なし）以下、川井貢一と同一行動。――11時に鈴木ヤス宅を出る。（近所の三人の証明)――電車――11時40分新宿の〝弁天〟に登楼。A子を呼ぶ。――十三日の朝、5時すぎ、女が気に入らぬとて、〝弁天〟をとび出す。(A子の証言)――8時までおよそ2時間、外苑のベンチに眠る。(証明なし)

(4) 村岡明治、小谷茂雄については、明白なアリバイがあるので省略。

「少し、ややこしいかね?」

と課長は言った。

「いや、よくわかります」

と係長は答えた。それから、その表の傍点のところを指で押さえて、

「この20分間というのに、点があるのは、何か意味があるのですか?」

「ああ、それはね、被害者が殺された時間に、二十分だけ川井にも浜崎にも、第三者の証明のない空白があるという意味だよ。つまり、この時間は、川井と浜崎と鈴木ヤスと三人だけの時間なのだ。鈴木は川井の情婦だから証明にはならない」

そうだ、そのとおりだ、川井と浜崎は、課長の言うとおり、この十時十分(浪曲から帰って近所の人といったん別れる)から十時三十分(ふたたび近所の人を招待に誘う)までの二十分間だけ、第三者の眼から姿を消している。この時刻は被害者の死亡時間の圏内である。

「しかし殺害の現場は田端の機関庫貯炭場だ。これは明白だ。被害者が死の直前に吸いこんだと思われる鼻孔と肺臓に付着した粉炭は、おそらくあの貯炭場の炭質と同一であろう。試験の結果はやがてわかる。すると、たとえ二十分の空白があっても、川井たちのいた小平町と田端ではどうにもならないね。ぼくらは本庁の車で試験してみて、田端から小平まで五十六分かかったね。もっと飛ばしても、せいぜい四十分だろう。それを往復だから一時間二十分を要する。それに女を殺す時間もある。彼らが小平町にいた証明があるかぎり、たった二十分間の空白では仕方がないね」

二十分間で、小平から田端まで、およそ四十五キロをどんな快速車でも往復することは絶対にできない。

8

依頼した二つの問合わせの返事があった。

一つは、R大からで、課長が現場から採取した粉炭と、被害者の気管に付着していた粉炭とは、同一の炭質であるという化学検査の結果の報告である。なお、機関庫にたずねると、その石炭は、九州の大の浦炭礦《たんこう》から出た、いわゆる筑豊炭ということがわかった。

「これで現場は田端であることが確実になったね」

課長は結果が明白になったにもかかわらず、浮かない顔をしていた。

畠中には、その気持がわかる。殺害の現場が田端と推定すると、川井にも浜崎にもアリバイが成立するのだ。くどいようだが、二十分間の不明な時間では仕方がないのだ。誰か別な人間が、朝子を殺し、そのとき取り落としたハンドバッグを気づかずに遺棄して、死体を田無町まで運んだことになる。そう考えなければ不合理になる。

次に、中央気象台から回答があった。十三日の未明の田端付近の降雨は、だいたい三時ごろから四時五十分ごろまでであった。

「これだよ、畠中君」

と課長は、その降雨時間を見せた。

「これが突破口だね」

「突破口といいますと？」

畠中は課長の言葉を咎《とが》めた。

「拾った女の児《こ》にきいたら、ハンドバッグは濡れていなかったと言ったね。その届けをうけた交番にもきかせたが、同じことを言った。すると変ではないか、女の児が拾ったのは八時ごろだから、ハンドバッグは当然、二時間近くも降った雨に濡れていなければいけない。それが、ちっとも濡れていないのは、どうしたわけだろう？」

「さあ。ハンドバッグは、殺害の時に被害者の手から落ちたでしょうから、当然、三時ごろから降った雨に濡れているわけですな」

「それが濡れていないのは？」

「雨がやんだ後、つまり五時以後に、ハンドバッグが現場に遺棄された」

「うまい。そうだよ。筋道は立たないが、客観的な合理性は、それよりほかない」

「しかし、被害者の死亡時は前夜の十時から零時の間ですから、五時すぎにハンドバッグが現場に落ちたことになると、理屈に合いませんね」

「ぼくが筋道が立たないと言ったのはそれだ。しかし、客観的な合理性は動かせない。するとぼくらの立てた筋道がどこかで間違っていることになる」

どこで間違っているのであろう。石丸課長にもそれがわからぬのだ。朝子が殺されたのは十時から零時の間、田端貯炭場というのも事実。その時間には川井は小平町の鈴木ヤスの家にいたという事実。浜崎は鈴木の家から出て電車に乗り、新宿の赤線区域に泊まったという事実。しかし被害者のハンドバッグは、五時以後に田端の現場に遺棄されたという事実。

これらは、みんな事実でありながら、おたがいにばらばらで連絡がない。まるで狂った歯車のように嚙《か》みあわせるところがない。一つ一つが自己を主張してちぐはぐである。

「しかし、みんな、ばらばらだが、嘘《うそ》がないという強味がある。ことに、ハンドバッグが五時以後に現場に落ちたという事実は、突飛なだけに、ここに事件の入口があると思うな。まだ、もやもやで、さっぱりわからないが」

この時、年輩の刑事が部屋の入口に立った。

「はいって、よろしいでしょうか?」

課長がうなずくと、彼は机の前に立って、係長と両方に報告をはじめた。

「鈴木ヤスについて近所の聞き込みをおこないました。ヤスは川井のいわゆる二号で、日ごろ何もしていないようです。川井は近所づきあいがよく、評判は悪くありません。事件当日については変わったことはありません。川井の供述どおりです。ただ、これは参考になるかどうかわかりませんが――」

「言ってみたまえ」

「鈴木の家は、両隣りがかなり隔っています。もっとも、あの近辺はみなそうですが、二つの家の間隔は五十メートルくらいあります。その東隣りの家に、その日の夕方の七時ごろ、鈴木ヤスが団扇《うちわ》を借りに行ったそうです」

「団扇を？」

課長と係長は顔を見合わせた。十月半ばに団扇を借りに行く、と変に思ったが、そうではなかった。

「団扇といっても、台所に使う渋団扇です。それなら不思議はないのですが、鈴木の家は石油コンロで煮炊《にた》きをしていて、あまり団扇を使っていなかった。それで用意がないのでしょうが、あくる日、あの団扇を返してくるとき、鈴木ヤスは、お借りした団扇を破いたからと言って、新しいのを買って返したそうです。その家では、貸した団扇は、まだ丈夫だったのに、あれが破れたのかな、とちょっと変に思ったそうです。ただ、このことが事件に関係があるかどうかわかりませんが、いちおう報告いたします」

刑事が去ったあと、石丸課長は、係長ともう一度、顔を見合わせた。彼らにも、団扇の一件が意味のあることなのかどうか、判断がつかなかった。

9

その夕刻、畠中は課長の部屋にまた呼ばれた。石丸課長は、畠中の顔を見るとすぐに言った。その顔つきは気負っているように見えた。

「畠中君、例のハンドバッグが突破口だといったろう。どうやらモノになりそうだね」

「え、そうですか?」

「そら、これだよ」

課長がさしたのは、例の表のようなもので、浜崎芳雄の項のところに、十三日の朝5時すぎ、女が気に入らぬとて〝弁天〟をとび出す。(A子の証言)とあるくだりだった。

「あっ、そうか」

ハンドバッグが遺棄されたのは、雨のやんだ五時以後だった。

「はじめて、二つの歯車が、うまく噛みあったね。五時という時間で」

課長は満足そうに言った。

「新宿と田端なら、国電で行っても二十分ぐらいだからな。新宿を五時に出て、田端の現場に到着すれば五時半かそこらだろう。そこで、ハンドバッグを置いてかえるのだ」

「え、浜崎が朝子のハンドバッグを置いたのですか？」

「それがいちばん、都合がよい。理屈に合うように考えてみよう。しかも浜崎は〝弁天〟を出てから外苑のベンチに眠ったなどと証明のないことを言っているではないか。そうだ、この仮説が事実と合うかどうか、〝弁天〟のA子にききにやらせようではないか」

刑事がすぐに新宿にやらされた。その報告は、石丸課長を晴れやかな顔にさせた。

「浜崎はその晩、泊まりに来たとき、小さい新聞包みを持っていた。ちょうど弁当函《ばこ》を包んだような格好だった。A子がそれ何なの、ときいたが、浜崎は返事はしなかった。それでA子はあまりきいては悪いのかと思って、それなりになった」

刑事の報告の内容は、こういうものだった。

「はじめにA子に会った刑事が、これを早く聞きだせばよかったのにね。所持品の有無をきく大切な質問を忘れていたとみえる」

課長は、ちょっと愚痴をこぼした。

「すぐに、浜崎を呼んで、その包みの内容を質問してくれ」

と彼は畠中に命じた。

しかし、刑事に連れられて浜崎はやってきたが、畠中が質問しても、知らぬ顔をしていた。

「そんなものは持っていませんでしたよ。A子の思い違いでしょう」

彼はそんなことで連行されたのが、いかにも不服らしく、鼻をふくらませて、空うそぶいた。

「おい、おまえが知らなきゃ教えてやろうか。その中身は、殺された朝子のハンドバッグだろう」

畠中がきめつけると、浜崎は鈍い白い眼をじろりと向けただけで、

「冗談じゃねえ。あっしがそんな人のハンドバッグなんか持つわけがないでしょう。どこかで奪ったとでも言うんですか？」

と切りかえしてきた。それには答えないで、

「おまえは五時すぎ〝弁天〟を出てどこに行った？　田端にいったろう？　ハンドバッグを貯炭場に置いて、知らん顔をしてアパートに帰ったな」

とたたみかけた。

「ばかばかしい。何と言っても、あたしゃ知りませんよ」

と横を向いた顔色が白くなっていた。陰湿な感じの眼がいっそう鈍くなっていたが、彼の動揺は隠せなかった。畠中はその表情をじっと見た。

「課長、浜崎が、やっぱりハンドバッグを捨てたのですね、奴《やつ》は知らん顔をしていますが、間違いないようです」

「そうだろう、それでどうした？」

「危ないからいちおう、窃盗の疑いで勾留《こうりゅう》の手続きをとっておきました」

課長は、よかろう、というふうにうなずいた。

「しかしですね、浜崎はどこで朝子のハンドバッグを奪ったのでしょう。そこがはっきりしないうちは、証拠がないから釈放ものですよ」

「釈放はともかく、どこで彼が朝子のそれを手に入れたか、さっぱりわからんね。彼も当時は小平の鈴木ヤスの家にいる。その家を出たのが十一時。十一時四十五分には〝弁天〟に登楼しているから、途中の電車の所要時間はきっちり合う。とても田端に朝子を連れ出して殺してくる時間はない。また、ほかの事実とは、ばらばらだね」

「では、なぜ浜崎はハンドバッグをわざわざ田端の現場に捨てに行ったのでしょうか？」

「わからんな」

「それは朝子の死体を田無に運んだあとでしょう。運んだのは誰のしわざか、目下わかりませんが。どうもまだ、みんな歯車の歯が合いませんね」

畠中が歯車の歯が合わないと言ったので、石丸課長が笑った。

「しかし、田端で殺したものを、なぜ、小平まで運ぶ必要があったのでしょうかねえ」

「それは、田端が殺害の現場とわかっては、犯人にとって何か都合が悪かったからだろう。A地で殺してB地に捨てる、というのは、犯罪地を隠蔽《いんぺい》しようとする、犯人の心理だろうね」

「では、なぜ田端に、あとからハンドバッグをわざわざ捨てに行ったのでしょう？犯罪地の隠蔽を、またブチこわすようなものではないですか？」

畠中の理論は、知らずに浜崎を犯人の一環にしてしまっていた。石丸課長はそれを咎《とが》めなかった。彼も無意識に、それを承認している。二人の頭脳は期せずして、犯人の輪郭を描いていた。

「それだよ」

と課長は頭を抱えた。

ハンドバッグの小細工は別としても田端機関庫の貯炭場で朝子が殺害されたのは、動かしようのない事実だ。それは彼女の肺臓と鼻孔に付いた粉炭が証明する。

川井貢一が、朝子の死亡推定時刻に北多摩郡小平町の鈴木ヤス方にいたのも事実だ。

これは付近の人が三人も証明している。ただし、二十分間の不明があるが、二十分間では、小平、田端間の往復は絶対に不可能だ。しかも、この絶対の矛盾にもかかわらず石丸課長と畠中のもっている犯人の影像は、細い眼と扁平《へんぺい》な顔をした川井貢一であった。

畠中は、くたくたになって家に帰った。彼の家は近ごろ風呂桶《ふろおけ》を据《す》えつけた。今年の夏のボーナスで買ったもので、永い間の念願が叶《かな》ったのだ。

畠中は、十時ごろ帰ってきたので、家族はみんな風呂をすませていた。

「おい、少し、ぬるいな」

と、彼は湯に浸って女房に言った。

女房は風呂竈《かまど》に石炭をくべている。炎の燃える色が暗い土間に赤く映った。

畠中は、そのことから石炭のことを考えていた。被害者朝子の肺にあったという石炭の粉末のこと。貯炭場で見た石炭。それから課長が封筒に採集した現場の石炭の屑《くず》や粉末。それを課長は封筒の口をあけて見せてくれたことがあったっけ。——

湯が少しずつ熱くなってきた。畠中は、手も動かさず、肩まで湯に沈めてじっと考えていた。何か思い当たりそうである。当然に、何かを思いださなければならないのに、出てこない曖昧《あいまい》さが、彼をしばらく放心の状態に置いていた。

「湯加減はどう？」

「うん」

女房の問うのにも、上の空の返事をして風呂から出た。無意識にタオルに石鹸《せっけん》を塗りつける。

課長がポケットから出した粉炭のはいった封筒のことが、まだ頭にあった。ぼんやりそれを考えている。

すると、はっとした。

——石炭は封筒でも運べるのだ。

畠中は湯から飛び上がった。身体《からだ》の雫《しずく》を拭く暇も惜しかった。

「おい、支度をしてくれ」

「あら、今からお出かけ？」

「課長の家に行ってくる」

服を着て表に出た。胸がわくわくしていた。近所の赤電話で、課長の家にかけると、石丸が自分で電話口に出てきた。

「何だね？　畠中君」

「課長、わかりましたよ、あれが。今から行って説明します」

電話を切った瞬間、少し気持が落ちついた。時計を見ると十一時を過ぎている。流しのタクシーを止めた。

石丸課長は、応接間を明かるくして待っていてくれた。コーヒーを運んで、奥さんが退《さが》った。

「どうした？　わかったというのは」

石丸は畠中の興奮したような顔を見て、身体を椅子《いす》から前によせた。

「暗示は、課長が石炭を入れた封筒ですよ」

と畠中は話しだした。

「封筒だって？」

「そうです。田端貯炭場の石炭屑を、課長は封筒に入れて試験のため持って帰ったでしょう。課長と同じことを犯人は——やったのですよ」

「あ、そうすると——」

「そうなんです。犯人は大型の封筒か、あるいは、別の容器かに、田端貯炭場の石炭屑を採集して、持って帰ったのです。そしてある場所で被害者を殺すときに、その直前に、ふんだんにその石炭の粉を吸わせたのです。おそらく狭い場所に連れこんで、むりやりに炭粉を肺まで吸いこませたのでしょう。団扇が必要だったのはそのためです。つまり、団扇で煽《あお》いで、石炭の粉を空気の中に散らしたのですよ。被害者はいやでも空気とともに炭粉を吸わねばなりませんでした」

話しているうちに、畠中は、その時の光景が眼に見えるようであった。朝子の鼻先で、ばたばたと団扇を煽いでいる。粉炭が灰のように舞って乱れる。朝子はむせびながら、苦しそうにそれを吸いこむ。誰かが、彼女を動かさぬよう押さえていた。

「団扇は石炭の粉がついて黒くなりました。あとで証拠になってはと思い、翌日、新しいのを買って返しました」

「すると田端の貯炭場は擬装だったのか」

課長は唸《うな》った。

「犯人はよく計算していますよ。死体は解剖される。肺臓の石炭の粉末が発見される。これは本人が吸ったのだから、外部からの作為はないと誰でも考える、環境に同じものがあれば、絶対にそこが現場と推定されます。死体の内臓にそれがあるから、強いですよ」

「じゃ、田端にハンドバッグを置いた理由は?」

「誰かにそれを拾わせて、交番に届けさせたかったのです。つまり、犯人は、ここが現場だぞ、という告知を当局にしたかったのです。でないと、せっかく、被害者の肺に石炭を入れても、その場所がわからないでは、何にもなりませんからね」

「うむ、すると犯人の目的は、アリバイか？」

「そうなんです。犯人は、田端と小平では、短い時間では往復ができないというところを主張したかったのです。車でどんな速いスピードを出しても、往復一時間二三十分は必要です。これ以内には、絶対に不可能です。ですから、二十分くらいの不明の時間はアリバイのなかにはいります」

「二十分だって？　あ、そうか。川井が近所の人といったん別れて、ふたたび誘いに行った間の、十時十分から十時三十分の間だね」

課長は、その時のことを宙に覚えていた。

「そうです。その二十分間は、鈴木ヤスの家にいたというのですが、おそらく、朝子をその間に殺したのでしょう」

「すると、朝子は、鈴木ヤスの家に連れこんでいたわけか？」

「そうですよ。指ケ谷まで朝子を呼びだして、それから水道橋に出て、中央線で国分寺に一緒に行ったにちがいありません。鈴木の家は、あのとおり近所の家が、ばらばらにはなれていますから、家の中で少しぐらい大きな声がしてもわかりはしません。朝子は川井と七時ごろに鈴木の家について、監禁されていたに違いありません。川井は時間的な証明を作る目的で、七時すぎに近所の人と一緒に立川に浪曲をききにいく。九時半に閉場して、十時十分ごろに鈴木ヤスの家の前で別れる。それから大急ぎで朝子をあの方法で殺したに違いありません。朝子は石炭を吸って、扼殺《やくさつ》されたのです。犯人は川井、浜崎、ヤスの三名でしょう。したがって場所はヤスの家の中です。おそらく物置のようなところか、押入れの中ではないでしょうか。それから川井は近所の人のところへ招待に誘いに行く。これが十時三十分ごろでした」

「なるほどな」

と課長は、考え考え、うなずいた。

「それから近所の人を呼んで飲みはじめたのですが、浜崎は、例のハンドバッグを田端に捨ててくる仕事があるので十一時ごろに帰る。川井は夜明けの三時半まで、近所の人と飲んだわけですな」

「すると、被害者を、田無の現場に置いたのは？」

「そら、三時半から、みんな寝たでしょう。川井とヤスは、近所の人が眠っている次の間に寝た。寝たというのは口実で、みんなが酔いつぶれて熟睡しているのを見すまして、死体を物置か押入れかから取りだして、田無の西まで、二キロの道を捨てに行ったのでしょう？」

「二キロの道を？」

と課長は畠中の顔を見た。

「それは、車で運んだのかね？」

「いや、おそらく、そうすればアシがつくから川井が死体を背負って行ったに違いありません。女ですから、軽いから、川井のような頑丈《がんじょう》な身体の男には大したことはなかったでしょう。ただ、心配したと思うのは、途中で誰かに行き会うことですが、あの辺の田舎では、未明の三時半から四時半というような時間には、通行人はありませんよ。そこで、あの雑木林の現場に捨てて、ふたたび歩いて鈴木ヤスの家に帰ってきたのでしょう。この時間は、だいたい、五時すぎと思います。ですから、近所のおかみさんたちが、鈴木の家に泊まった亭主を迎えにきたときは、彼も悠々《ゆうゆう》と今まで一緒に眠っていたというふうに、眼をこすって顔を見せることができたのです」

「恐ろしい男だな」

と課長は嘆じた。

「田端と小平の距離ばかり考えていたから、ぼくも、うまうまと一ぱい食うところだったな。では、明日朝、すぐに鈴木ヤスの家を捜索しよう」

「もう、すっかり拭《ふ》いて、あとを消していると思いますが、しかし隅《すみ》のほうに、あの石炭の小さい屑が一つか二つ残っていたら、こっちのものですな」

「恐ろしい男だな」

と課長は同じことをも一度言った。

「川井ですか。よく考えた奴ですな」

「いや、君だよ。その川井の企《たくら》みを、そこまで見破った君が、おそろしい男と言っているのさ」

川井貢一の自白は、それから十日後であった。朝子殺しに関する限りは、畠中の立てた推理が間違っていないことがわかった。

ただ、捜査当局が、どうしてもわからなかった殺人の動機については、彼は予想以上に重大なことを自供した。

「私と浜崎は、三年前、世田谷に起こった重役の奥さん殺しの犯人です。あの時、強盗にはいって奥さんに騒がれて殺したのです。ちょうど、その最中に、電話のベルが鳴りました。あれにはびっくりしました。深夜の、しかも、人を殺したばかりのところですからね。浜崎が電話口に出たのですが、どうやら先方は電話を間違えたらしいので、ほッとしました。ところが、浜崎の奴、やめればよいのに『こちらは火葬場だよ』とか言って、まだからかいたいふうだったので、私が横から、あわてて切りました。が、やはり案の定、それが災いしました。相手は新聞社の交換手で、殺人犯人の声を聞いたというので、新聞に大きく出ました。私は浜崎の不注意をどんなに叱《しか》ったかわかりません。ところが、彼は、三年後にまた重大な不注意をしました。つまり、また自分の声を同じ交換手に聞かれたのです。その交換手は、しかも、われわれが麻薬の密売の仲間に新しく入れた小谷の細君だったとは、どこまで縁が深いかわかりません。彼女は交換手特有の耳の記憶で、ちゃんと浜崎の声があの時に聞いた声だと悟りました。私は、その様子が見えたものだから、これは生かしてはおけないと思った。それに、あの細君が妙に浜崎の声をもう一度ききたがるので、今度はこっちがそれを利用しました。浜崎は小平町の方にあなたのご主人と一緒にいる、と言ったら、彼女はおとなしくついてきましたよ。彼女にすれば、浜崎をもっと確かめたかったのでしょう。それが、やすやすと死の穽《あな》に陥る結果となったのです……」

共犯者

1

内堀彦介は、成功した、と自分で信じている。㊞屋といえば、この福岡の市中では家具の月賦販売として今ではひろく知られている。「家具デパート」として宣伝したが、まず、五年間にしては、名前も売りこんだし、商売も思いのほか伸びた。前からいる土地の同業者がおどろいている。

商売の繁盛は、やはり彦介の長い間の外交員生活の腕が役立ったといえよう。しかし彦介は家具の外交員をしてきたのではない。彼は十五年間、食器具の販売員として、ほとんど全国のデパートや問屋を回っていた。製品は印度《インド》向けの輸出もするメーカー品で、その会社の専属販売店で働いていたのである。

商品見本をきれいにならべて詰めたトランクを提げて各地の問屋の軒先をくぐる。見本を見せて注文を取る。前に残った勘定を手形で貰《もら》う。予定が決めてあるから、一分間のむだもせずに、次の店に回らなければならない。いつも忙しく汽車の時間表を見ている。それが内堀彦介のかつての十五年間の生活であった。そのころは、よく人から云《い》われたものだ。

「あんたのように、年中、日本中を回っていなさったら、ずいぶんよい見物ができましょうな」

彦介はそう云う人の無知に腹が立った。彼は商売で出ているのだ。遊覧ではない。駅からまっすぐに得意先へ行く。二、三軒回って、すぐ駅に引きかえす。次の土地に急ぐのだ。予定はむだなく、ぎっちり詰っている。汽車の中でも、注文伝票の書きこみや、各店の残高の調べで、ろくろく外の景色も見ない。それが終って、ぼんやり窓に凭《よ》りかかって眺めているようでも、じつは、頭の中は、注文品の少なかったことや、売掛けの焦《こ》げつきや、貰った手形の良否や、得意先の文句などの心配が重なりあって、風景など眼にはいらないのであった。

夜は、宿賃を倹約してできるだけ安い旅館に泊った。たまたま、そこが有名な遊覧地や温泉などの遊び場だったら、気持は憂鬱《ゆううつ》である。愉《たの》しげな遊覧客の姿を遠くから眺めながら己れの惨《みじ》めさを味わった。同じ旅人であるのに、なんというちがいであろう。美しい女を連れ、新しい洋服の肩にカメラの紐《ひも》が下っている贅沢《ぜいたく》な他人と、埃《ほこり》が白く浮いた洋服をきて、ジュラルミン製のトランクを運ぶわが身の姿とを比較する。

宿のうすい蒲団《ふとん》にひとりで横たわっていると、知らぬ他人への嫉妬《しっと》で眠れぬ夜もあった。

それが、たった五年前の内堀彦介の生活であった。今では財産が一千万円に近い。店に並べてある商品、売掛金を合わせても膨大なものである。どんなわがままな贅沢でも、しようと思えばできる境遇になり上っていた。過去の自分を考えると、われながらそのころは可哀想《かわいそう》であった。

しかし、彼の過去は、すぎ去った哀れな生活を愛撫《あいぶ》している追憶だけではすまなかった。もっと大きな秘密の暗い陥没があった。

近ごろは、それがときどき足もとにのぞいて、彼を慄《ふる》えさせている。

商売の成功は、彼の腕であった。しかしその資金は、彼の商才ではない。一外交員がそれだけの資金を儲《もう》けだすはずがなかった。十五年間の貧乏ぐらしが、それを証明している。

資金は、じつは、銀行の金を奪ったのであった。そのため一人の人間に瀕死《ひんし》の重傷を負わせたものであった。出来事は山陰のM市に起った。旧《ふる》い城下と湖畔の町である。いかにもその町に似合わしげな土蔵造りのような古めかしい建物の地方銀行に忍び入って、五百万円を奪ったのだ。

しかし、その金の全部が、彼の今日の資金になったのではない。半分は、その時の協力者に渡した。そういう約束であった。山分けという約束は協力者から云いだした。その決行には助力者が必要であった。助力者は、彼の冒険的な心理を鼓舞する上から必要であったが、そんな穿鑿《せんさく》はどうでもよい。とにかく、仲間の要る仕事であった。

そのときの相手の男というのは、町田武治という名前だった。彦介より八つぐらい年下で、三十五、六の、尖《とが》った顔の、蒼白《あおじろ》い色をした陰気な感じの男である。彦介は、この男の細い白眼や、笑いの滅多に浮ばぬ薄い唇がいまだに気にかかっている。

町田武治も、見本の詰った鞄《かばん》を提げて回る外交員《セールスマン》であった。商品は漆器だった。たびたび、同じ得意先で落ちあうことが重なって、彦介は彼と知合いになったのであった。

2

その時の計画と決行は、町田武治から云いだした。その意味では、彼が主犯ということができる。宿屋の狭い一室に前途に希望のない外交員が二人いっしょに泊って相談はまとまった。しかし、その銀行への侵入の手引きは彦介がした。彼は集金の金を、この銀行で送金為替によく組んでいたので、狭い内部を見知っていたのだ。

支店長が、その銀行の建物の奥に住まっていた。それを見きわめての仕事であった。夜の八時ごろ、残業の行員が窓の灯を消して帰った。そのすぐあとに押し入ったのである。

刃物を見せると、支店長は鍵《かぎ》を合わせて金庫の扉を開いた。札束を二個の鞄に詰めていると、支店長がはじめて騒ぎだした。武治が持った匕首《あいくち》を彼の背中に刺した。縛られた女房は蒼くなって、声も立てずにいた。この出来事が外部に知れるのが遅れたのは、女房の喪心からである。

二人で鞄をかかえて逃げた。暗い場所に来て、息をついた。草の上だった。遠くにまばらな灯が一列にあった。暗い部分は、湖の水らしかった。ひどくさし迫った気持ながら、うつくしい景色と思った。

金を、ライターの灯のあかりで分けあった後、二人は約束した。

「お互いに、これまでのつきあいだぜ。今後は絶対に会ったこともない他人だ。むろん、これからはハガキ一本の便りもしないし、互いの住所もどこに移ったか知らせぬことにしよう」

これは、堅い約束にした。

その時、彦介は一種の身慄いを覚えた。ふと覚えた不安な予感が、思わずこういうことを相手に向って云わせた。

「なあ町田君。君はぼくよりも年齢《とし》が若いし、世の中がぼくよりもっと面白いに違いない。しかし新聞を見てもわかるように、大金を派手に使うと、必ずアシがつく。ことに女はいけない。いろごとなら、もっと先で愉しめる。町田君、この金を資本《もとで》にして、目立たぬように商売をやるのだ。遊んではだめだよ」

すると、暗い中で、町田武治は、くすりと笑った。

「内堀さん、おれも同じ考えだよ。中年のいろごとは危ないというからな。あんたこそ、気をつけなよ」

口の中で、ぼそぼそ云う、いつもの癖であったが、妙にドスのきいた声であった。

「そうか。それを聞いてぼくも安心した。くれぐれも気をつけてくれ」

彦介は云った。手を握って別れた。町田武治の手は冷たかった。あるいは、こちらの手がほてっていたのかもしれなかった。

その時から五年経《た》った。警察は当時躍起になって捜査したが、わからずに終った。

彦介は勤めを辞め、郷里の福岡に帰った。山分けした二百何十万円かを資本に、目立たぬように、地道に今の商売をはじめた。三年めに、もう大丈夫と思って、少し大きく宣伝するようになった。大丈夫と思ったのは二つの意味がある。商売が順調にすすんで、将来伸びると見通しをつけたことと、この資本の出所を誰からも疑われないと確信したからであった。三年間、地道な商売をつづけたことで世間の疑惑から免れていた。

安心といえば、もう一つ大事なことがある。町田武治の消息が全然知れないことであった。彦介は、毎日の新聞を熱心に読んできた。もしや、なんらかの罪名で町田武治が捕まった記事が出ていないか、という懸念《けねん》だった。これがいちばん恐ろしかった。そういう懸念をするだけの危なっかしい性格を町田武治は持っていそうだった。彼が捕まれば、彼はもっと重大な、この余罪を白状するかもしれないのだ。

しかし、それは杞憂《きゆう》に過ぎた。町田武治の名は新聞にも現われず、彦介の耳にもはいって来なかった。喜ぶべきことである。消息のないのが無事であった。おそらく町田武治も、どこかで、あの金を資本に、こっそりと地道な商売をしているに違いない。

彦介は、そう思うと、完全に心が落ちついてしまった。彼が、今のように成功したのは、その後の二年間、少しの心配もなく、全力を商売に打ちこんで来たからであった。

ところが、このごろになって、彼はふたたび不安を覚えはじめたのである。

3

商売は繁盛した。資産もできた。福岡では信用を博し、商人としての地位も安定した。ここまで伸《の》しあがり、ことごとく最良の環境にわが身が落ちついていることを発見した時、内堀彦介は新しい激しい危惧《きぐ》に襲われてきた。

どこにいるかわからないが、確かにこの世に町田武治が生きている、ということの不安である。

あらゆる犯罪は、単独をもって完全とする。共犯者があればあるほど破綻《はたん》の確率は多くなる。世の犯罪の発覚が、いかに共犯者の自供からなされるかは新聞記事を読んでもわかるのである。

が、内堀彦介が恐れたのは、そのことよりも、今はもっと別な場合であった。つまり、財産ができてみれば、かつての共犯者から、恐喝されるかもしれないという危惧であった。

現在の成功にまだ達しない時には、そのような心配は生れて来なかった。しかし、財産と安定した地位を獲得してみると、いつ彼から脅迫されるかわからぬ、という新しい恐怖が襲ってきたのであった。

なるほど金と信用と地位は得た。が、それをゆるがすものは、商売の不況ではない。内堀彦介の既往の秘密を握っている共犯者の脅迫だった。財産はできたが、その死命はその男が握っているのだ。ひとたび、脅迫をうければ、せっかくの財産が枯れるまで、その恐喝はつづくに違いない。あの陰性な顔つきをした町田武治という男は、そんなことを充分にしそうな人物に思えた。

彦介は、どこかにいるはずの町田武治が、いつかは自分の成功を知って、眼を光らせて歩いて来るような気がしてならなかった。どこかで。——それは、どこにいるかわからない。とにかくいつかは彼は、彦介の財産を嗅《か》ぎつけて、あの陰気な顔を見せに来るに違いない。

いったい、町田武治はどこで、何をしているであろう。彦介は、しだいにそのことが気になって来はじめた。

これまでは、町田武治の消息がいっこうに知れないことが、大きな安心であった。しかし、今や、そのことが逆に不安となってきた。どこにいるかわからぬという実体のしれない危惧であった。襲撃してくる敵の所在がこちらにわからぬ不安であった。

彦介は、近ごろ愛人を持った。五十に近くなって初めての経験だった。女房にかくれて、こっそり家を建ててやって住まわせた。彼はそこに通った。惚《ほ》れた女だから、うれしくてならなかった。だが、この幸福も、町田武治が眼の前に出現した瞬間から崩れてしまうのだ。もとより女は金によって飼っていた。

町田武治のために、いつかは、現在のあらゆる幸福が掌《てのひら》から失われそうであった。彦介は絶望的な予感を覚えた。いらいらして、神経だけが疲れて、夜も熟睡ができなかった。

「あなた、変よ。近ごろ顔色がよくないし、いつも憂鬱そうね。神経衰弱かもしれないわ。きっとお仕事がお忙しいからでしょう。温泉でゆっくりなすったら癒《なお》るに決っているわ。あたしもお供するわ」

彼のかわいい愛人は愛らしく云ってくれた。それだったら、どんなにいいかしれない。この女に打ち明けられない苦悩だった。

しかし、絶望は早すぎた。他人の云うことはきいてみるものだった。

船小屋という名前の温泉にはいった時に、彦介は、ふとある考えが頭に閃《ひらめ》いた。前後の連絡もなく、すばらしい着想がとつぜん湧《わ》くというのは、どういうことなのであろうか。きっと、云い古された言葉でいう天啓というのに違いない。彼はあとでそう思った。

彦介は、勢いこんで湯槽《ゆぶね》から飛びだしたので、湯がざあと滝のようにこぼれた。

4

「ぼくの故郷《くに》は宇都宮でなあ」

と、いつか町田武治が彦介に洩《も》らしたことがあった。着想の手がかりは、その一語の記憶からである。

彦介は、もしかすると町田武治がその宇都宮に居住しているのではないか、という気がしたのだ。それは自分が故郷である福岡にいるのに引きくらべての想像なのである。その想像をさらに押しすすめていけば、町田武治もまた宇都宮で何か商売をしているのではないか、というもう一つの推測に突きあたる。

それは二人の互いの立場の相似からくる想像なのだ。もとの条件は同じだった。いま、内堀彦介のしたことを、町田武治がしている可能性は立派にあり得る。

彦介が思いあたったのは、そのことだった。

彼は、急いで福岡に帰ると、さっそく、電話局に問いあわせた。

「宇都宮の電話帳を調べてもらいたいのですが。町田武治というのですが。町田武治の名前で載っていませんか？」

　交換手は、やや手間取ったうえ、あると答えた。その返事をきいて、彦介は、さすがに胸が鳴った。

「え、ありますか？　な、なんの商売ですか？」

　彼は昂奮《こうふん》で吃《ども》った。

「漆器商と出ています」

「漆器商？　住所は？」

　交換手の答えをメモに書きとって、彦介は、呆然《ぼうぜん》と腕を組んだ。あまりに思うとおりだったのに、かえってぼんやりした。

　やはりいたのか。町田武治は宇都宮で堂々と店舗を構えていたのである。彼も彦介と同じように、銀行で強奪した金を資本に、故郷で商売をしていたのだ。二人の行為は全く同じであった。

　彦介はひとまず安心した。町田武治が転落せずに、彼なりの成功をしていることは喜ぶべきだった。これで、もう、彼から脅迫をうける心配はなさそうである。

　しかし、と彦介は用心深く考えた。まだ、安心するのは早い、と気づいた。

　町田武治の商売は、うまく行っているであろうか？　彼の現在の身辺はどうか？

もし、商売が不況で破産寸前だったり、あるいは彼の生活がひどく乱れているようなことでもあったら、手放しの油断はできなかった。つまり、「金に詰っている」状態であれば、脅迫をうける素因は同じことではないか。

そうだ、これは町田武治の現在を知っておくことだ、と彦介は考えついた。

いや、現在ばかりではない。これからも、ずっと監視の必要がある。いつ、どんな状態に相手の境遇が変化するかわからないのである。そのことは、いちいち承知しておかなければならない。

こう考えてから、彦介は、ようやく心にある安らぎを覚えた。それは、今まで見えなかった敵をようやく自分の眼の届くところに捉《とら》えた、という安心感であった。この安心感は、もっと確実なものにしなければならなかった。

彦介は、何日も考えたすえ、その結果を実行に移した。

彼はまず、郵便局に申請して「商工特報社」名義の私書函《ししょばこ》を開設した。次に、宇都宮の地方新聞を調べて、その新聞社に宛《あ》てて、次のような案内広告を申し込んだ。

〝有能嘱託記者募集。宇都宮市内在住者限。給優遇。要写真履歴書送。年齢二五～四〇。採否書面通知。福岡局私書函第××号。商工特報社〟

商工特報社といっても、業界新聞を出すのではなかった。要するに、それらしい名前をつければよかった。

たくさんな履歴書と写真が送られてきた。世の中にいかに失業者が多いかが改めてわかった。窮状を訴える書面が同封してあることは、ほとんど各通だった。

その中から、彦介は一人を採用した。写真を見ると、気がききそうで、誠実そうな顔である。眼鏡をかけているが、生意気らしくはない。履歴書によると、東京の私立大学を出て、ある会社に勤めたが、事業の縮小によって整理されたとある。不運な男である。名前は竹岡良一、二十八歳の妻帯者だった。

彦介は、この新しい通信記者に、次のように云い送ってやった。

〝毎月、二回、宇都宮の次の人々の営業状態と、個人的でも特別な事態が生じたときは、必ずそのことを通信すること。取材は、相手の人に絶対に知られてはいけない。月給は一万五千円を支給する。以上命じたことだけでほかの通信をする必要はない〟

その通信を要する人々というのは、町田武治を含めた三、四人だった。ほかの人々は、新聞社発行の「商工大観」を見て、適当な名前を選んだにすぎない。これは怪しまれないための擬装であった。要は町田武治ひとりの動静を知ればよい。

この通信の方法を考えつくまでに、内堀彦介は彼なりの知恵を絞った。興信所に頼むことを考えたが、これは適当でないと気づいた。やはり絶えず町田武治を見張らせておく専属の人間を雇う必要があった。

だが、その雇った男に、こちらの意図を怪しまれてはならなかった。そのためには、業界新聞の通信というかたちで報告させることが安全である。町田武治ひとりに限定しないで、不必要な人間まで報告させる理由がここにあった。

内堀彦介は、完全に町田武治を、自分の手の中に握ってしまったと思った。町田武治の一挙一動は、絶えず彼の眼の届く範囲に絞られてしまった。知らないという不安は消えた。町田武治がどうなっていくか、あるいはその結果、彦介自身を嗅ぎだしてやって来るかどうかは、刻々にわかるのだ。対策は充分に立てられる。この安心からくらべれば、月々一万五千円の通信員への出費は安いものであった。

5

最初の通報が竹岡良一から私書函に送られてきた。新しい通信員は張り切った書き方である。

内堀彦介は入念に読んだ。他の人間のことはどうでもよい。町田武治の項だけが必要なのだ。

〝町田武治は当地でも漆器商として手びろく営業をしている。資産は推定三百万円ぐらいであろう。性格は多少孤独的で交際は上手なほうでない。しかし商売上の信用はある。妻と二人の子。趣味は囲碁。酒は晩酌二合程度。婦人関係は聞かれない〟

報告の大要はこのとおりであった。

町田武治は、まず順調な境遇にあるらしい。性格は孤独的で交際上手でない、というのは、いかにも陰気な感じの彼らしかった。気にかかるのは、これくらいのものだったが、それも大したことはない。気にかけたら、際限があるまい。

彦介は、竹岡良一に対して、この報告のできばえをほめ、以後、この要領でつづけて通信するように云い送った。

思えば、竹岡良一という男も、うまい職業にありついたものである。彼は、月わずか二回の通信で、一万五千円の月給が貰えるのであった。

だから、竹岡良一が感激するのも無理はなかった。彼は、「商工特報」社長の内堀彦介に宛てて、その感謝を長い手紙に書いてよこした。そのあげく、宇都宮からわざわざ九州の福岡の「本社」まで、挨拶《あいさつ》やら指示を仰ぎに行きたいと書いてきた。

彦介はあわてた。来られては困るのだ。それには及ばない。君は正確な通信を送ってくれれば、たりる、と返事してやった。

そのとおりに、竹岡良一の通信は、正確で、詳細を尽していた。ただ困ったことには町田武治以外の不必要な人たちについても精密な調査を知らせてくることだった。せっかくの彼の努力ながら、彦介には一読の興味も価値もない。が、それを中止させるわけにはいかなかった。町田武治にだけ興味を持っていることを知らせないためには、それをまぎらわす混入物も必要なのである。

通信はつづいた。ふた月たち、三月たった。町田武治に変化はなさそうだった。商売はうまく軌道に乗っているらしかった。

まずそれでよかった。

五カ月が経過した。通信上の町田武治は依然として変らない。安心であった。これで、かつての共犯者とは、完全に別々の世界に住んでいるわけである。二つの点は、遠く離れて、ぽつんと在るのだ。お互いに孤立していた。しかもこちらは、彼の現在を終始筒抜けに知っていた。

ところが、なにも知らない竹岡良一が、またしても、よけいなことを書いてきた。

〝小生が通信をお送りしてからすでに十回になりますが、まだ一度も商工特報を送っていただきません。小生の送稿は、みんな没《ぼつ》なのでしょうか？　参考のために貴紙一部をご恵送ください〟

印刷物などあろうはずがない。発行紙のない商工特報社であった。内堀彦介は腹立たしげにその返事を書いた。

〝当社は不定期刊行紙だから、発行は必要の時にする。現在、残部は一部もない。君は通信文の採否を心配することなく、従来の通信をつづけるだけでよろしい〟

それきり竹岡良一から、そのことの請求はなかった。彼は指図どおり、ひたすら通信を送りつづけてきた。一万五千円の月給を送金してもらえば文句はないと思ったのかもしれなかった。

すると、彦介が内心、最も恐れていたことが、竹岡の通信のなかに見えてきはじめた。半年を過ぎたころからである。

〝町田武治氏は競輪に熱中している。彼は大金を賭《か》けているらしい。そのため、家庭内に風波が起っている〟

暗い予感が当ったような気がした。不意に棒で突かれたように胸騒ぎがした。

それから不吉な予感が現実化されていった。つぎつぎと通信がそれを証明した。

〝町田氏には囲っている妾《めかけ》がいる。最近それがわかった。家庭の紛擾《ふんじょう》は競輪ばかりではないようだ。しかも町田氏の営業状態は意外に悪化している。高利の金で手形を落して運転しているらしい。さきに同氏の営業内容を堅実だと報じたのは誤りであった。調査の不充分をお詫《わ》びします〃

その次は、こう報じた。

〃町田武治氏はほとんど破産状態である。店は近いうちに締めるという噂《うわさ》がある〃

同じような内容の通信が三、四回つづき、ついにこう通報してきた。

〃町田武治氏は失敗した。店を整理し、当市から姿を消した。噂によると千葉市で小さな漆器の小売商をはじめるそうである〃

6

内堀彦介は、爪《つめ》を噛《か》んで、いらいらした。町田武治は失敗した。千葉に移ったというのだ。事態は悪くなりつつある。彼から眼をはなしてはならない。

竹岡良一は几帳面《きちょうめん》に宇都宮の商報を送りつづけてきた。もはや、町田武治のいない宇都宮になんの意味があろう。

彦介は、竹岡良一を解雇し、千葉市に新しい通信員を求めようかと思った。しかしそれよりも慣れた竹岡を千葉に移したほうがよいと判断した。新しく募集しても、うまくいくかどうかわからず、竹岡なら今までの成績からみて安心ができた。

彼は竹岡良一に千葉市に転勤するように指令した。竹岡はそれを承諾してきた。臨時に移転の費用を出させられたが、それは仕方がないと彦介は諦《あきら》めた。

それから半月ほどして、早くも竹岡は新しい任地から通信を送りはじめた。例によって不要な商況があるが、彦介の知りたい町田武治の消息も忘れていない。

〝町田武治氏は当地では見るかげもない零細商人になりさがっている。例の妾も一緒に来ているらしい。相変らず家庭はもめている。自分の判断では、町田氏は、この小店でさえ維持できないのではないかと思う。もはや、町田氏については通信にとりあげる価値がないと思うが、ご指示を乞《こ》う〟

それは、もっともなことだった。そのような境遇に落ちた町田武治が、なんで商報の対象になりえよう。しかし逆に彦介が知りたいのは、これからの町田の様子であった。今後こそ、彼の消息を必要とするのだ。

彦介は惑った。擬装は困難になってきたかもしれなかった。背に腹はかえられなかった。特別に町田武治の身辺だけは注意して通信してくれるよう竹岡に書面で命じた。

竹岡は、その指令を守った。商報中に、必ず町田の様子を知らせてきた。

三カ月の後、彼の通信は町田武治の破滅を知らせてきた。

〝町田氏は閉店して千葉市を去った。女房を実家に帰し妾とも別れたらしい。町田氏の従兄《いとこ》が当地にいるが、自分はその人と偶然に知己となった。彼の話によると、町田氏は大阪に行ったそうである。懐中はほとんど無一文。従兄は汽車賃を贈ったくらいである。大阪でなんの職業につくかわからない。そのうち従兄に便りが来ると思われる〟

町田武治は完全に没落したらしい。それこそ彦介がいちばん恐れていた状態であった。最も危険な状態で、町田武治は彼の視野から消えたのだ。

彦介は諦めなかった。ここで断念できることではなかった。なんのために今まで竹岡に月給を出して町田武治の消息を送らせていたのか。ほんとうに町田を監視しなければいけないのは、これからではないか。

彦介は、竹岡に命じた。町田武治のその後の消息を彼の従兄から聞きだして、詳しく知らせてくるように。町田の場合《ケース》は商人の没落の一つの型として資料としたい、というもっともらしい理由をつけ加えておいた。

竹岡良一はその指令に答えてきた。

〝町田武治氏は、その従兄の話によると、大阪でニコヨンをしているとのことであ

る〃

その次の通報には、

〃町田氏は神戸でニコヨンをしている〃

となっていた。

それからの半年の間、次のような通信がつづいた。

〃町田氏は岡山に移った。そこでは土建屋の人足として飯場にいるらしい〃

〃今は尾道《おのみち》にいる。何をしているか不明だそうである〃

〃広島に行っている。ニコヨン生活をしていると本人がハガキを従兄に寄せた〃

〃山口県の柳井《やない》市にいる。どういう仕事をしているか、よくわからない〃

——ここまで報告がつづいてくると、彦介には、町田武治の行動がどんな意味を含んでいるかが、はっきりとわかった。

転落した町田武治は漫然と放浪しているのではない。彼は、はっきりと一つの意図を持っているのだ。

町田武治は千葉から姿を消すと、しだいに西へ流れてきているではないか。なんのために西へ来るのか？　彼は捜しているのだ。かつての共犯者内堀彦介の所在を捜しているのである。

彦介は以前に町田武治には自分の故郷を云ったことはなかった。ただぼんやりと西の方とは云っておいた。武治は今は、それを手がかりにして捜しているに違いない。どうせ商人だから、あの金を資本にして商売をしていると推測したのであろう。中国地方の中都市を流れ歩き、商店街を虱《しらみ》つぶしに捜しているのだ。

彦介は戦慄《せんりつ》した。今に、町田武治は、この福岡にやって来るに違いない。そこでかつての強盗の仲間が、家具商として盛大にやっていることを、ついに発見するだろう。

7

彦介は恐怖した。自分でも蒼《あお》くなるのがわかった。眼の先がくらくなった。

町田武治は浮浪しているようでも、確実な足どりでこちらに向って歩いてきている。方向も正確であった。つまり、内堀彦介の破滅が、確実に近づいてきていることであった。

どうすべきか。しかし、どのようにしていても、所詮《しょせん》、町田武治の眼から脱《のが》れられないような大きな商人的な存在に、この福岡では内堀彦介はなっていた。

抵抗しても、むだな絶望的な運命が、しだいに、勝手に彦介の方へ歩いてきているのである。

〝町田武治氏は山口県の防府《ほうふ》市にいる〟

〝今は宇部市に行っている〟

〝下関でニコヨンになっている〟

竹岡良一の報告は丹念につづいた。

〝小倉市に行っている。何をやっているかわからない〟

ああ、ついに九州に町田武治は来たのだ。彼の方向と捜索の足どりは少しの狂いもなかった。彦介はじっとしていられなかった。頭に血が逆上して、身体《からだ》じゅうに汗が出た。

また竹岡の通信が来た。

〝町田氏は小倉で病気になり、目下、寝込んでいる。生活は浮浪者同様である。寂しい山の裾《すそ》に小屋をつくり、ひとり住んでいる。以上は町田氏が従兄に宛てた便りで、小生はそれを見せてもらった。その住所を書きとったから、ご参考までに書いておく〟

彦介は眼を押えた。

とつぜん耳もとでえたいの知れぬ音響が喚《わめ》いた。彼は立ちあがった。それから人声のない静かな場所に行くと、頭を抱えて、長いこと考えこんだ。

――いま、すべての幸福が、彼から去って行こうとしていた。それを奪いに、たった一人の男が、正確に彼に近づいて来つつある。彼が、眼の前に立ち現われた瞬間、内堀彦介は、銀行強盗の素姓を剝《は》がれる恐怖から死ぬまで脱れられない。その男が捨身になれば、いつなんどきでも、金持の共犯者を抱いて沈むだろう。それは容易だ。町田は家を失い、財産を失って、やけになっている。彼は、已《おの》れにひきかえ、成功の座からすべり落ちない共犯者に、嫉妬と憎悪《ぞうお》を持っているに違いない。

絞ってやれ、と町田武治は決めたのであろう。そのため彦介を血眼《ちまなこ》になって捜しているのだ。町田は徹底的に彦介から絞りとるだろう。それが、成功している共犯者への復讐《ふくしゅう》と思っているかもしれない。彦介の生殺与奪の紐は、彼に握られるのだ。彼がその紐を締めようとゆるめようと自在なのだ。

脱れる方法はないか。彼は、もうすぐ、ここへやって来る。脱れたい。どうかして、彼が掛ける紐の輪から脱れたい。

彦介は髪の毛をむしって、必死に考えた。身体じゅうに熱があった。長い時間であった。

そうだ、とやっと彼はいい考えにつきあたった。町田武治は、小倉で行き倒れ同様の病人になっている。浮浪者になった彼は、たったひとりで山裾の小屋にいるという。それこそ、運がまだおれに味方している条件ではないか。これだ、と叫んだ。

彼は、汗を拭《ふ》いた。——

彼は準備にとりかかった。それはやさしいのだ。夜、場末に行って、小さな金物屋で、一本の小刀を買った。どこの誰ともわかりはしない。小刀は高校生が使うような平凡なものだった。しかし、これが彼の生命を救ってくれる。一人の生命を絶ち、一人の生命を助けてくれる。

家族には商用と云いおいて出た。汽車の時間も、小倉についた時に暮れ方になるように考えておいた。

小倉駅に降りたとき、日が沈んで、すぐだった。そろそろ、人の顔がさだかに見えぬころだった。ちょうどよい。それに駅は、退《ひ》けて帰る工員で混《こ》んでいた。誂《あつら》えむきである。

彦介は歩いた。暮れなずむ空を黒くくぎって山が正面にあった。それに向って歩いた。通報に書いてある住所で、だいたいの場所の見当はついていた。この辺の地理は、以前に住んだことがあって、よく心得ている。

冷たい風が頬《ほお》に当った。身体が慄《ふる》えているのは、この寒い空気のせいだけではない。

人家が切れて、暗い山の登り坂にかかった。土と枯葉の匂《にお》いがする。彦介は立ちどまって、あたりを見回した。黒い林がいっぱいに在る。彼は思いきって懐中電灯をつけた。

8

目的の小屋を見つけるのに三十分かかったが、さして苦労はしなかった。板で囲い、古いトタン屋根にしてある。重しにした石が屋根に載っていた。

蓆《むしろ》の下った入口にしばらく佇《たたず》んだ。ポケットの中には買っておいた凶器があった。それをあらためて、手に握ってみた。この時になって、今までつづいていた身体の慄えはやんでいた。

彦介は蓆をおしあげて、内部に一歩踏み入った。臭気が鼻にきた。魚と野菜の腐った臭《にお》いである。

左の手にした懐中電灯のせまい円光は、ボロ蒲団《ぶとん》にくるまった人間のかたちを浮きだした。

「町田君、町田君ではないか？」

彼は見きわめがついたので、懐中電灯を消して、呼んでみた。暗い中で、ごそりと蒲団が動く気配がした。もそもそと起きあがりそうな気配であった。

「町田武治君だな」

彦介は小刀の柄《え》を握った。

「うむ」

闇《やみ》の中で呻《うめ》くような返事が聞えた。その声をめがけて、彦介はとびかかった。

最初に蒲団の感触があったが、その下から強大な力がもりあがった。それはバネのように、彦介の身体を弾《は》ねとばした。暗い中で肋《あばら》のあたりを打って、彦介は這《は》いつくばった。

不意に眩《まぶ》しい光線が、彼の顔を照射した。眼もあけられなかった。あかるい懐中電灯をもった相手は、声を立てて笑いだした。かつて聞いて憶《おぼ》えている町田武治とは似ても似つかぬ若い声であった。

「誰だ」

彦介は怒りと恐怖がまじった声をあげた。

「やってきましたね、内堀さん。竹岡です。あなたから雇っていただいている竹岡良一です」

相手は仁王立ちになって、笑いを納めると云った。

「なに、竹岡だ？」

彦介は、びっくりした。

「初めまして、と申しあげたいのですが、妙なことになりましたね」

相手の声は若いが、落ちついた調子でつづいた。

「こんなことになろうとは思いませんでした。雇っていただいたときにはね。そうそう、お礼を忘れていました。ほんとうに感謝しています。ずいぶん助かりました。それだけに、こんな成行きになって、すみません。私が悪かったんです。そのご恩を仇《あだ》で返したことになりました。私の穿鑿《せんさく》好きがいけなかったのです。あなたに通信を送っているうちに、ふと、犯罪の臭いを嗅《か》いだのです」

竹岡と名のった相手は、いかにもすまなそうに云いつづけた。彦介は、へんに動けなかった。

「まず最初に、あなたは商工特報社の名前でありながら、掲載紙を私に送ってきませんでした。これがちょっとおかしかったのですが、その時は、まだ気がつきませんでした。ところが町田武治氏が千葉に移ったと報告したら、あなたは、私に千葉に転任を命じましたね。この辺から少し変になりました。ははあ、これは町田氏のことが特に知りたいのだと察知しました。あなたは、なるべく私にそれを覚《さと》らせまいとして、他の人のことも突込みに通報させていたのですが、肝心の町田氏が千葉に移ってからは、底意が割れてきましたよ。私は自分のほんとうの役目を、そのとき知りました。つまり、私は町田武治氏を見張り、それをあなたに通報する役だったのです。はたして、あなたは町田氏の身辺だけを特別に注意するよう命じてきました。私の思ったとおりです」

竹岡良一は、ここでちょっと身体の姿勢を変えるように動かした。

「なぜだろう。何があるのか。私のもって生れた穿鑿癖が、頭を上げてきました。私は試みました。町田武治氏は千葉から姿を消したと嘘《うそ》の通報をしました」

「なに、嘘だと？」

彦介は、思わず声をあげた。

「ごめんなさい、すみません。実際は、町田氏はまだ千葉にいますよ。やはり漆器の小商いをしています。しかしあなたは私の試みにすぐひっかかってきました。あわてて、すぐ町田氏の行方《ゆくえ》を従兄から聞いて知らせよと指令しました。あなたの顔色の変っているのが眼に見えるようでした。従兄なんかいるはずがありません。私は、架空の町田武治氏を九州に向って歩かせる通報をつづけました。あなたは、そのたびに詳しい情報をとれと私に命じました。ただならぬ必死のせまったものが、あなたの指令には流れていました。ははあ、これは重大なことなのだ、重大な、というのは、もしや犯罪につながっているのではないかと思いました」

遠くで微《かす》かな音がしたようだったが、竹岡の話は切断されずに続いた。

「私はその少し前から興信所に頼んで調べました。町田武治氏と、福岡局私書函第××号の鍵《かぎ》を持つあなたの身許《みもと》をです。その結果、現在のことはわかりましたが、過去のことはよくわからないということでした。ただ偶然かどうか、お二人とも会社こそ違うが、以前は全国を商売して回る外交員《セールスマン》であり、それを辞めたのが申しあわせたように六年前で、現在の商店を経営するようになったのが、これまたほとんど同じ時期だったことがわかりました。

それから大事なことは、お二人ともかなり大きい資金でそれをはじめたことがわかりました。どこからも金を借りずに独力で。あまり一致しすぎます。どこかおかしい。何かあります。何か二人の間には、共通にかくされたものがあります。しかも、あなたは、私を町田氏の見張り役に雇っている。そして町田氏の行方を必死に追わせている。あなたが町田氏を恐れているらしいことが、それでわかった。あなたは彼の脅迫をおそれていると私は察しました。私の想像に狂いはなかった。

私は千葉から小倉にすっとんできて、場所の準備を完了し、あなたに町田氏が小倉のこういうところにいるという手紙を出した。あなたを待つためだったのです。あの手紙の消印を注意して見たら、千葉局でなく小倉局ですよ。あなたは必ず町田氏に会いにここに現われるだろうと狙《ねら》ってやったことです。あなたは町田氏が恐ろしくて仕方がないのだ。それは二人の間だけの秘密から来ている。できれば、あなたは彼を殺したいのかもしれない。そう思ったから、そういう状態を私がこしらえてあなたを待っていたのです。

なにしろ証拠なしでは調べることもできないから、調べやすいようにするためにも、あなたを何かの行動に出る現行犯の条件に誘ったのです。その予測はこうして当りました。あなたは凶器をもって私を襲いました。すみませんでした。あ、その人たちが来ます。やがてわかるでしょう、私にはそれ以上わからなかったことが。あなたのことも、町田武治氏のことも――」

そう云って、竹岡良一は、何か合図めいた口笛を吹いた。外の暗い草むらの間から、警官の靴音が起ってきた。

編者解説

日下三蔵

国産ミステリの歴史を振り返ってみると、ジャンル自体の流れを変えたエポックとなるような作家が、たびたび登場していることに気づく。

一九二三（大正12）年　「二銭銅貨」で江戸川乱歩デビュー
一九五八（昭和33）年　松本清張『点と線』『眼の壁』がベストセラーに
一九八七（昭和62）年　『十角館の殺人』で綾辻行人デビュー

七〇年代に発生した空前の横溝正史ブームも大きな出来事だったが、たった一人でミステリ界全体に大きな影響を及ぼした作家の登場となると、やはり、江戸川乱歩、松本清張、綾辻行人の三人ということになるだろう。

江戸川乱歩は質の高いミステリ短篇を立て続けに発表し、探偵小説専門のプロ作家となることで、ジャンルそのものを形成した。綾辻行人は書き手の激減していたゲーム性の高い本格ミステリを発表することで、いわゆる「新本格ミステリ」ブームを巻き起こし、ミステリ界のありようを一変させた。

松本清張の場合は、どうか。ミステリの世界には「清張以後」という言葉があり、それほどまでに松本清張の作品が斯界《しかい》にもたらした変化は大きかったと分かる。それを理解するには「清張以前」、つまり昭和二十年代までの探偵小説が、どのようなものだったかを、見ていく必要があるだろう。

太平洋戦争の最中《さなか》には発表の場が大幅に制限されていた探偵小説も、戦後になって目覚ましい復興を遂げていく。まず戦前派のベテランである横溝正史が『本陣殺人事件』『蝶々殺人事件』を相次いで発表。同じく角田喜久雄が『高木家の惨劇』を、専門外の坂口安吾が『不連続殺人事件』を、新人・高木彬光が『刺青殺人事件』を発表し、一気に本格ものの時代が到来した。

一方で、奇想横溢《おういつ》の山田風太郎、怪奇もの、秘境ものに異彩を放った香山滋、スピーディーな文体のサスペンスを得意とした島田一男、滋味あふれる筆致の幻想ものを書いた日影丈吉《ひかげじょうきち》といった書き手が次々と登場。戦前派の木々高太郎《きぎたかたろう》、大下宇陀児《うだる》、水谷準、渡辺啓助らも活発な活動を再開して、探偵小説界は活況を呈した。

だが、この時点での探偵小説は、マーケットと内容の両面で、限られたマニア向けのジャンルに過ぎなかった。数千人から多くて一万人ていどの熱心な読者に支えられた小さなジャンルであったことは、探偵小説専門誌「宝石」が売り上げ不振で作家に原稿料も払えず、見かねた江戸川乱歩が自ら編集長に就任して経営の立て直しを図った、という事実からも明らかだろう。

内容の面で、特に本格ものに顕著だったのは、マニアを満足させようとするあまり、「前代未聞《みもん》のトリック」「奇抜なトリック」の考案に作家の意識が向く傾向であった。犯人が複雑極まるトリックで殺人を犯しても、よく考えたら「そんなことする意味なかったじゃん」となるなら、ミステリとしては破綻《はたん》していると言わざるを得ない。

都筑道夫は名評論『黄色い部屋はいかに改装されたか?』の中で、その点を指摘して、以下のように述べている。

謎とき推理小説が踏みこんだ袋小路は、犯人のトリック、ということだったのではないでしょうか。本格推理小説の中心は、奇想天外なトリックを考えだすことだ、というのは、実は迷信だったのかも知れないのです。

一九〇九（明治42）年生まれで、戦前から「新青年」を愛読していたという松本清張も、好きな探偵小説に対して、同様の不満を抱いていた一人であった。エッセイ集『随筆 黒い手帖』に収められた「推理小説の読者」という文章で、清張はこう主張する。

私は今の推理小説が、あまりに動機を軽視しているのを不満に思う。それはトリックだけに重点を置いた弊だが、解決篇にちょっぴり申し訳みたいに動機らしいものをくっつけたのでは、遊びの文章というよりほかはない。

動機を主張することが、そのまま人間描写に通じるように私は思う。犯罪動機は人間がぎりぎりの状態に置かれた時の心理から発するからだ。それから、在来の動機が一律に個人的な利害関係、たとえば金銭上の争いとか、愛欲関係におかれているが、それもきわめて類型的なものばかりで、特異性がないのも不満である。私は、動機にさらに社会性が加わることを主張したい。そうなると、推理小説もずっと幅ができ、深みを加え、時には問題も提起できるのではなかろうか。

推理小説はもともと異常な内容をもっている。いわば人間関係が窮極におかれた状態である。だからこそ、推理小説はもっとリアリティが必要なのである。サスペンスもスリルも謎《なぞ》も、リアリティのないものには実感も感興も湧かない。ことに、現代のように、人間関係が複雑となり、相互条件の線が錯綜《さくそう》したり切断されたりして、人間がある意味において個として孤立している状態では、推理小説の手法はもっとも活用されてよい。その場合にはリアリティの付与がますます必要だと思うのである。

「探偵小説」と呼ばれていた「清張以前」の国産ミステリが、「異常な舞台」で起こる「異常な事件」を描いていたのに対して、リアリティを重視した「清張以後」のミステリは、われわれが暮らす一般社会、つまり「普通の舞台」で起こる「異常な事件」を描く方向にシフトしたといってもよい。この時期、ちょうどジャンルの呼び名も「推理小説」へと移行するが、その内容にも大きな変化が生じていたのである。都筑道夫は探偵小説黄金時代の作品が内包していた不自然さのある作品を「昨日の本格」、不自然さの払拭《ふっしょく》に成功した作品を「今日の本格」と名付けているが、「今日の本格」の体現者の一人が、松本清張であった。

もっとも、松本清張は最初からミステリ作家として活動を開始した訳ではない。北九州市で朝日新聞社広告部意匠係に勤務していた一九五一（昭和26）年、「週刊朝日」

の懸賞小説に投じた短篇「西郷札」が第三席に入選してデビュー。この作品は第二十五回直木賞の候補作となった。

　五二年、その時の選考委員だった木々高太郎の勧めで、木々が編集委員を務める「三田文学」に「記憶」（→「火の記憶」）と「或る「小倉日記」伝」を発表。後者は第二十八回直木賞の候補となるが、芥川賞の方に回され、第二十八回の同賞を受賞している。この時の選考委員だった坂口安吾の「この文章は実は殺人犯人をも追跡しうる自在な力があり、その時はまたこれと趣きが変りながらも同じように達意巧者に行き届いた仕上げのできる作者であると思った」という選評には驚くしかない。

　五三年から五五年にかけては、時代小説と純文学を中心に多くの作品を発表。日本文藝家協会編の年度別アンソロジー『時代小説　昭和三十年度版』（55年10月／東京文藝社）には清張の「家康と山師」（→「山師」）が採られているが、同書の「あとがき」で萱原宏一は「二十六年には松本清張が〝西郷札〟を書いて華々しくデビューした。これの頃は山手樹一郎、角田喜久雄の黄金時代で（現在も旺《さか》んに活動しているが）これら娯楽派へのアンチ・テーゼとして松本は現れた」と書いている。完全に時代小説畑の有力新人と見なされていることが分かる。

　五五年十二月の「張込み」から積極的に推理小説を手がけ始めた。五六年には長短合わせて三十篇以上を発表しているが、そのうち十三篇が現代ものの推理小説であった。本書は、この時期の作品をまとめた著者の初期傑作集である。各篇の初出を発表順に並べると、このようになる。

張込み　「小説新潮」55年12月号
殺意　「小説新潮」56年4月号
顔　「小説新潮」56年8月号
なぜ「星図」が開いていたか「週刊新潮」56年8月20日号
反射　「小説新潮」56年9月号
市長死す「別冊小説新潮」56年10月号
声　「小説公園」56年10～11月号
共犯者　「週刊読売」56年11月18日号

このうち「顔」「殺意」「なぜ「星図」が開いていたか」「反射」「市長死す」「張込み」の六篇が大日本雄弁会講談社の新書判叢書《そうしょ》〈ロマン・ブックス〉から五六年十月に『顔』のタイトルで刊行された。同書は大きな反響を呼び、翌年の第十回日本探偵作家クラブ賞を受賞している。当時の選考経過には、「松本清張氏の「顔」講談社刊が、委員の圧倒的支持で入賞と決定しました」とある。残る二篇「声」と「共犯者」は、著者の単著としては、角川書店の新書判叢書〈角川小説新書〉から五七年八月に刊行された作品集『白い闇』に初めて収録された。

五七年には多くのミステリ短篇を発表する傍ら、日本交通公社の旅行雑誌「旅」に『点と線』、「週刊読売」に『眼の壁』と二作の長篇ミステリを連載。五八年二月にこの二冊が光文社から相次いで刊行されると、どちらもベストセラーとなった。

これに先立って、五七年十一月に大日本雄弁会講談社から刊行された仁木悦子の第三回江戸川乱歩賞受賞作『猫は知っていた』が、国産ミステリとしては初めてのベス

1956年10月／大日本雄弁会講談社

1957年８月／角川書店

トセラーになっており、仁木悦子と松本清張の二人によって、探偵小説は推理小説へと質的にも転換を果たすことになる。これ以降、旧来の異常な舞台設定の作品は影を潜め、ごく普通の日常生活の中で事件が起こる作品が主流になっていく。

清張以後にデビューした笹沢左保、佐野洋、結城昌治、都筑道夫らは明らかに「今日の本格」の書き手である。探偵小説の時代から推理小説的な作品を書いていた土屋隆夫や鮎川哲也はそのまま活躍を続け、高木彬光や島田一男は作風を推理小説寄りにシフトさせて生き残った。香山滋や横溝正史のように完全には作風を変えられずに、ミステリ界からフェイドアウトした作家も多かった。もっとも横溝正史は十年ほどの期間を置いて、空前のリバイバルブームを巻き起こすことになるのだが。

ここで再び、清張自身の言葉を紹介しておこう。『随筆 黒い手帖』所収の「日本の推理小説」より。

しかし、そんな探偵小説（引用者注：「一部の偏狭なマニヤを相手とする謎解きパズル小説」）など自滅しても一向に差支えない。ただ、私は自分の好きな作品というものを読みたかった。私が推理小説を書きはじめたのは、自分ではこういう作品を読みたいという気持から、自給自足的な意味でためしに書いたというにほかならない。

私は自分のこの試作品のなかで、物理的トリックを心理的な作業に置き替えること、特異な環境でなく、日常生活に設定を求めること、人物も特別な性格者でなく、われわれと同じような平凡人であること、描写も「背筋に氷を当てられたようなぞっとする恐怖」の類いではなく、誰でもが日常の生活から経験しそうな、または予感しそうなサスペンスを求めた。これを手っ取り早くいえば、探偵小説を「お化屋敷」の掛小屋からリアリズムの外に出したかったのである。

私の考え方による作品は、多少とも世間に共感を呼んだと思う。一旦、日常性を身につけた推理小説は、これまでにない広い読者層を開拓した。

最後の一文は決して自画自賛ではなく、まったくの事実であることは、これまで述べてきたことからも、お分かりいただけると思う。実際、本書に収められた作品を読めば、時代背景が昭和三十年代であるというだけで、登場人物たちが感じる焦り、怒り、恐怖や、それにともなって生じるサスペンスなどは、現代に生きるわれわれにも容易に理解できるはずだ。

あわてて付け加えておくなら、お化屋敷的な探偵小説にはお化屋敷的な探偵小説の面白さがあり、存在価値がある。横溝正史ブームはリアルな推理小説一辺倒になったことへの揺り戻しとして生まれたものだし、新本格ミステリブームもお化屋敷的な探偵小説の良いところを現代に甦らせようとした試みであった。どちらか一方だけでなく、両方の方向性で優れた作品が書かれれば、ジャンルの幅も広がるし、読者も多様な楽しみ方ができるだろう。

最後に松本清張ブームが生んだ弊害についても指摘しておかなくてはならない。「特異な舞台ではなくありふれた日常を背景にする」「犯罪の動機を重視してリアリティを保つ」という松本清張のスタイルがミステリ界に変革をもたらし、「社会派推理小説」という言葉を生んだところまでは良かったが、清張があまりに売れ過ぎたために、ミステリをよく理解しないまま推理小説を手がける亜流が数多く登場してしまったのだ。

企業犯罪や役人の汚職を扱っておけばいいだろうといわんばかりで推理の要素の希薄な作品が量産され、社会派推理小説は急速に普通小説との境を曖昧《あいまい》にしてしまった。ミステリ評論家の中島河太郎は著書『日本推理小説辞典』の「社会派」の項目で、「清張自身が日常性・現実性を奪還し、社会機構への視点転換を宣言した以上、「社会派」の名称が期せずして命名されたのは当然であろう」としながらも、「だが、それはあくまでも素材対象に特色があるだけで、少なくとも初期の清張の作法は謎解きであったから、この名称は便宜的なものにすぎなかった」と総括している。

現在、なんとなく、社会派ミステリと本格ミステリは対立概念であるかのようなイメージを持っている人が多いかもしれないが、どちらもミステリのサブジャンルであり、決して対立するものではない。さらに言えば、ハードボイルドやスパイ小説なども同様である。何の意外性もサスペンスもなければ、それはミステリではなく普通小説になるのだから、むしろ本格の要素は、どのサブジャンルにも多かれ少なかれ存在し、作品によって比重が違う、というだけの話なのだ。

「ハードボイルドで本格」なら古くは結城昌治や仁木悦子、現代なら原尞《はらりょう》がいるし、「スパイ小説で本格」なら多島斗志之《たじまとしゆき》の一連の作品が思い浮かぶ。綾辻行人や三津田信三は「ホラーで本格」に挑んで優れた作品を、いくつも発表している。

そして、清張ミステリ初期一年間の収穫をまとめた本書を読まれた方であれば、なるほど、松本清張は「社会派で本格だ」と納得していただけるものと確信している。国産ミステリの歴史を変えた巨人の最初期の傑作群を、じっくりと堪能《たんのう》してください。


（二〇二二年六月、ミステリ研究家）

本書は文庫オリジナル作品です。

底本一覧

顔（新潮文庫『張込み　傑作短編集㈤』）
殺意（新潮文庫『松本清張傑作選　黒い手帖からのサイン　佐藤優オリジナルセレクション』）
なぜ「星図」が開いていたか（光文社カッパ・ノベルス『松本清張短編全集7　鬼畜』）
反射（光文社カッパ・ノベルス『松本清張短編全集7　鬼畜』）
市長死す（光文社カッパ・ノベルス『松本清張短編全集6　青春の彷徨』）
張込み（新潮文庫『張込み　傑作短編集㈤』）
声（新潮文庫『張込み　傑作短編集㈤』）
共犯者（新潮文庫『共犯者』）